Chica al borde

«Una historia y unos personajes bien desarrollados que te atrapan desde el principio. Este torbellino emocional que trata sobre el tema de abuso doméstico debe ser leerse por todos. No te decepcionará el mensaje que transmite esta lectura. Ten una caja de pañuelos cerca y prepárate a que te va a costar dejar este libro de lado.» —YA Book Divas

«Tal torbellino de emociones que te hace ver de verdad lo que pasa por la cabeza de alguien cuando el abuso empieza tan lentamente.» —Audiobook Obsession

«La novela está bien escrita, la historia es completamente creíble, los personajes y el diálogo están descritos con tremenda precisión. A diferencia de otras historias de abuso doméstico que he leído, ésta no termina cuando Cloe se libera. Me gustó que profundizara más en las secuelas de todo aquello.» —AudiobookReviewer.com

«Al igual que *¡Habla!* de Laurie Halse Anderson, *Chica al borde* es un libro que DEBE leerse.» —Rachel Barnard, autora

«Sugeriría este libro para cualquier adolescente que pueda estar viviendo una relación abusiva o cualquier adolescente que está empezando a relacionarse sentimentalmente para que conozcan los peligros y puedan ver las señales de advertencia.»—Nightly Reading

«Una obra imprescindible para todas las bibliotecas públicas y de secundaria»—Caroline Akervik, bibliotecaria de la escuela secundaria.

«Una historia hermosa e impactante. Christina Hoag ha conseguido que su historia sea apasionante y esté llena de emoción.»—The Cozy Little Book Nook

Chica al borde

Traducida del inglés por
Bárbara Wicki

Christina Hoag

Three Jandals
Press

Segunda edición publicada por Three Jandals Press, 2022
ISBN: 979-8-9871887-5-0

Three Jandals Press
Santa Monica, California
Estados Unidos de América

*A todos aquellos
que han pasado por una relación abusiva.
No están solos.*

uno

¡Cloe! ¿Dónde estás?

Mi corazón se contrae. —Busco un poco de agua. ¿Quieres también? —Trato de hacer que mi voz suene lo más casual posible, pero cuando alguien acaba de intentar matarte, no es tan fácil.

El sofá cruje en la sala. Mierda. No lo logré. Kieran se levanta. Sus pasos dejan un ruido sordo. Está en el pasillo. Es ahora o nunca.

Huyo hacia la puerta de atrás, pero me enredo con la cerradura, olvidando en mi pánico de qué lado gira para abrir.

—¡Cloe! —Entra a la cocina. Está directamente detrás de mí.

El tambor hace clic. Me lanzo por la puerta y vuelo a través del oscuro patio al bosque detrás de mi casa.

—¡Vuelve! ¡Cloe! ¿Qué haces? —Irrumpe a los árboles detrás de mí. Acelero mi paso. —¿Piensas que puedes escaparte de mí? Ni te molestes en regresar, nunca. ¿Me escuchas? ¡Estoy cansado de tu mierda!

Mis piernas bombean. Ramas me golpean la cara. Ramitas me pican las suelas de mis pies descalzos. Un palo raja mi pantorrilla.

—¡No vas a alejarte de mí tan fácilmente, Cloe! ¡Sé todo acerca de ti, no lo olvides!

El miedo me acelera. Él casi me ahogó en la bañera hace unas horas. Si me atrapa, podría matarme simplemente por la rabia que le provocó mi intento de fuga.

Voy errando locamente en la oscuridad, luego un trozo desnudo de tierra se ilumina con un rayo de luz de luna a través de los árboles.

¡El sendero!

Sigo galopando por el camino. No sé a dónde voy. Entonces, de repente, me viene una idea, como una voz dirigiéndome a dónde ir.

Llego a un desvío hacia un sendero más angosto y bajo por él. Escucho a Kieran revoloteándose por los árboles detrás de mí. Tengo la ventaja de haber vivido al lado de este bosque prácticamente toda mi vida, pero él es más alto. Sus piernas dan pasos más largos.

Mis ojos se ajustan a la oscuridad. Veo la silueta del tronco que estoy buscando a un par de metros del sendero. Me dejo caer sobre las manos y rodillas al lado del sendero, escarbando frenéticamente a través de las hojas muertas.

Los pasos de Kieran se acercan. Tiene que ser aquí. *Vamos. Vamos.* Mis manos detectan la lona de nilón. *¡Gracias a Dios!*

La jalo hacia arriba, y pies primero, me caigo dos metros y medio hacia el hoyo de fiestas, aterrizando en cuclillas, lo cual manda lanzas de dolor a través de mis piernas.

No me atrevo a moverme. Aguanto la respiración lo más que puedo, permaneciendo agachada mientras miro hacia arriba.

Cuando nos conocimos, le conté de la sala subterránea que unos chicos cavaron para tener un lugar donde pasar el rato y emborracharse. ¿Se acordará?

Nuevamente, oigo la voz de la calma. Incluso si recuerda, si se da cuenta dónde puedo estar escondida, él no sabe dónde está. Nunca se lo enseñé. Me tranquilizo.

Lo escucho correr por el sendero. Se para justo al lado del tronco. Mi estómago aprieta. ¡Me vio! Espero que la lona sea jalada hacia atrás, su risa de ladrido al verme atrapada como un ratón en su propia trampa maldita. Pero él sigue pisoteando por ahí, jadeando.

Lo imagino dando vueltas mientras busca cualquier señal de mí en el bosque. Se me ocurre que tal vez esta no fue una idea tan buena. Si me encuentra en este agujero, no habría manera de escapar, salvo luchar por mi salida. Y estoy bastante segura de perder.

Sus respiraciones se silencian. Se ha ido. El alivio empieza a inundar mis músculos, luego esa voz interior me advierte otra vez. No lo he escuchado alejarse. Me pongo tensa nuevamente, acordándome de que solía cazar. Se está haciendo el muerto, mirando y escuchando cualquier indicador de la ubicación de su presa.

Me parece una eternidad hasta que escucho sus pasos crujir. Se vuelven más débiles y finalmente cae el silencio. Espero otros treinta segundos agonizantes para asegurarme, pero la tranquilidad se siente real. Despliego mis piernas rígidas y me paro. Estoy a salvo, por ahora, en todo caso.

El sitio apesta a cigarrillos rancios y marihuana. Los chicos lo amoblaron con sillas de playa, cajones, alfombras viejas y velas. Pero en este momento, no puedo ver nada.

Palpo a mi alrededor en la oscuridad y mis manos encuentran una tumbona, una de esas bajas, en las cuales se puede poner las piernas.

Me arrastro encima de ella. Estoy temblando. Supongo que este es el exceso de adrenalina en mi sistema del cual leí cuando cubrimos el sistema nervioso en biología.

Inclino mi cabeza en el respaldar del asiento. Gradualmente, la ansiedad disminuye, reemplazada por una tormenta de pensamientos mientras contemplo mi situación.

¿Qué le he hecho a mi vida?

Soy una estudiante estrella de diecisiete años, una reportera en un periódico local, y me estoy escondiendo del chico que hace solo un par de meses atrás creí de verdad que era un ángel enviado a mí del cielo. Incluso se lo dije. La ironía de ello, la absurdidad de casi ser asesinada por «un ángel» me golpea.

Irrumpo en una risa callada, espasmos estrujando mi pecho mientras lágrimas de tristeza brotan de mis ojos. ¿Estoy riendo o llorando? No lo sé. Ni siquiera sé la respuesta a la pregunta más grande de todas:

¿Cómo coño pasó esto?

DOS

Estoy atrapada como un pez en una red. Miro fijamente a través del visor de mi videocámara al sujeto de mi entrevista, que sigue parloteando, pero tengo la sensación siniestra de que de algún modo soy yo el sujeto. A su lado está parado este chico que me está perforando con su mirada, como que *él* me estuviera grabando a *mí*. Un caluroso rubor se esparce debajo de mi piel. No puedo arruinar esto. Es la primera asignación de mi pasantía de verano como periodista para *El Semanario de Indian Valley*.

Miro de reojo, chupándome el labio inferior. Al notar que lo miro, el chico sonríe. Sí, me está mirando a mí. Trato de no sentirme inquieta, y me volteo hacia el señor Yamamoto, Ed, como me pidió que lo llamara.

—Tengo un jardín zen afuera que podría ser un buen fondo fotográfico —ofrece Ed—. ¿Quieres verlo?

Ahora me puedo deshacer del curioso.

Nos sumergimos en el aire tórrido del invernadero de Ed y bajamos por un camino, rozándonos con hojas tan grandes como bandejas y helechos goteando desde canastas colgantes, y salimos por una puerta contigua a una pared de rocas de imitación con una cascada tintineando en la base de un estanque. Al costado, un letrero torcido dice: «¡Ganga de verano! Fuente para jardín. ¡Instalación incluida!»

Un parche cuadrado de guijarros acomodados en círculos concéntricos se encuentra afuera. El sol se refleja tan ferozmente en las piedras blancas que tengo que proteger mis ojos con la mano.

—Ed, ¿por qué no te sientas en aquella roca en la sombra, entonces sale el jardín de fondo —sugiero.

Ed se encarama en una roca debajo de la escasa sombra echada por un arce joven.

—Oye Ed, si hubiera sabido que ibas a salir en la foto, te hubiera maquillado esta mañana —dice una voz detrás de mí.

Sé quién tiene que ser. Pongo mis ojos en blanco.

—Kieran, puedes sacar esas orquídeas y ponerlas en la mesa.

Ed se seca la reluciente coronilla calva con un pañuelo.

Entonces el chico trabaja aquí. Eso por lo menos explica por qué sigue aquí. Yo había pensado que era un cliente.

—En serio, la cara y la cabeza te van a salir brillosísimas —insiste Kieran, acercándose—. Me deberías haber dicho. Yo sé de esas cosas.

—Estoy seguro de que lo vamos a resolver —dice Ed.

Kieran se encoge de hombros como diciéndome de manera conspirativa «¿qué se puede hacer?» —Asegúrate de capturar su lado bueno —me dice al alejarse.

Le doy una leve sonrisa como respuesta y me volteo hacia Ed. Levantando la videocámara, presiono «grabar». El punto rojo se ilumina.

—Entonces, Ed ¿por qué decidiste organizar la primera feria multicultural de Indian Valley?

—Decidí hacerlo después de aquél incidente cuando apareció un grafiti antisemítico en la sinagoga. Me hizo acordar de cuando llegué a este país desde el Japón. Era un adolescente, y tenía muchas dificultades para encajar en el colegio con el idioma, mi ropa, mi aspecto. Los chicos no estaban acostumbrados a alguien distinto a ellos. Creí que las cosas habían cambiado, pero el incidente del grafiti me hizo pensar que no. Decidí entonces hacer algo al respecto, y pensé que la mejor cosa era una celebración de la población multicultural de Indian Valley.

Alguien arrastra los pies detrás mío, sin duda Kieran. Me descuadra, y la próxima pregunta desaparece de mi lengua. —Este...

Mi mente se queda en blanco, del mismo modo que lo estará la portada del periódico si no logro conseguir esta historia. Las palabras de Marion, la directora del periódico, se estrellan en mi cerebro: «pégate a quién, qué, cuándo, a dónde, cómo y por qué, y estarás bien».

—¿Quién va a participar? —pregunto en una oleada de alivio.

—Soi Siam, el restaurante tailandés...

El ir y venir de Kieran al fondo me distrae. Me esfuerzo en concentrarme para terminar con el resto de las preguntas.

—Esto basta. Necesito una foto y ya—. Saco mi celular.

—¿A dónde me quieres?

—¿Qué te parece cerca a los bonsáis? —Kieran nuevamente. ¿Cuál es su problema?

En realidad, no es una mala sugerencia. Saco un par de fotos de Ed mientras me explica el arte tradicional de desarrollar árboles enanos podando sus raíces.

—Bueno —digo.

—¡Corte! como dicen en el mundo del espectáculo—grita Kieran. Lo ignoro.

Al empaquetar el equipo en mi bolso saco una de las tarjetas de presentación del periódico que Marion me dio. Apunto mi nombre y mi número celular y se la doy a Ed.

—Por si se te ocurre alguna cosa más.

Camino al coche a través del polvoriento estacionamiento de gravilla. Mi primera entrevista salió bien, al menos pienso que fue así. Ahora tengo que editar el metraje para la historia de video y subirla en línea y tengo que redactar el artículo para el periódico. El plazo final es mañana a las cinco de la tarde. ¡Ay!

—¡Ey! ¡Oye, señorita reportera!

No puede ser.

Me doy vuelta. Sí lo es. Kieran tiene las manos introducidas en los bolsillos traseros de sus jeans salpicados de tierra, los hombros encogidos, una expresión avergonzada en su cara.

—Disculpa, no sé tu nombre. Soy Kieran, Kieran Dubrowski.

Se limpia la mano derecha en una camiseta verde desteñida y la extiende con una sonrisa que ensancha una sola peca salpicada en su labio inferior. Su cabello chocolate oscuro está peinado hacia atrás en un desarreglado nudo de una cola de caballo. Su introducción extrañamente formal me sorprende. Le doy la mano. Mi palma parece perdida en la suya.

—Cloe Quinn.

—Quería decirte, hiciste un gran trabajo.

—Gracias—. Me acuerdo de que estoy furiosa con él. —Pero no gracias a ti.

Su sonrisa se desmorona. —¿Qué quieres decir?

—Me distrajiste. Y a Ed.

—¿Yo? No quería. Trataba de ayudarte—. Coloca una borla de cabello suelto detrás de una oreja.

—Quedarte mirándome fijamente no ayuda. Me despistaste.

—No parecías despistada. Para nada. Te portaste como una verdadera profesional. Me imaginé que estabas acostumbrada a que la gente te mire. Quiero decir, esto te debe pasar todo el tiempo, ¿verdad?

—No exactamente—. No quiero confesar que en realidad nunca hice esto antes. Siento la intensidad de su mirada nuevamente, absorbiéndome en sus ojos color café. Desplazo mis pies.

—En realidad soy actor. Trabajo aquí para comer, ¿sabes?

La intriga me atrae. —¿Sales en películas o algo así?

—He estado en un par de obras de teatro. Tengo una audición para un anuncio de televisión por venir.

—Es genial.

—¡Kieran! —grita Ed—. ¡Servicio al cliente!

Kieran arquea sus cejas. —Fue un gusto conocerte.

Se escabulle, y camino hacia mi coche. Lo que Kieran le dijo a Ed acerca del maquillaje ahora tiene sentido. Un actor sabría de eso, y naturalmente estaría interesado en la videograbación. Él sugirió la toma del bonsai. Quizás me equivoqué al juzgarlo.

A pesar de la sombra del cartel «Vivero Yamamoto», el coche es un horno. Poniendo el aire acondicionado al máximo, espero que se abra una brecha en el tráfico para entrar a la calle. Echo un vistazo en el espejo retrovisor.

Kieran, cargando una bandeja llena de pensamientos, está cruzando el estacionamiento, pero está mirándome directamente a mí. Aparto la mirada. La calle se despeja. Aprieto el acelerador y enrumbo a casa.

❧ ✳ ☙

Entro a la cocina, colocando mi bolso y el equipo en la mesa. La casa está demasiado tranquila y es sumamente grande como lo son las casas cuando eres la única persona en ellas. No soy completamente la única aquí, pero se siente así.

Mamá sin duda está descansando. Ha estado «descansando» mucho desde que papá se fue luego de las vacaciones de primavera. Digo se fue como que se mudó de la casa. Fue todo un shock. Mis papás nunca se pelearon o se gritaron. Ni yo, ni mi hermano de catorce años, Tyler, tuvimos algún presentimiento de que algo iba a ocurrir.

Mis padres siempre habían parecido ser una unidad, una roca sólida, pero ahora la roca tiene una grieta profunda. Cuando pasan cosas como que tus padres se separan, como que se sacude tu mundo entero, lo ponen patas arriba.

Un minuto todo es tan normal que ya es aburrido. El próximo, bueno, la vida se desmorona como una galleta vieja. Y ya no puedes volver a hacer una galleta de las migas. Sé que las cosas han cambiado para siempre.

—¿Mamá?

Me sorprende ver una pizza de pepperoni y media docena de magdalenas de vainilla con crema de fresa sobre el mostrador. Esto significa que mamá sí recordó que voy donde

Clarissa y salió al supermercado. Un pequeño milagro. Un par de veces ella estuvo tan ida que nos quedamos sin comida y tuve que ir a hacer la compra.

Alentada por el hecho de que mamá logró salir de la casa, reviso su pequeño estudio al lado de la sala, tal vez está esculpiendo de nuevo, pero la habitación está sin tocar, como lo ha estado por los últimos tres meses.

Nada nuevo, con la excepción de otra capa de polvo cubriendo sus herramientas y la sábana sobre la pieza en la que estuvo trabajando cuando papá se marchó.

Subo las escaleras trotando. —¿Mamá? —vuelvo a llamar. De repente está guardando la ropa o algo así. Entro a su dormitorio. La decepción me aplasta.

Está acostada en su lado en la cama, en su bata de baño, con el cabello despeinado. Estoy tan harta de verla noche y día en esa bata de baño maldita, su profundo color albaricoque desteñido hasta volverse amarillo pálido, los puños y el cuello deshilachados. Quiero quitársela, tirarla a la basura, gritarle que se vista con ropa de verdad. En vez de eso digo

—Gracias por la pizza y las magdalenas.

Ella rueda sobre su espalda. Su rostro está pálido con manchas oscuras debajo de sus ojos, que tienen un extraño aspecto vidrioso. La gente siempre dice que me parezco a ella. Nunca nos habría vinculado como madre-hija, pero supongo que no te ves como te ven los demás. Tengo su cabello castaño y los ojos color verde aceituna, pero ella tiene la nariz recta y los ojos pequeños. Tengo una nariz de pista de esquí y ojos almendrados. Soy más alta. Desafortunadamente, heredé su trasero plano.

Ella alarga su boca para formar una sonrisa, como si fuera un gran esfuerzo hacer que sus músculos faciales se muevan. Obviamente ha tomado esas estúpidas pastillas. Me siento a su lado sobre la cama y tomo su mano. Está flácida y pegajosa.

Ella se lame los labios ásperos como papel de lija. Las pastillas le secan la boca. —¿Cómo estuvo tu primera entrevista?

—Excelente. Ed Yamamoto me mostró su jardín zen, su

colección de bonsái. Creo que tengo tomas buenas.

Mamá sonríe lánguidamente.

—¿Que tal tú día? —pregunto.

Ella alza un hombro aparentando un encogimiento de hombros. Yo sé que es la máxima respuesta que voy a recibir.

—Voy a casa de Clarissa ahora. ¿Puedo hacer algo por ti antes de irme?

—Te conseguí pizza y magdalenas para llevar.

—Las vi, mamá, gracias. —Ya se ha olvidado de que le agradecí por ellos. —¿Has comido hoy? Tienes que comer, ya sabes.

—Un poco de agua tal vez.

Le llevo un vaso de agua fría. ¿Cuánto tiempo se va a quedar así?

Se sienta para beber y se baja casi todo el vaso. —¿Has sabido algo de Tyler?

—Mamá, preguntas eso todos los días. Probablemente esté demasiado ocupado jugando fútbol.

No menciono que él está enojado con ella por enviarlo al campamento, entonces, ¿por qué la llamaría a menos que tuviera que hacerlo?

La abrazo. La pizza y magdalenas significan que todavía hay un poquito de la antigua mamá allí adentro en algún lugar. No se ha ido del todo. Me da unas palmaditas débiles en la espalda.

Vuelvo a llenar su vaso y lo dejo sobre un portavaso sobre la mesita de noche. Ella ya se ha ido de nuevo. Me cambio a shorts y chanclas, agarro la comida y mi bolso. Al último minuto, también llevo mi videocámara.

Clarissa se va mañana para ser consejera en entrenamiento en un campamento en Pensilvania. El verano se vislumbra largo sin ella. La casa definitivamente ha cambiado. La ausencia física de papá flota como una presencia fantasmal, y la presencia física de mamá se cierne como una ausencia fantasmal. Y ahora no voy a tener la casa de Clarissa como refugio.

Ambas vivimos en la misma parte de Indian Valley. Conduzco por sinuosas calles de casas de dos pisos y jardines repletos de azaleas y cercos. La única ventaja de la partida de papá es que puedo usar su coche.

Se mudó a un apartamento en Manhattan, donde trabaja, así no necesita un coche para ir al trabajo y hace todas sus diligencias a pie. Cuando viene a visitarnos, lo cual ha pasado exactamente dos veces desde que se fue, alquila un coche para los cuarenta minutos de viaje a nuestro suburbio de Nueva Jersey.

Después de estacionarme en la vereda al frente de la casa de Clarissa, voy por el costado de la casa hasta el patio de atrás, donde abro la puerta corrediza de vidrio que da a la cocina. No está nadie.

—Hooolaaaa.

—Clo, estoy arriba —llama Clarissa.

Dejando la pizza y las magdalenas sobre la isla central de la cocina, subo las gradas de tres en tres y entro a su dormitorio.

—Hola Riss.

Está sentada en el piso con las piernas cruzadas, rodeada por un maletín y pilas de ropa.

—Ahorita estoy empezando a empacar. Nunca puedo decidir qué llevar.

—Mira esto —sonriendo, saco mi tarjeta de visita de *El Semanario de Indian Valley*.

Sus ojos se anchan al estudiarla. —Eres la única chica que conozco con una tarjeta de visita. —Arruga la frente. —No vas a poner la inicial de tu segundo nombre?

—¿Te parece que debería?

—No sé. Me parece que una tarjeta de visita debería ser formal.

—Cloe A. Quinn. Podría poner mi segundo nombre completo: Cloe Ann Quinn.

—¿O qué tal C.A. Quinn? Como J.K. Rowling o C.S. Lewis.

—Entonces la gente me llamaría C.A.

—Tienes razón, no suena bien. Quédate con Cloe.

—Oye, traje pizza. Comamos. Me muero de hambre.

—Una idea fenomenal.

—Está en la cocina. Magdalenas también.

Clarissa se alza velozmente. —¿Qué esperamos?

Nuestros pies driblean escaleras abajo y aterrizamos con un ruido sordo en el primer piso.

Clarissa coloca rebanadas de pizza en platos de papel y se apega a la puerta del horno de microondas esperando el pitido. —La pasantía se verá muy bien en tus solicitudes universitarias. Ojalá yo supiera lo que quiero ser.

—Lo de consejera en entrenamiento se verá bien, habilidades de liderazgo y todo eso—. Saco una jarra de limonada de la nevera y lleno dos vasos.

—Sí, pero desearía tener un verdadero plan de carrera. No quiero perder mi tiempo en la universidad estudiando algo por nada. —El microondas emite un pitido, y Clarissa desliza las rebanadas en los platos. —¡Guao! esto sí que está caliente—. Se chupa la punta de un dedo.

—Mucha gente no sabe cuál es su especialidad al principio. A mí siempre me gustó escribir, así que me uní al periódico escolar y enseguida supe que quería ser periodista.

—¿Ves? Eso es lo que quiero decir. Te fascina escribir. A Jade le encantan los animales, por lo que quiere ser veterinaria. No tengo nada que a mí me cautiva.

—Lo resolverás. ¿Dónde está tu mamá?

—Fue a buscar a Hailee de la gimnasia. Aprovechemos y comamos en mi habitación.

Llevamos la pizza, limonada, muchas toallas de papel y las magdalenas arriba, y hacemos un picnic en el piso.

—No puedo creer que vayas a estar fuera todo el verano otra vez —le digo.

—Estoy fuera todos los veranos.

Se quita un hilo de queso que se arrastra como una telaraña desde su boca.

—Yo sé, pero, de todas maneras.

—Pensé quedarme en casa este año, pero como obtuve el trabajo de consejera...

—Sí, debes hacerlo.

—Me estoy volviendo loca porque Caleb se va a olvidar de mí.

Pongo los ojos en blanco. Ésta es la verdadera razón por la que Clarissa consideró quedarse en casa. Su último enamoramiento por este idiota, eh, deportista. Se besuquearon en una fiesta hace un mes. Desde entonces Clarissa ha esperado que la invite a salir, pero la ha ignorado.

Parece que ella no entiende el mensaje de que ella no le gusta, y estoy más que un poco cansada de escuchar sobre cada avistamiento de Caleb, con quién estaba hablando, qué llevaba puesto, etc., etc.

Clarissa empieza un nuevo enamoramiento prácticamente cada mes. Ninguno de ellos llega a ser más serio, pero éste ha durado más de lo usual. Supongo que se debió a que tuvo un contacto real con él.

—No lo sé, Riss. Como todavía no ha hecho ninguna movida hasta ahora, tal vez no lo hará. Tal vez fue una cosa de una noche.

Clarissa deja caer la costra de su pizza en el plato. —Realmente parecía enamorado de mí esa noche. Pienso que es tímido. Nunca te ha gustado un chico, así que no sabes cómo es.

¿Tímido? ¿El señor capitán del equipo de fútbol? Decido que es mejor cambiar de tema. —¿Magdalena? —Empujo la caja hacia ella.

Ella las mira con recelo. —A mí verdaderamente no me gustan las magdalenas del supermercado.

Quiere decir que son magdalenas baratas, no del tipo gourmet de una confitería. —Bien, no te las comas entonces. Las llevaré a casa.

—Prométeme que estarás atenta a Caleb por el pueblo. Jade y Morgan van a hacer eso también.

—Lástima que tu celular no funcione allá.

—Lo sé. Es un gran fastidio. —Ella mueve los restos del picnic a un lado. —Mejor empaco.

Quiero una magdalena, pero Clarissa de algún modo me las ha arruinado ahora. Me acuesto de lado en su cama, apoyando mi cabeza en una mano.

Ella cierra un pequeño estuche de cosméticos de color fucsia y lo arroja al bolso. —¿Llevas maquillaje?

Agarra el estuche, lo abre y muestra un paquete cuadrado entre sus dedos.

Estoy sorprendida. —¿Condones?

—Siempre es mejor estar preparada. Nunca sabes a quién vas a encontrar.

—Ese chico ¿cuál es su nombre...Matt? ¿Va a estar allá este verano?

Ella hace una mueca. —Espero que no. No me gustó tanto. Tuve sexo con él sólo para decir que lo tuve.

—Y porque vive en Long Island, así no habrá chismes sobre ti.

—Exactamente. —Ella sostiene una camiseta anaranjada con cuello en v, de lycra, es decir muy ajustada. —¿Debo llevar esto?

—¿No usas camisetas del campamento todos los días?

—Podría necesitar algo más. —La mete en el bolso.

—¡Clarissa! Ven y saca tu ropa de la secadora ya. —Su mamá.

Nos miramos con caras asustadas. —¿Crees que nos escuchó? —Clarissa susurra.

—No hablamos en voz alta.

—¡Voy! —Clarissa descruza sus piernas y se levanta.

Mientras tanto, reviso su colección de globos de nieve de varios lugares distintos. Agito los globos uno por uno, haciendo que los copos revoloteen y conviertan los pequeños y curiosos monumentos de plástico en pequeñas maravillas.

Siempre deseé poder crear una colección genial como esa. Intenté con estampillas, pero eso parecía demasiado ñoño, luego probé con saleros y pimenteros, pero eso parecía tonto.

Tenía un montón de conchas de un viaje donde mi abuela en Florida, pero la mayoría estaban astilladas y, de todos modos, las conchas no eran tan interesantes como los globos de nieve. Finalmente, abandoné la idea de las colecciones. Sacudo el último globo, el puente Golden Gate de San Francisco, y recuerdo que traje mi videocámara.

Me apresuro cuando escucho a Clarissa subiendo las escaleras, y estoy lista con la videocámara cuando entra sosteniendo una pila de calzones recién lavados.

Presiono grabar. Exagera de inmediato, como sabía que lo haría, fingiendo ser una modelo, moviendo las caderas de un lado a otro. Deja la ropa y agarra una magdalena. La muerde y mira al lente.

—Simplemente los pastelitos más deliciosos, querida —dice con un acento británico exagerado. Coloca uno sobre su cabeza y lo usa de puntal. —Puedes usarlos para mejorar tu postura. — Balancea otra magdalena en los extremos de varios dedos. —O para practicar girar los dedos, o ambas cosas al mismo tiempo.

La magdalena encima de sus dedos se cae dejando una mancha de crema en la alfombra. Agarra otra magdalena y rápidamente me la aplasta en un lado de la cara. Dejo la videocámara y le devuelvo el regalo. Ahora estamos decoradas con glaseado rosa y blanco.

—Quiero un selfi de nosotras —dice ella.

Levanto la cámara y nos grabo con las caras cubiertas de magdalenas, mientras nos reímos a carcajadas.

La mamá de Clarissa llama por las escaleras. —Chicas, ¿qué hacen? ¿Has terminado de empacar, Clarissa?

Hailee, la hermana menor de Clarissa, aparece en la puerta.

—Pelean con magdalenas, mamá.

Clarissa le arroja una almohada a Hailee, quien la esquiva con un chillido. —¡Mamáááá!

—Chismosa — dice Clarissa.

El momento ha terminado. —Mejor me lavo la cara y me voy —digo.

Restregamos nuestras caras en el baño y bajamos las escaleras. Saludo a su madre, que está viendo televisión en la sala, y salimos a la calle.

—Guárdame ese video —dice Clarissa.

—Lo haré. Lo editaré a una pieza pequeña y lo llamaré «Caras glaseadas».

—Está bien. Me gusta.

—Estaremos en el último año cuando vuelvas. ¿Puedes creerlo?

—Cloe, oficialmente ya estamos en el último año.

Burlándome, le apunto con mi dedo. —Oye, no hagas nada este verano que yo no haría.

—Olvídalo. Entonces nunca me divertiré.

Nos abrazamos y entro a mi coche, sintiéndome ya un poco sola. Tengo a Jade y a Morgan para reunirnos, pero ellas no son lo mismo. He sido la mejor amiga de Clarissa desde el séptimo grado. Llego a casa. Mi teléfono suena al mismo momento que la puerta de garaje se cierra zumbando. Clarissa. Le contesto sin mirar la pantalla.

—¿Ya me extrañas tanto, Riss?

—¿Oye, Cloe? —dice un chico.

—Sí. —Frunzo el ceño, preguntándome quién demonios puede ser.

—Es Kieran, ya sabes, del Vivero Yamamoto.

Dudo. ¿Ed le dijo que me llame? —Oh, sí, hola —digo.

—Me siento muy mal por lo que dijiste, sobre distraerte hoy.

—No te preocupes. No fue gran cosa.

—No, de verdad, me gustaría remediarlo. ¿Qué tal si salimos a comer una hamburguesa o algo mañana por la noche? Te invito.

—No tienes que hacer eso.

—A menos que a tu novio no le guste.

—No, no, quiero decir, no tengo novio.

—¿Entonces saldrás conmigo?

Me doy cuenta de que me está pidiendo una cita. Es el tipo de cosas que suceden en las películas de Hollywood, no a mí.

—Bueno, este...sí, supongo, está bien.

—Excelente. Pensé en eso cuando te fuiste hoy. Estaba programando que te dieras la vuelta y regresaras, pero supongo que mi telepatía mental estuvo apagada.

Suelto una risilla. —¿Cómo obtuviste mi número?

—Encontré tu tarjeta en el escritorio de Ed, y me dije «Oye, ¿quién sabe? Estaba predestinado.» ¿Qué tal si te busco en la oficina del periódico cuando termines?

¡Tengo una cita! El temporizador de la luz del garaje se apaga, hundiéndome en la oscuridad.

TRES

ni siquiera son las nueve de la mañana, pero el calor sofocante ya me hace sudar a través de mi blusa. Cruzo el estacionamiento hasta la oficina de *El Semanario de Indian Valley*, «su recurso comunitario», y presiono la mugrienta puerta de vidrio que se abre con un repicar de campanas.

Todavía me estoy acostumbrando a la idea de que ahora soy una periodista de verdad, cubriendo verdaderos acontecimientos, no simplemente preguntándoles a otros alumnos sobre el último viaje de la banda o sobre los nuevos almuerzos «saludables» para el periódico escolar.

—Es lo que te digo, Raymond. Necesito que me pagues en efectivo. No puedo pagar mis facturas con el lavado en seco de mi ropa ... Bien. Entonces saco el anuncio de esta semana. —Marion Martinelli, la directora, estrella el teléfono contra su base, quitándose los anteojos y arrojándolos al escritorio. Se frota los ojos, luego levanta la mirada mientras deposito el equipo en mi escritorio.

—Tintorería Raymond's. Siempre trata de pagar sus anuncios con lavado en seco. ¿Cómo cree que manejo este negocio? Paso por esto con él todos los meses. Un dolor de cabeza.

Asiento, sin saber qué contestar.

—¿Cómo te fue con Yamamoto ayer?

—Bien. Voy a empezar a editar el video ahora.

—Comienza con el artículo. El periódico se imprime esta noche. El video no tenemos que publicarlo hasta mañana.

Marion se pone de pie, con rapidez sorprendente considerando su volumen más bien amplio, y camina como un pato por el pasillo flanqueado por tres escritorios llenos de periódicos amarillentos. Los únicos escritorios ocupados son el de Marion y el mío. Somos las únicas empleadas, además de un reportero a tiempo parcial que cubre los deportes locales.

El dispensador de agua fría gorgotea al fondo mientras espero que mi computadora antigua se encienda. Marion compró *El Semanario* hace cinco años después de que la despidieran de *El New York Times* donde había sido reportera y editora por años. Mi profesor de periodismo, el señor Bauer, decía que los pasantes podrían aprender mucho de ella, así que a pesar de que la pasantía no paga nada más que un estipendio para cubrir el costo de la gasolina, prácticamente hice estallar la correa del sujetador cuando levanté mi mano para presentarme para el puesto, y lo conseguí.

Marion regresa pesadamente al frente de la oficina, deteniéndose en mi escritorio. Su labio superior está cubierto de rocío con sudor a pesar de que el aire acondicionado está a tope. Toma agua de su vaso de papel.

—Recuerda, no escribas nunca jamás, en ningún caso, «primer anual». Un evento no puede ser anual si es el primero. También deberíamos obtener un comentario de un ciudadano común acerca de la idea de una feria multicultural y de alguien más, tal vez de alguna sinagoga. Incluye por lo menos dos fuentes en cada artículo. No te olvides de incluir los antecedentes del grafiti en la sinagoga. Los puedes buscar en el archivo en línea. Está en la página de inicio. ¿Entendiste?

—Sí, pero ¿cómo busco un comentario de un ciudadano común?

—Ve al supermercado y pregúntale a cualquier fulano qué le parece la idea. Obtén su nombre, edad y ocupación.

Marion se deja caer en la silla y levanta el teléfono. Respiro profundamente y empiezo lo que tengo que hacer. Busco el archivo sobre el grafiti, luego llamo a la sinagoga de Indian Valley. Hablo con el rabino, que elogia la idea de una feria multicultural. Salgo corriendo al supermercado para obtener la opinión de un fulano cualquiera. Encuentro una madre ama de casa que piensa que es una gran idea.

A la hora del almuerzo, tengo todas las piezas para armar el artículo. No me detengo a comer el sándwich que traje de casa. Me sumerjo en escribir, borrar, reescribir, volver a borrar, mientras las manecillas del reloj siguen moviéndose alrededor del dial. A las cuatro y cuarenta y cinco, no tengo más remedio que quedar satisfecha con lo que he escrito. Cruzando los dedos, mando el reportaje a Marion.

—Trae una silla y observa mientras edito —dice Marion por encima de su hombro, sus dedos golpeando aún las teclas—. Es la mejor manera de aprender.

Observo mientras Marion refuerza el primer párrafo, borrando palabras superfluas, y luego anuncia que me falta el párrafo clave. —Es allí donde le cuentas al lector la esencia de la historia en pocas palabras. Así.

Ella redacta de nuevo el párrafo y sigue revisando el resto del artículo. —Tampoco tienes una conclusión. Tu historia simplemente se interrumpe. Tienes que tener un desenlace. Tomemos este comentario de Ed y hagamos de él la conclusión. —Ella corta y pega, y de repente la historia tiene un final prolijo.

—¿Vas a quitar mi firma del artículo? —Me parece que ya no queda nada de lo que escribí originalmente.

—Para eso están los editores. Considerando que fue tu primer artículo, no estuvo nada mal. ¿Qué tanto lograste avanzar con el video?

Ni siquiera he empezado. —¿Puedo terminarlo en la mañana?

—Está bien. ¿Y qué de las fotos?

—Están en mi celular.

—Descárgalas y apúrate. Voy a escribir los pies de fotos esta vez, pero en el futuro tendrás que escribirlos tú.

¿Cómo diablos voy a aprender todo esto?

Literalmente acabo de mandar las fotos a Marion cuando las campanas de la puerta repican. Miro y se me encoge el estómago. ¡Kieran! Me había olvidado completamente de nuestra cita. Sus ojos me enfocan como rayos láser, y sonríe al detenerse en mi escritorio.

—Así que esto es una sala de redacción. —Kieran pone las manos en sus caderas y mira alrededor con interés. Miro hacia Marion, preocupada por su reacción. Está absorbida en los pies de fotos.

—Sí, señor. —Apago la computadora y me alzo. — Marion, ¿está bien si me levanto ahora?

—Buen trabajo hoy. Te enseñaré el fichero policial mañana.

—¿Ella es tu jefa? —pregunta Kieran al cerrarse la puerta detrás de nosotros.

—Sí, es Marion, la magnate de los medios de comunicación con blusa en forma de carpa y pantalones de polyester.

Kieran se ríe. —Me parece que le gustas.

—No sé.

—Créeme, Cloe, le gustas.

Abre la puerta de una camioneta maltratada de color azul marino estacionada en la zona roja en la acera, arrasando su brazo e inclinando su cabeza en un gesto galante a la antigua.

Me chupo el labio. —Este ... Lo siento mucho, pero hoy me atrasé mucho. Terminé el artículo, pero tengo que hacer el video esta noche. Debí haberte llamado, pero estaba tan asustada por la hora de entrega y ...

—¿No vas a cenar?

—Ah, sí.

—¿Entonces cuál es la diferencia si cenas conmigo o cenas en casa?

—Este...

—Cena conmigo y luego vas a casa y trabajas en el video. ¿Tienes hambre, cierto?

—De hecho, no almorcé.

—Entonces súbete. —Señala nuevamente a la camioneta.

Sonrío y me deslizo en el asiento delantero.

Kieran se pone al volante. —Siempre hay una solución. —Sus ojos brillan.

—Por cierto, ayer vi a la vigilante del parquímetro darle a alguien una multa por estacionarse en la acera —le digo.

Kieran estira la mano y abre la guantera. Se cae un fajo de multas de estacionamiento arrugadas.

—Eso es lo que pienso de las multas de estacionamiento. La gente debería poder estacionarse donde quiera. Quiero decir, dicen que este es un país libre, ¿verdad?

Él sale del estacionamiento mientras guardo los papeles derramados en la guantera y la cierro. —¿Dónde vamos? —pregunto.

—La Hamburguesota, ¿te parece?

—Como no. —Señalo el signo de la paz en madera colgando de su espejo retrovisor. —Es genial.

—Es una cosa antigua, de mi papá.

—Me gusta. ¿Fue un hippie?

—Algo así.

Aparto un mechón rebelde de cabello encrespado de mis ojos. Ni siquiera me he peinado, retocado el maquillaje, lavado los dientes, o cambiado la blusa sudada. De verdad estoy arruinando esta cita.

La Hamburguesota se encuentra al final de la calle principal de Indian Valley que corta a través del centro del pueblo. Entramos al estacionamiento y aparcamos.

—¡Espera! —me ordena Kieran cuando pongo mi mano en la manija de la puerta. Salta de su asiento y corre alrededor del coche hacia mi puerta, abriéndola ceremoniosamente.

Sonrío. —No tienes que hacer eso. Puedo abrir mi propia puerta.

—Cloe, dame una oportunidad. Esta es nuestra primera cita. Estoy tratando de impresionarte —Se inclina hacia mí conspirativamente. —¿Está funcionando?

Río a carcajadas porque de veras sí está funcionando. Él me

gusta más que cuando estuvimos en el Vivero Yamamoto.

Él toma mi risa como un sí, y finge limpiarse el sudor de su ceja. —¡Uf!

Me abre la puerta del restaurante, liberando una ráfaga de aire frío, y nos ponemos en fila en el mostrador lleno de gente.

—Para mí una hamburguesa vegetariana y un refresco de zarzaparrilla —dice Kieran—. Trato de evitar los alimentos grasos. Tengo que mantenerme delgado y en buena forma para actuar. La cámara te agrega cinco kilos.

—Entonces ¿no deberías más bien beber gaseosas dietéticas?

—Cloe, no puedo renunciar a todo. He tomado refresco de zarzaparrilla desde que era un niño pequeño. Mi papá siempre la bebía. Supongo que es algo anticuado. Casi ningún lugar la tiene, por eso siempre vengo aquí.

—Nunca he probado hamburguesas vegetarianas —confieso.

Sus ojos brillan. —Ahora es tu oportunidad. Tienes que probar cosas nuevas, ¿verdad? —Asiento con la cabeza. —Ahora me vas a recordar para siempre por tu primera hamburguesa vegetariana. Siempre recuerdas los primeros.

Tiene razón.

Ya que todas las mesas están llenas, llevamos nuestra bandeja a una mesa afuera debajo de una sombrilla. Kieran se estira sobre la mesa y retira un cabello pegado en mis labios, como si yo lo conociera desde siempre.

—Tienes un trabajo genial, una verdadera Lois Lane.

Sorbe su refresco de zarzaparrilla.

—Bueno, espero serlo. —Muerdo mi hamburguesa vegetariana. Es sorprendentemente sabrosa, aunque estoy tan hambrienta que cualquier cosa me sabría bien ahora.

—¿Rica? —Kieran señala con la barbilla mi hamburguesa mientras mastica.

—Me gusta.

Sonríe. —¿Entonces estás en ... el último año? —Lo está haciendo de nuevo, estudiándome como un cuadro.

—Sí, en la secundaria de Indian Valley.

—Acabo de graduarme. Con las justas. Los estudios nunca fueron lo mío.

—¿Por qué?

—La mayoría de la porquería que te enseñan no la vas a necesitar nunca en la vida. Quiero decir, ¿de verdad vas a necesitar saber el valor de pi, la tabla periódica de elementos, el tiempo pasado imperfecto en algún idioma? No son cosas prácticas.

—Un montón de cosas de la secundaria son realmente tontas, como las animadoras. ¿Por qué necesitan animadoras los equipos deportivos? La gente puede vitorear y animar sin ser dirigida. ¿Y por qué no hay hombres animadores para los equipos femeninos?

Kieran echa su cabeza hacia atrás y ríe. —Totalmente cierto.

—Y anuarios. Quiero decir, según los anuarios todo el mundo está súper feliz, todos son integrantes de un equipo o de una banda, cada uno tiene toneladas de amigos porque incluso la gente que te odia te escribe cosas como «que tengas un lindo verano» y «nos vemos el próximo año» en las cubiertas interiores. Lee un anuario y piensas que nadie se despierta con granos, pelea con sus papás, es castigado, va a clases drogado. De eso se trata en realidad la secundaria. Ninguno de mis amigos concuerda conmigo. Piensan que las animadoras y los anuarios son lo máximo.

—Eres más inteligente que ellos. Probablemente te sacas notas excelentes.

—Bueno, sí.

—Me imaginaba que eras del tipo cerebrito. Me encantan las chicas inteligentes. Los reporteros tienen que ser inteligentes.

—En realidad, quiero ser corresponsal extranjera.

—Genial.

—Entonces, ¿dónde fuiste al colegio? Nunca te vi en Indian Valley.

—Crystal Lake.

Crystal Lake es el pueblo vecino a Indian Valley al oeste, con calles de casas de madera con camionetas en la entrada, hombres con barbas, gorras de béisbol y chaquetas de jean, y mujeres con tatuajes, demasiado rímel y cabello lacio.

—Sé lo que estás pensando. Crystal Lake es un basurero, pero salí de allá y no pienso regresar.

¿Cómo pudo leer mi mente? —No, no pensaba eso para nada.

—Lo sé que sí. Puedo saber cosas de la gente. —Se encoge de hombros —. Está bien. Es verdad todo. Me largué de allá apenas me gradué. Ya estaba trabajando a tiempo parcial para Ed, y cuando me contrató a tiempo completo, me mudé a una casa rodante que posee una señora cerca del río. Está estacionada en su entrada. Me deja usar su lavadora y ducharme en el sótano. Hasta puedo usar su computadora y conectarme al internet. Hago algunos trabajitos para ella alrededor de su casa, le ayudo y así no me cobra mucho alquiler. Es un trato bastante bueno.

—¿Entonces ya cumpliste dieciocho?

—Diecinueve. ¿Y tú —déjame adivinar— diecisiete?

—Acabo de cumplir diecisiete. El veinticuatro de mayo.

—¡No me digas! Yo soy del veinticuatro de abril. ¡Increíble! —Se emociona tanto, como un niño pequeño en su fiesta de cumpleaños, que tengo que reír. Él se une a mí. Su risa suena como un ladrido de foca, lo cual hace partirme de risa aún más. Nos estamos riendo tan fuerte que la gente se da vuelta para mirarnos.

Cuando termino de chisporrotear, me doy cuenta de que Kieran ya no está riendo. Está inclinado sobre la mesa, su cabeza sobre un brazo, con una sonrisa de diversión bailando en sus labios al observarme, bebiéndome como un gran vaso de agua fría.

—Cloe, eres tan hermosa.

Nadie me ha dicho eso nunca. Nunca me he visto como «hermosa». Mis ojos se entrelazan con los suyos, y me deslizo en su sonrisa. —Gracias —murmuro.

—La belleza está en el ojo del observador —dice, algo misteriosamente—. No estás acostumbrada a recibir cumplidos, me doy cuenta. Así que te voy a dar otro. Tu cabello se ve radiante en el sol, como la aureola de un ángel.

Un sonrojo se desliza sobre mi cara. Tiene razón. No estoy acostumbrada a los cumplidos. Trato de esquivar éste.

—Lo corto todos los veranos. Hace mucho calor. Es como tener una capa en la cabeza.

—Ay no, a mí me encanta el cabello largo. Voy a tener que darte nalgaditas si te lo cortas.

—Mi mamá nunca me dejó tener cabello largo cuando era chiquita porque no quería el inconveniente de tener que peinarlo. Me veía como un chico con algunos de los cortes que me dio. Supongo que es por eso por lo que ahora lo tengo largo.

—Mi mamá prácticamente me afeitaba la cabeza cada verano. Es por lo que ahora llevo el mío largo también.

—Supongo que todos los padres hacen cosas similares.

Las cigarras zumban al caer de la tarde. Las lámparas de la calle se prenden, inundándonos con luz.

—Es mejor que regrese a casa. Tengo que empezar con este video y controlar a mi mamá.

—¿Cómo así? ¿Está enferma?

Dudo, luego todo brota de mí—la separación de mis papás y el naufragio de mi mamá. Kieran escucha atentamente, sus ojos serios. Cuando termino, me siento algo incómoda.

—Disculpa, demasiada información, ¿correcto?

—¿Por qué disculparte? Tienes que hablar de ello. Son cosas fuertes, Cloe. Es mucho para manejar a solas. No le cuento esto a mucha gente, pero mi papá nos dejó cuando era niño. Nunca más supimos de él.

—Qué horrible.

Se encoge de hombros. —Lo superé.

—Sabes lo que me asusta en secreto, y que nunca se lo he contado a nadie, es que algún día llegue a casa y encuentre a mi mamá con una sobredosis de pastillas.

Kieran asiente. —Mi papá estaba metido en drogas de todo tipo. Sé exactamente cómo te sientes.

Miro su cara sombría. —Tú sí lo entiendes, ¿verdad? —susurro—. Sabes qué siento.

Suavemente besa la palma de mi mano. —Ven, mejor te llevo a casa.

Al caminar a la camioneta envuelve mi cintura con su brazo y besa mi frente. Enlazo mi brazo alrededor de él. Es como si nos hubiéramos conocido desde hace un millón de años.

Conducimos hasta mi coche en silencio fácil, su mano encima de la mía en el asiento delantero. Le señalo mi coche y se estaciona detrás de él.

—La pasé de maravilla, Cloe. Sabía que así sería.

—Yo también.

—No estabas segura al principio ¿correcto?

—Bueno...

—Soy como un sarpullido. Aumento en la piel de la gente.

Me echo a reír, y se une a mí.

—¿Quieres volver a salir? —Levanta sus cejas en señal de pregunta.

Meneo mi cabeza para arriba y para abajo al igual que un perrito de tablero.

—Fenomenal. —Me besa en la mejilla.

Salgo de la camioneta. Él espera hasta que me monte en mi coche y empiece a conducir, luego me sigue hasta salir del estacionamiento. Giramos en rumbos opuestos para seguir nuestros caminos separados. Sigo mirando sus luces traseras en el espejo retrovisor hasta que se desvanecen.

Entro a la cocina flotando en la nube de la velada, la cual se desinfla inmediatamente al ver a mi mamá en su bata. Está calentando algo en el microondas. Por lo menos está comiendo.

—Trabajas hasta tarde —me dice.

Me pregunto si contarle la verdad o decir que estuve en el periódico. Opto por esto último. —Tuve un día muy ocupado y todavía tengo que terminar mi pieza de video. ¿Cómo estás tú?

El microondas pita. Cautelosamente saca un tazón con sopa de tomate y lo coloca en la mesa. —Bueno, sabes, tratando de aclarar las ideas.

—¿Ha llamado papá? Debe llevarme al recorrido de la Universidad de Nueva York el sábado en una semana.

Juega con la cola del cinturón de su bata. -No sé lo que hice, Cloe. Salió de la nada y dijo que quería un divorcio.

¡Divorcio! La palabra «D» nunca se pronunció antes. Pensé que simplemente se habían separado, lo cual obviamente podría llevar a un divorcio, pero igualmente *no era* divorcio. Me hundo en una silla de la cocina mientras que ella se sienta en la mesa.

—Le pregunté si había alguien más y dijo que no. Que quería hacer cambios en su vida. En otras palabras, deshacerse de mí. Botar veinte años de un día para otro. Como un viejo zapato. —Sus ojos se llenan de lágrimas. Siento que se abre una grieta dentro de mí. No recuerdo haber visto llorar a mi madre nunca.

—No llores, mamá. Por favor. Vamos a estar bien. —Me reprocho haber mencionado a mi papá. Nunca más lo mencionaré. Jamás.

Olfatea y se limpia los ojos con el cinturón de la bata. —Lo siento. No soy muy buena madre, ¿verdad?

La grieta se astilla como un espejo roto. —Eres la mejor, mamá, la mejor. —La abrazo y sus hombros se estremecen bajo mis brazos. Se desprende, derramando lágrimas. —Mejor me tomo otra pastilla. No logro dejar de llorar. —Se levanta y cruza hacia un gabinete, del cual saca un frasco de pastillas.

Quiero tirar esos medicamentos por el inodoro. —Esas pastillas te convierten en un zombi. ¿Por qué tienes que tomarlas?

—Las necesito por un tiempo hasta superar esto. Estaré bien.

—¿Qué pasa si te vuelves adicta o tomas una sobredosis o algo así?

Se golpea la palma de la mano encogida contra la boca y engulle la pastilla con un vaso de agua. No puedo soportar ver eso. Subo las escaleras galopando y cierro mi puerta de golpe.

Me cepillo los dientes frenéticamente unos minutos más tarde cuando suena mi teléfono. Un texto.

Quería decirle buenas noches a una chica hermosa.

Kieran. La cuerda tensa dentro de mí se afloja.

Hago piruetas saliendo del baño. Doy vueltas a mi respuesta, escribiendo y borrando millones de mensajes. Finalmente opto por lo más sencillo.

Buenas noches y dulces sueños.

Me contesta de inmediato. **Voy a soñar contigo entonces.**

Prendo mi computadora portátil para editar y armar el video, mi cabeza zumbando.

Nunca he sido miembro de ese exclusivo club de chicas llevando mitades de corazones dorados alrededor de sus cuellos, anillos de clase de sus novios o chaquetas con iniciales.

En la última venta de flores del día de San Valentín, Clarissa y yo nos enviamos claveles para fingir delante de la gente que teníamos admiradores. La suma total de mi experiencia fue de tres chicos: sesiones de besos con dos y hasta el final con uno.

Buddy Ambrosiano fue el primer chico al que besé, sentados en la acera a la sombra del coche que estaba reparando en su entrada. Es el hermano mayor de un chico que Jade conocía.

—Eres muy apasionada – me murmuró al oído cuando nos dimos nuestro primer beso con lengua. No sabía exactamente qué significaba eso, pero supuse que le caía bien. Así que lo llamé la semana siguiente.

—Soy Cloe.

Un segundo de silencio desconcertado. —¿Quién?

—Cloe. Estuve con Clarissa y Jade. Nos encontramos en tu casa el viernes pasado. Estuvimos ... ¿sentados en la vereda?

—Eh, sí. Sí, me acuerdo.

Debí darme cuenta entonces y colgar, pero seguí insistiendo.

—Este, ¿quieres que pasemos un rato en algún momento?

—Eh, sí, seguro.

—¿Quizás el viernes?

—¿Qué tal si te encuentro en el estacionamiento de la

heladería a las siete?

¡Un chico estaba interesado por mí! Ese viernes en la noche, caminé hasta la heladería, llegando con quince minutos de anticipación. Buddy llegó en su coche con suspensión trasera extendida con un estruendo de música heavy metal. Me saludó con una sonrisa. —¡Súbete! —gritó.

La música estaba demasiado alta para poder conversar. Como él pertenecía al grupito de los populares, me imaginé que había planeado algo genial, como una fiesta.

Conducimos hacia una oscura calle sin salida en una urbanización en construcción. Estacionó y bajó las ventanas. ¿Qué era esto? No era exactamente mi idea de una cita. Su idea implicaba muchos desplazamientos de manos y bocas mojadas.

Yo estaba dispuesta a avanzar con él hasta que trató de desabrochar, desabotonar y bajar la cremallera. Seguí rechazándolo, como a un perro metiendo su nariz entre mis piernas.

—¿Qué pasa? —Se volvió a sentar en su asiento.

Bajé la mirada a mis manos retorciéndose en mi regazo. —Yo ... es que no quiero hacer eso. —Mi voz sonaba como salida de una pipeta de laboratorio químico.

Exhaló fuertemente y miró por la ventana. —¿Has hecho esto antes?

Sacudí mi cabeza.

—Cielos. —Se peinó con los dedos. — Creí que fue para eso que me llamaste.

— Creí que te gustaba —chillé.

Le dio vuelta a la llave de encendido. —¿Dónde vives?

Le hice dejarme a la vuelta de la esquina de la casa y me arrastré a casa, sintiéndome tan arrugada como una uva pasa. Había hecho el ridículo completo. ¿Cómo había podido ser tan estúpida?

Yo no le gustaba para nada. Supongo que tuve suerte que no me violara. Y si lo hubiera hecho no le habría contado a nadie, de ninguna manera. Estaba demasiado avergonzada. Felizmente, nunca más me topé con él.

Con Dan Levin, el hermano menor de mi profesora de ballet con un corte de cabello tipo bacinica, pasó la misma cosa más o menos. Luego de un batido de leche en la heladería, terminamos besándonos en un lugar boscoso detrás de la tienda. Dan estaba sudoroso y respiraba con dificultad, después colocó mi mano como saltamontes en su entrepierna. Se la arrebaté.

—Bueno, ¿no vas a ...? Gesticulaba hacia abajo con su cabeza. Realmente no sabía lo que quería implicar, pero no quería descubrirlo. Me levanté y me fui. Al día siguiente le mandé un texto diciéndole que no iba a volver a verlo.

El mensaje no podía ser más claro si hubiera sido anunciado por el sistema de altavoces del campo de futbol. Si quería un novio, tenía que abrirme de piernas, enseguida, o me arriesgaba a ser excluida.

Sexo era lo que estaba detrás de las iniciales en los corazones rasguñados en las paredes de baños y los garabatos en los archivadores y cuadernos, pero las chicas nunca hablaban sobre eso.

Presumían de las notas de amor, los chupetones, los anillos, como que los chicos las quisieran de verdad. Como las chicas no debían ser consideradas fáciles de conquistar, fingían que no lo eran. Todo era un gran montaje.

Así que cuando Angus Magillicuddy me toqueteó en una fiesta una noche, supe lo que tenía que hacer para convertirlo en «novio». Pasó en el dormitorio de los padres ausentes. En cinco minutos, había terminado, pero funcionó—agregó mi número a su teléfono. Me llamó al día siguiente y me invitó a venir a su casa y «ver televisión». ¡Me había unido al club!

A la tercera invitación para «ver televisión», me di cuenta de que Angus Magillicuddy no estaba interesado en ser un verdadero novio y en salir a citas juntos. Me usaba. Le dije que ya no iba a «ver televisión».

Kieran parece ser diferente de esos imbéciles. Me llevó a una verdadera cita. Me escuchó. Quiso saber de mí y de mi vida. Ni siquiera trató de meter su lengua en mi boca. Quizás finalmente encontré un chico que me quiere por mí misma, no para meterse en mis pantalones.

Miro fijamente la pantalla de la computadora. No tiene sentido. No puedo concentrarme en el video. Decido acostarme y despertarme temprano para hacerlo. Pongo el despertador y me deslizo entre las sábanas. Con Kieran zumbando en mi cabeza, me quedo dormida.

Salgo de la cama con un salto a las cinco de la mañana y termino el video en tiempo récord. Al entrar a la redacción un olor químico me golpea la nariz. Una pila de periódicos frescos está al lado de la puerta. Hay una caja de dónuts al lado de ellos sobre una mesa. No puedo esperar hasta ver cómo salió mi artículo, pero no tengo tiempo para comprobarlo.

—Cloe, el periódico ya salió para distribución. Necesito publicar ese video —ladra Marion.

Cargo el video. —Listo.

Apenas escucho la voz de Ed Yamamoto desde su computadora, agarro un periódico. Acaba de salir de la imprenta, todavía está algo húmedo con tinta mojada. Mi artículo está en la portada en el doblez superior:

Feria multicultural apunta a celebrar la diversidad, por Cloe Quinn.

La emoción me tintinea al aplanar el periódico para leerlo. De repente, voces estáticas claman del escáner policial.

—Tenemos un incendio en una casa cerca al río —llama Marion—. Dirígete hacia esta dirección. ¿Tienes la cámara? —Arranca una página del cuaderno de apuntes, mandando una ducha de azúcar en polvo de su dónut en la otra mano a la plataforma de su pecho—. Llámame apenas tengas algo.

Agarro un dónut de mermelada mientras salgo volando por la puerta.

En verdad no necesito la dirección, oleadas de humo negro en el cielo señalan la ubicación del incendio. Estaciono detrás de la barrera que restringe el acceso a la calle, preparo mi videocámara mientras camino hacia un pequeño grupo horrorizado, tapándose sus bocas con las manos, que observa llamaradas anaranjadas masivas tragándose la casa.

Tosiendo cuando la brisa sopla el humo hacia mí, enfoco mi cámara en los bomberos combatiendo las llamaradas con las mangueras. El techo se desploma con un crujido ensordecedor, enviando un rocío de chispas. La multitud suelta un jadeo colectivo.

Mi teléfono suena. Es Marion. —¿Qué tienes?

—No demasiado.

—Entonces descríbeme la escena.

Al contarle lo que veo, la escucho chasqueando las teclas del tablado a una velocidad sobrehumana. Se detiene.

—Bien. Pregunta por el capitán y encuentra al propietario de la casa y a los vecinos. Llámame apenas tengas eso. Y toma fotos. —Cuelga.

Un bombero señala al capitán que me cuenta que el incendio fue causado por un corto circuito. Me acerco a uno de los testigos que por suerte es la persona que descubrió el humo y llamó a los bomberos. Obtengo su historia.

También me cuenta que la propietaria es la mujer con lágrimas rodando por sus mejillas. Dudo en acercarme a entrevistarla, pero es parte de mi trabajo. La señora me habla. Ha vivido allí por sólo seis meses.

A la hora que termino con mis entrevistas, la mayor parte de la casa ha sido reducida a un montón de escombros carbonizados ardientes. Cintas de humo ondulan hacia el cielo.

Tomo un par de fotos y llamo a Marion para darle la información.

—Regresa y sube las fotos y el video.

Regreso a mi coche, preguntándome si cada día va a ser tan agitado. Mi teléfono suena. —¿Lois Lane? Es Clark Kent.

Me río entre dientes. Me estoy acostumbrando a las bromas cursi de Kieran. —¿Te puedes poner tu disfraz de Superman? Estoy viendo una casa quemándose cerca al río.

—¿De verdad?

—Sí, estoy cubriendo un incendio. La verdad es que ya casi lo apagaron. Estoy en camino de regreso al periódico.

—Quería decirte que tu artículo y el video se ven excelentes. A Ed le encantan. Ya mandó los enlaces a la cámara de comercio. Mira, la feria ambulante abre mañana en la noche. ¿Quieres ir conmigo?

Mi corazón dispara un pistón. —Seguro.

—Fenomenal. Tengo que irme. Te llamo más tarde.

Vuelvo al periódico. Mierda. ¿Por qué le dije que sí? Cada año voy con Jade y Morgan al estreno de la feria, pero de verdad quiero ir con Kieran.

Les diré esta noche. Vamos a ir a jugar minigolf. Paso el resto del día con la noticia del incendio. En la tarde estoy completamente molida.

—Revisaremos el fichero policial mañana —dice Marion—. Espero que sea un día de noticias más lento.

Yo también.

CUATRO

Me encuentro con Jade y Morgan en el minigolf en lamentable estado que está ubicado en la carretera que conduce a Nueva York.

De las dos, prefiero a Jade. Posee una dulzura innata. Morgan tiene unos bordes puntiagudos, aunque una vez que los traspasas, es gentil por debajo. Pero puede ser difícil soportarla a veces.

Doy un ejemplar del periódico a cada una.

—Miren quién tiene un artículo en primera plana —les grito por encima del estruendo de los semirremolques viajando hacia el norte al estado de Nueva York. —En el doblez superior.

—La primera plana con tu primer artículo —dice Jade con admiración.

Incluso Morgan asiente.

—Y... —no puedo esperar la reacción de ellas a esto—. ¡Tuve una cita la noche pasada!

Sus ojos se ensanchan. —¿Qué? Nos has tenido alejadas, Clo —dice Morgan.

—He estado ocupada.

—Detalles, por favor —dice Jade.

Les cuento todo mientras empujamos las bolas alrededor del descuidado césped falso a través de las casas de muñecas, puentes y molinos astillados y pelados.

—Tiene diecinueve años, acaba de graduarse de Crystal Lake. Va a ser actor.

—Debe ser guapo, entonces —dice Jade.

—Los actores se mueren de hambre —se burla Morgan—. Esa no es una verdadera carrera. —Su disparo sale torcido, y la bola pasa silbando de pared a pared en el mismo tramo—. ¡Uf!

—Te hechizaste —le digo con regocijo—. Él tiene una audición para un anuncio de televisión pronto. Pienso que la gente debe hacer lo que le dé la gana.

—Algunas personas obviamente triunfan con la actuación, así que quizás él también pueda lograrlo —dice Jade.

—Así creo yo —le contesto.

—Siempre va a estar metido en trabajos de mierda que no dan dinero —dice Morgan.

—El dinero no lo es todo. —Jade golpea la bola fuera del laberinto y hacia un área empinada. Levanta los brazos como una campeona.

—¡Jade toma la delantera! ¿Entonces te gusta?

—Sí. Es divertido, siempre de humor para bromas. Parece más maduro que los chicos de nuestra edad. Fuimos a La Hamburguesota y hablamos y comimos y hablamos. Ni siquiera trató de lanzarse.

—¿Ni siquiera se besuquearon? —pregunta Morgan.

—Nooooo.

—Me gusta eso. Es un poco a la antigua —dice Jade.

—Los chicos de nuestra edad sólo quieren ver hasta dónde pueden avanzar con las chicas para luego jactarse ante sus amigos —dice Morgan.

Su bola alcanza la cima de la colina y driblea hacia abajo por el otro lado, directamente al hoyo. —¡Morgan sale adelante! —Levanta los brazos al aire y se gira como si se dirigiera a un estadio de espectadores alentándola. —¡Gracias! ¡Gracias!

—Te voy a alcanzar. —Lancé la bola con demasiada fuerza y vuela al juego de otra persona. —¡Ay no! —La busco, disculpándome ante la pareja que mi bola interrumpió. —

¿Puedo tener otro tiro? —grito, regresando.

—¡De ninguna manera! —dice Morgan. Ya está atravesando un túnel de tubería en camino al siguiente hoyo.

Golpeo la bola demasiado suavemente esta vez, y no llega a sobrepasar la cima. —¡Uf!

—¿Entonces en qué quedaste, Cloe? —dice Jade—. ¿Vas a salir con él otra vez?

Ha llegado el momento de la verdad. —Bueno, me pidió ir a la feria con él mañana por la noche.

—¡Ay no! Apuesto que dijiste que sí. Llega un tipo cualquiera, y dejas caer a tus amigas. Típico —dice Morgan. Ha tomado la delantera al próximo hoyo, en forma de ocho. — Ahora ya terminó todo para Jade y Cloe.

—¿Chicas, a ustedes les molestaría si fuera con él? —Lo digo en voz suave, arrugándome la cara.

—Es nuestra tradición, Clo. No puedo creer que la vayas a romper por el primer tipo que se aparece. —Morgan se rasca la espalda con el palo de golf. —Pero incluso si nos importa, irás con él de todos modos porque es con quién en verdad quieres ir. Realmente ni siquiera sé por qué te molestas en preguntarnos.

—No las quiero enojar. Si es gran cosa, le diré a él que se olvide.

Jade golpea su bola. —Ve con él y los encontramos allí, y podemos estar todos juntos.

Su bola cae en un hoyo. —Oye, este juego no se acaba hasta que no termina.

—Es una buena idea. Así podemos echarle un vistazo —dice Morgan.

—Podemos ir juntas otra noche —sugiero.

Morgan gruñe.

Me tomo el tiempo alineando mi tiro, y me las arreglo para que la bola pase la cima, pero sobrepasa el hoyo.

—Oye, quizás Kieran tenga algunos amigos, Cloe, ojito, ojito —dice Jade.

—Nos vendría bien un poco de sangre fresca —dice Morgan.

—Nosotras, las chicas vampiro, hemos drenado todos los tipos de por aquí —Jade se ríe. —Ahora son todos zombis.

—¿Sabes qué es lo bueno del verano? —dice Morgan.

—¿Qué? —decimos Jade y yo en coro.

—Puedes hacer cosas como ésta en noches de entresemana, sin tener tareas pendientes. Así debe ser cuando uno acaba los estudios y está trabajando.

—Pero no es como si pudieras ir de fiesta todo el tiempo. Sigues teniendo que levantarte temprano para trabajar —le digo.

—Cierto —dice Morgan. —Pienso tomarme un año libre antes de ir a la universidad, tal vez viajar por el mundo o algo así, antes de quedar atrapada de nuevo en la rutina de tareas y clases y todo eso.

—Mi mamá dice que una vez que trabajas, es difícil interrumpir para volver a la universidad. Te acostumbras demasiado a ganar dinero, así que ella quiere que continúe enseguida —dice Jade.

Apunto mi tiro para que la bola pueda rodar alrededor de las dos esquinas del laberinto. Lo logro. Salto. —¡Impresionante!

Con el siguiente tiro, Morgan termina.

—Y la ganadora es ... ¡Morgan! —grita.

Arrojo mi palo y me arrodillo a sus pies, levantando y bajando los brazos como una esclava a su ama. Morgan se echa el cabello hacia atrás.

—Eres demasiado, Cloe, lo juro.

Tanto Jade como yo tenemos que trabajar temprano a la mañana siguiente. Jade está trabajando como voluntaria en un refugio de animales, así que después del juego nos vamos directamente a casa a pesar de las súplicas de Morgan para que pasemos el rato en su casa. No tiene que empezar su turno en el almacén hasta las dos de la tarde así que puede quedarse despierta hasta tarde.

La casa está tranquila. A juzgar por los ligeros ronquidos que provienen de su habitación, mamá se ha quedado hecha polvo por las pastillas. Al menos no tengo que escuchar más estupideces sobre papá. Antes de que todo esto sucediera, ella siempre me esperaba despierta, pero estas pastillas la envuelven en un duermevela de muertos.

Dejo un ejemplar del periódico sobre su mesa, y voy a mi cuarto. Mi teléfono suena cuando me estoy cambiando a mi pijama. Kieran. De repente, ya no me siento tan cansada.

—Oye, fue tan genial ver tu nombre en el periódico hoy. Puedo decir «¡la conozco!»

Me río y me meto en la cama, arreglando las almohadas detrás de mi cabeza.

—¿Entonces el incendio fue la gran noticia de hoy?

—Sí, además del municipio restringiendo el regado de jardines para racionar el agua.

—Oye, yo me quedo contigo. Ni siquiera tengo que leer el periódico para enterarme de lo que pasa.

—Puedo ser tu propio canal personal de noticias. «Manténganse sintonizados, a la misma hora, en el mismo canal» —digo con voz profunda de locutor de noticias—. Entonces, ¿con quién pasas el rato, con chicos de Crystal Lake? No conozco a nadie de allá.

—Para nada. Ellos son unos inútiles. Un manojo de casos perdidos. Principalmente soy amigo de los actores de mi clase de actuación.

—¿Tomas clases de actuación?

—Sí, en un teatro. Hacemos improvisación, estudio de escena, lectura en frío, técnicas de audición, dramática, comedia, de todo.

—Suena super interesante.

—Es bueno. Me rodeo con gente que llegará lejos en sus vidas. No puedo estar con gente que me jala hacia abajo por envidia inmadura.

Morgan se me viene a la mente. —Sí, sé lo que quieres decir. ¿Tienes hermanos?

—Dos hermanas mayores. Una se ha unido a la Fuerza Aérea, la otra está en Arizona.

—¿Por qué se fue allá?

—Se mudó con un novio. Por qué quiere vivir en el desierto

con cuarenta y tres grados de calor me supera. Están celosas de mí porque soy el bebé y el único varón. ¿Tienes hermanos o hermanas?

—Un hermano, tiene catorce años. Mi mamá lo ha mandado a un campamento de fútbol por todo el verano. Luego que papá se fuera, empezó a pasar el rato en ese hoyo de fiestas en el bosque detrás de nuestra casa. Regresó a casa una noche, completamente drogado, y despertó a mamá. Apestaba a marihuana y trago. Lo castigó por el resto del año escolar y luego lo mandó al campamento de verano.

—¿Cuál es el hoyo de fiestas?

—Es un enorme hoyo cuadrado que unos chicos excavaron. Bajas por una escalera a una especie de sala subterránea. Pusieron sillas de jardín en ella y la pasan de fiesta los fines de semana. Durante el día, lo cubren con una lona.

—Bastante ingenioso.

—¿Quién es tu actor preferido?

—Me gustan los tipos duros a la antigua como Steve McQueen y Charles Bronson. Eran los favoritos de mi papá. Tengo un montón de sus películas en casa. Las veremos en algún momento.

—No los conozco. ¿Te gustan las pelis de acción?

—Acción, drama, comedia. Todo en realidad. ¿Qué te gusta a ti?

—Bueno, romance.

—¿Como entre humanos y vampiros o humanos y humanos?

—Hombres lobo, en realidad. No, prefiero entre personas reales.

—Te disculpo, eres una chica.

—¡Te diste cuenta! Y leo mucho, también.

—Tiene sentido, siendo escritora. ¿Qué te gusta leer? ¿Además de romance?

—Me gustan los autores franceses. Voy a tomar francés cinco el año que viene.

—Muy sofisticada. Me gustaba historia antigua en la escuela.

Me metí a fondo con los griegos, romanos, egipcios, todo eso.

—Me encanta todo eso, también. En cuarto grado, quise ser arqueóloga, pero mi papá dijo que no podía ser eso porque los arqueólogos no ganan nada de dinero.

—Pero los arqueólogos descubren cosas. Aparecen en los libros de historia.

—Me imagino que puedo escribir sobre los descubrimientos como periodista.

—Puedes escribir sobre cualquier cosa como periodista, como por ejemplo actores.

Me río. —Podría ser crítico de cine.

—Es un trabajo cómodo, viendo películas todo el día.

—Pero las noticias de crímenes son más emocionantes.

—Y no te olvides, ser corresponsal extranjero. Bueno, debería dejarte a tu sueño reparador, aunque no parezcas necesitarlo. ¿Estamos de acuerdo para la feria?

—Me parece bien.

—Puedo buscarte en tu casa.

No quería que viniera acá, que viera a mamá. —¿Por qué no me buscas en el periódico? Es más fácil.

—Como quiera usted. Al día de mañana será, bella dama.

Colgamos, y me acurruco debajo de las sábanas, deseando que la noche de mañana llegue rápido.

❧ ❀ ☙

Al día siguiente, Marion me enseña a componer el fichero policial—un resumen de pequeños delitos en la ciudad, cosas como robo de tiendas, automóviles y bicicletas, borrachos y conducta desordenada, conducción en estado de ebriedad.

Me quedo impresionada. —Nunca sabía que había tanta delincuencia en Indian Valley.

—Estos delitos menores van en el fichero. Si es algo más grande, hacemos un reportaje completo —dice Marion—. Cada vez que necesites más información, llamas al oficial de relaciones con la prensa de la policía. Guarda su número de celular en tu teléfono para que siempre lo tengas a mano.

Marion me muestra el escáner policial en su escritorio. —

Así es como descubrimos las cosas a medida que suceden. Tienes que estar atenta todo el tiempo mientras el despachador envía unidades de patrulla a las escenas del crimen y de las llamadas. Pero como estaré aquí la mayor parte del tiempo cuando estés aquí, no tienes que preocuparte demasiado por eso.

Me siento aliviada. Parece una tarea desalentadora rastrear el incesante parloteo del escáner y elegir lo que es relevante, así como trabajar en reportajes.

—Otra cosa. Revisa la bandeja de entrada general del correo electrónico para ver los comunicados de prensa. Pon los anuncios de eventos en esta carpeta para que se incorporen al calendario semanal. Cualquier cosa de interés periodístico que merezca un reportaje en ésta otra.

—¿Cómo sé lo que es de interés periodístico?

—Pregúntame si no estás segura. Después de un tiempo, aprenderás cuáles son noticias y cuáles no.

Espero recordar todo esto.

—Puedes empezar con el fichero primero, luego el calendario. Simplemente sigue el formato en el periódico —dice Marion.

Termino el fichero policial y paso la mayor parte del día debatiendo cuales de los comunicados son de interés periodístico. A medida que avanza la tarde, las alas de colibrí revolotean en mi estómago al pensar en ver a Kieran. Vine preparada hoy. Traje jeans recién lavados, una blusa con volantes y sandalias de tacón para cambiarme, además de maquillaje.

Precisamente a las seis menos cuarto, me pongo mi atuendo de cita, me retoco la cara y me recojo el cabello en una cola de caballo porque sé que el calor va a ser sofocante. Miro al espejo. A veces mi semblante se ve mal puesto, desencajado, pero hoy está suave, fluido. Me sonrío. Estoy lista.

Espero a Kieran en la acera para que no se arriesgue a una multa. Después de unos minutos espantando mosquitos lanzándose en picada sobre mi cara, veo una camioneta azul cruzando el estacionamiento. Mi corazón salta. Kieran se detiene y sale corriendo a abrirme la puerta.

—Mi dama.

—Gracias, gentil caballero.

Rebosamos de sonrisas recíprocas. Su cabello resplandece húmedo y su rostro brilla con ese aspecto de recién refregado. Lleva una camisa crema de estilo vaquero con botones perlados y paneles color chocolate de leche en los hombros y en las costuras alrededor del bolsillo a la altura del pecho.

Mientras nos dirigimos por la calle principal de Indian Valley, Kieran coloca su mano sobre la mía en el asiento y frota mi pulgar con el suyo. Una corriente eléctrica se dispara a través de mi cuerpo.

—Espero que no te importe que te llamara de nuevo tan pronto. —Sus ojos se lanzan hacia mí. —No podía dejar de pensar en ti, y finalmente dije «al diablo con eso, voy a llamarla y pedirle que vuelva a salir».

—Me alegra que lo hayas hecho.

—¿Seguro? ¿De veras? —Aprieta mi dedo pulgar.

—De veras.

Una sonrisa alarga y ovala esa peca en su labio, y él acelera, volteando al sucio estacionamiento de la feria levantando una vistosa nube de humo.

La feria ambulante llega quince días cada verano a un campo en las afueras del pueblo. Todo el pueblo la visita. Es algo que varía la monótona dieta de Indian Valley de boliche, cine de pantalla única, minigolf y pasar el rato en la heladería o La Hamburguesota.

Kieran agarra mi mano mientras caminamos hacia la feria. Es un alboroto de luces deslumbrantes, paseos giratorios y música estruendosa. Escaneo a la multitud, buscando a Morgan y a Jade, a quienes veo esperando churros.

—Oye, allá están mis amigas.

Las saludo frenéticamente con mi mano libre mientras jalo a Kieran con la otra. Morgan me ve, me señala a Jade y ambas miran en mi dirección.

Kieran tira de mi mano en la dirección opuesta. —Nos juntaremos con ellas más tarde.

—Quiero que las conozcas. Les conté todo sobre ti.

—Quiero ir a mi juego favorito para ti primero.

No se lo puedo prohibir. Dejo que me arrastre y pongo una cara de disculpas en dirección a ellas. La expresión de Morgan se endurece. Le dice algo a Jade. La multitud se arremolina entre nosotros, y las pierdo de vista.

Kieran me conduce a un juego de disparar a patos en movimiento y agarra un rifle. Es un buen tirador y pronto gana un oso de peluche blanco con un corazón de raso rojo cosido en su pecho. Me lo da.

—Para ti.

—Es divino. —Orgullosamente lo coloco debajo de mi brazo.

—Cómo tú.

Sonrío. —¿Dónde aprendiste a disparar?

—Solía ir a la caza de venados con mi tío.

—¿Ya no vas?

—Es una lata estar sentado en ese maldito frío en el bosque en pleno invierno. ¿Tienes hambre?

—Mucha.

—Yo también.

Nos dirigimos hacia los quioscos de comida. —Los perros calientes de la feria son los mejores —dice Kieran—. Pero la pizza y las hamburguesas son las peores.

Hacemos la fila y compramos perros calientes untados con mostaza, y refresco de zarzaparrilla, por supuesto, y nos sentamos en una mesa de picnic.

Kieran se sienta a horcajadas sobre el banco, dando palmaditas al asiento delante de él. Me siento a horcajadas como él. Se acerca unos centímetros para que nuestras rodillas se toquen.

—Abre bien la boca —ordena, mirando mi boca.

Obedezco. Me da de comer un extremo del perro caliente, luego se inclina y muerde el otro extremo. Me río a carcajadas y casi me ahogo.

—No te rías —sale como «no te lías» a través del bocado de perro caliente de Kieran.

Sin manos, mastica, traga y muerde otro bocado. Hago igual. Logramos comer el perro caliente, y al final, nuestros labios se tocan. Kieran presiona los míos hacia un beso.

—Entonces eso es por lo que te gustan los perros calientes de la feria—le digo cuando nos separamos—. Para robar besos.

—Te dije que eran los mejores. Espera, tienes mostaza en tu cara.

Se abalanza y lame el lado de mi boca. Me limpio su humedad.

—¡Kieran, qué asco!

—Mmmmm, salado.

Sonrío. Se abalanza de nuevo y me lame la boca y los labios. Su lengua me provoca cosquillas, y me río al menear la cabeza, chupándome los labios, intentando quitármelo de encima mientras me río más fuerte, lo cual lo alienta. Me sorbe las mejillas y el mentón, y trato de alejarme de su alcance, pero me vuelve a jalar hacia él. Finalmente, se aparta y me seca la cara con una servilleta mientras recupero el aliento.

—Eres peor que un cachorro —digo.

—Guau, guau. —Jadea y alza sus manos como patas, luego salta sobre sus pies, estrechando la palma de su mano. —Ven. Es hora de ir a los juegos.

Corremos como si fuera una emergencia.

—¿Una taza de té, madame? —Kieran señala hacia el juego de las tazas locas, luego abre de un empujón la reja que se está cerrando y brincamos dentro de una taza.

Giramos disparatadamente en las tazas locas, luego nos perseguimos, bloqueamos, y cerramos de golpe en los coches de choque, pues nos aferramos el uno a la otra en la casa embrujada. Terminamos con un paseo en la rueda de la fortuna.

Kieran me jala hacia él abrazándome. Apoyo mi cabeza en su hombro mientras contemplamos en silenciosa unión el paisaje de la noche iluminada.

Cuando nos detenemos en la cima de la rueda durante la revolución final, Kieran gira mi mentón hacia él y aprieta sus labios sobre los míos, presionando mi mejilla con una mano, sumergiendo sus dedos en mi cabello con la otra. El mundo se disuelve. No existe nada más salvo ese beso eléctrico. Ahora sé lo que significa ser apasionado.

El ruido metálico de la liberación de la barra de seguridad nos trae de vuelta a la Tierra.

—Ey, tortolitos, levántense —nos dice el trabajador de feria.

—¡Tranquilo, hombre! —gruñe Kieran.

Se hace tarde, y la multitud se ha colmado de juerguistas escandalosos que obviamente hicieron una parada en un bar antes de llegar a la feria. Busco en la multitud a Morgan y a Jade, pero no las veo. A esta hora ya deben haberse ido.

—Vámonos —dice Kieran, luego de que un tipo, borracho o drogado, tropieza delante de nosotros.

—Realmente quería que conozcas a mis amigas.

—Tenemos muchísimo tiempo para eso. La situación se vuelve desagradable a esta hora de la noche. Hay muchas peleas.

Doy una última vuelta de tres cientos sesenta grados en caso de que Jade y Morgan aparezcan. Kieran tiene razón. Grupitos de chicos y chicas mayores ruedan por el perímetro, fumando y tomando de copas de papel.

Oscilamos nuestras manos entrelazadas mientras caminamos al estacionamiento. Ojalá nunca se acabe la noche. Cuando entramos a la camioneta, él pone el aire acondicionado al máximo y baja las ventanas. Salimos a la calle, y como el aire acondicionado congela, cierro mi ventana. Usando su control, Kieran la vuelve a bajar.

—El aire acondicionado está prendido —digo.

—Lo sé, ¿pero no se siente estupendo? ¿Sentir aire caliente y aire frío al mismo tiempo?

Acelera. Aire con temperatura de agua de baño de tina zumba por el costado de mi cuerpo, mientras mi pecho se enfría por el aire acondicionado. La combinación se siente lujosa.

—Tienes razón. ¡Se siente fabuloso!

Sonríe. —Te lo dije.

—Mi mamá me mataría por hacer esto.

—Por eso estás conmigo, y no con ella.

Serpentea un brazo sobre mí y desliza la banda elástica de mi cola de caballo y deja que el viento azote mi cabello. —Eso es, dulzura, sé libre.

¡Dulzura! Sonríe, y un resplandor se expande dentro mío.

Cuando llegamos a mi coche, Kieran me cerca con sus brazos, y nos besuqueamos en su camioneta durante lo que parece una eternidad. Apoyo mi cabeza en el hombro de Kieran.

—Mi mamá me dijo anoche que mi papá quiere un divorcio. Dice ella que él nos tira como basura. ¿Qué tal para reforzar la moral?

—Ella trata de meterte en su drama, dulzura. Por eso tienes que vivir tu propia vida. No puedes preocuparte acerca de lo que tus papás hacen o dejan de hacer.

—Supongo que sí.

—¡Créeme! He pasado por todo esto. —Nos abrazamos fuertemente. Kieran alisa mi cabello.

—Mejor me voy —digo—. Es tarde.

—¿Te vuelvo a ver?

Ha sido una noche mágica. No hay otra respuesta que sí.

Nos besamos otra vez y a regañadientes entro en mi coche. Salimos del estacionamiento en tándem como la otra noche. Kieran es totalmente distinto de cualquier otra persona que haya conocido.

CINCO

El sonido del teléfono me despierta a la mañana siguiente. Sorpresa, sorpresa. Es mi papá, acordándose de que tiene una hija.

Hay una gran diferencia entre el papá de Kieran y el mío. Kieran no sabe a dónde está su papá, pero yo sí sé dónde está el mío. No quiero minimizar la situación de Kieran, pero la mía es casi peor de alguna manera.

Si no sabes a dónde está tu papá, puedes creer que quizás le ha dado una enfermedad rara que lo volvió mudo, que está detenido por secuestradores, que está varado en una isla desierta. Algo ha pasado que no le permite comunicarse contigo. Pero mi papá está cerca, en la ciudad de Nueva York. Sencillamente él no quiere contactar a sus propios hijos, salvo cuando le conviene a él.

—Acabo de regresar de Europa. ¿Qué tal las vacaciones de verano? —dice.

Busco a mi osito blanco debajo de la cubierta y lo coloco al lado mío. —Ni sabía que te ibas a Europa.

—Un viaje corto. ¿Y la chamba del periódico?

—Genial. Tuve un artículo en primera plana esta semana.

—No hay muchos reporteros, ¿verdad?

Sé a lo que quiere llegar, que salí en la portada porque el personal somos únicamente Marion y yo. Comentarios sarcásticos son característicos de papá. Igual que cuando se negó a ir a mi obra de teatro en séptimo grado porque yo estaba «sólo corriendo el telón».

—Unos cuantos —murmuro. Cambio de tema porque ése obviamente no va a llevar a ninguna parte. —A mamá no le va bien. Ha estado tomando un montón de pastillas y está hecha polvo.

Suspira. Sé que se está pellizcando el puente nasal como lo hace siempre cuando emite ese sonido. —Hace eso para llamar la atención. Lo mejor es ignorarla, no darle lo que quiere. Entonces verá que su jueguito no sirve para nada.

—Dudo que sea un juego, papá. De veras ya no parece ser ella misma.

—Créeme. Conozco bien sus mañas y ya no va a salirse con la suya. No te preocupes por ella.

Algo estalla dentro de mi pecho. Él no la ve todos los días, total que no sabe cómo sigue ella para nada. De hecho, es culpa de él que ella esté así.

—El recorrido de la Universidad de Nueva York comienza a las once el próximo sábado —digo.

—Sobre eso. Tengo una reunión con la gente de Disney en Los Ángeles sobre un proyecto para el cual me quieren contratar. Hagámoslo otro fin de semana. Tenemos tiempo suficiente.

Una sensación de desilusión se derrumba sobre mí. —Este es el último recorrido de sábado del verano, papá. ¿Tu reunión ocurre durante el fin de semana? ¿No puedes regresar a tiempo?

—Ya que estoy allá, voy a quedarme el fin de semana, ver algunos lugares de interés. Lo siento, Cloe. Esto surgió de repente, pero podemos ir en otro momento.

¿Pasearse es más importante que el futuro de su hija? ¡Claro, lo es!

—No hay problema. Mejor me voy. Tengo cosas que hacer.

—Cloe, no ...

Le cuelgo y voy rumbo a la ducha.

Papá es un ilustrador bastante conocido. Empezó dibujando libros de historietas, y luego cambió a novelas gráficas. Ahora, empieza a diseñar personajes para largometrajes de dibujos animados. Es de lo que se trata la reunión con Disney, supongo.

Siempre tiene una fecha límite, alguna reunión con clientes, un viaje a algún lugar para asistir a una exposición, una convención, un entorno que podría usar. Juegos de fútbol, obras de teatro escolares, ceremonias de premios; los ha perdido todos porque siempre tiene algo más grande pasando que nosotros sus hijos, y después de todo, estamos aquí siempre, ya sea que venga al concierto de Navidad o no.

Él y mamá se conocieron en la facultad de artes, donde mi mamá estudiaba escultura y él ilustración. Fueron novios por un corto tiempo, luego se volvieron a encontrar unos años después de graduarse en una galería de arte donde mamá tenía una exposición de sus piezas de cerámica.

Yo llegué seis meses después de que se casaron. De repente es esa la razón por la cual las cosas no funcionaron entre ellos. Quizás no se habrían casado jamás si ella no hubiera salido embarazada. Se habrían casado con otra gente, tenido familias distintas, resultado felices. Fui yo la gran metida de pata.

Mi teléfono vibra mientras me estoy vistiendo. Un texto de Morgan.

¿Pasamos el rato en la piscina? Desapareciste anoche.

Disculpa. Voy enseguida —contesto.

Huelo café, como en los viejos tiempos. Sintiendo una pizca de esperanza, me deslizo por las escaleras hacia la cocina. Mamá está removiendo el azúcar en su taza con el ejemplar del periódico que dejé sobre la mesa de la cocina hace dos noches desplegado en el mostrador.

De hecho, está vestida, en buzo, pero por lo menos no es la bata de baño.

—Una semana en el trabajo, y ya tienes un artículo en primera plana. —Ella brilla. —Felicitaciones, hija.

—Gracias, mamá. —Me sirvo un tazón de cereal. —Papá

llamó. No me va a llevar a la Universidad de Nueva York el sábado. Tiene un viaje de negocios.

Ella sorbe su café y no dice nada, lo cual aprecio. Cuando tienes un moretón, no necesitas que nadie te lo apriete.

—Te ves mejor hoy —le digo.

—Tuve una cita con el médico ayer.

Me hundo un poco. Quiero decirle, ¿Con el loquero que te da las pastillas? ¿Pero de qué sirve?

—Puede ser que regrese al taller hoy —dice ella.

—Fantástico, mamá. Tienes un par de piezas por finalizar.

—Lark me está acosando que las termine. —Lark es la galería en Nueva York que vende su arte.

—Es mejor que las termines o te van a dejar caer.

En cuanto las palabras salen de mi boca, me doy cuenta de que me oigo como si yo fuera la mamá y ella la niña. Me acuerdo de lo que dijo Kieran, que tengo que vivir mi propia vida.

❦

—¿Dónde están los paparazzi? —grita Morgan cuando abre la verja del patio. Ella y Jade están en bikinis echadas en tumbonas, sus cuerpos impecables con aceite bronceador, una bolsa de papitas con sabor a chile entre ellas.

—Nunca se sabe. Kieran podría ganar un Oscar algún día. Saldrías en todas las revistas «Kieran y Cloe...son como nosotros» —dice Jade con una risa.

—Nos van a entrevistar por todo el chisme que conocemos de ti —dice Morgan—. Así que mejor empieza a sobornarnos desde ahora.

Dejo caer mi bolso en una silla vacía y me quito rápidamente la camiseta y los shorts para revelar mi bikini a rayas rosa y morado. —Conseguiré que nos ponga a todas en una peli, ¿qué tal eso?

—Entonces podríamos ganar el premio a la mejor actriz de reparto todas juntas y poner nuestras huellas de las manos en cemento en ese sitio en Hollywood. Estaremos inmortalizadas —dice Jade.

—Entonces, ¿qué te pasó anoche? —dice Morgan.

Busco en mi bolso el bronceador con índice de protección solar sesenta. —Nada. Él quería lucirse en ese juego de disparar a los patos. Ganó un oso de peluche para mí. Las busqué a ustedes luego, pero no las pude ver. Se llenó de gente.

—Entonces, ¿ya lo hiciste? —Morgan desliza sus anteojos de sol por su nariz y me estudia.

Aplico bronceador a cada centímetro de piel expuesta para no terminar como un trozo de tocino. —Nooooo, nos acabamos de conocer. Pero es un gran besador.

—Es una buena señal —dice Jade.

Me pongo mis gafas de sol y me reclino en la tumbona. —Esto es lo que llamo unas vacaciones de verano de verdad.

—Deberíamos dar un paseo a la playa —dice Jade.

—¿Por qué no lo hacemos hoy? —pregunto.

—Ya es demasiado tarde —dice Morgan—. A estas horas la autopista va a estar atascada. Tenemos que irnos bien temprano.

—Tendremos que planificarlo de antemano —dijo Jade.

Pronto me caliento como en un horno y salto a la piscina. Las otras me siguen y hacemos rebotar una pelota de playa de la una a la otra.

Morgan agarra la balsa inflable y flota sobre ella con los ojos cerrados. Jade me hace señas en silencio. Nos acercamos sigilosamente a Morgan y volcamos la balsa. Ella cae al agua con un chillido y emerge, balbuceando. —¡Ay, chicas!

Nos reímos y nos alejamos nadando.

—¿Qué vamos a hacer esta noche? —pregunto.

—Podríamos ir al boliche —sugiere Jade.

Siempre quiere ir al boliche porque lo juega bien.

—¿Cine? —digo.

—A-bu-rridoooo —dice Morgan—. Podemos dar una vuelta por el centro, chequear el salón de juegos, ver quién está por allá para pasar un rato. Tenemos que estar abiertas a la aventura.

Así fue como terminamos donde Buddy Ambrosiano el verano pasado. —Mientras no acabemos donde Buddy —digo.

—Me sorprende que Kieran no te haya invitado a salir, Cloe —dice Jade.

—Quizás no tengas todavía el estatus de citas del sábado por la noche. Algunos chicos tienen chicas distintas para cada día de la semana —dice Morgan.

—Eso es verdaderamente asqueroso —dice Jade.

—Acabamos de salir anoche —digo—. Sería como un poco raro tener citas por dos noches consecutivas.

—Probablemente tienes razón —dice Jade.

El teléfono de Morgan timbra con un texto entrante. Lo agarra. —Ey, ¿quién lo diría? Cindy Hertzberger da una fiesta esta noche.

—Excelente —dice Jade.

—Eso nos lo resuelve entonces. —Morgan teclea sin parar una respuesta.

Seguimos juntas hasta que el anochecer desciende con los mosquitos. Jade y yo nos vamos a casa para arreglarnos para la fiesta. Planeamos juntarnos delante de la casa de Cindy en una hora.

Escucho risa de televisión al entrar a casa. Reviso en la sala. Mamá está enrollada en el sofá, dormida, una botella de vino tinto casi vacía en el piso. Fantástico, ahora tengo que hacerme cargo de una alcohólica, también. Incauto la botella y vierto lo que queda en el fregadero de la cocina. Borbotea. Boto la botella en la caja de reciclaje y me dirijo arriba a ducharme y cambiarme.

Me pregunto si Kieran tiene una chica para las noches de sábado.

❦

Cindy Hertzberger vive más o menos a seis cuadras de mí en una gran casa al estilo Tudor, así que camino para allá. Ella para con el grupo de moda de figurín. No somos exactamente amigas, pero no somos enemigas tampoco. La casa arde de luces, el ritmo de música tecno para bailar resuena hacia la calle. Jade y Morgan se apoyan en un coche en la vereda.

—¿Por qué te demoraste tanto? —dice Morgan—. Estamos

54

muertas de ganas de entrar. Casi entramos sin ti.

Con Morgan liderando el camino, nos ahondamos en el jardín interior saturado de gente. —¡Alerta de chicas! —grita un tipo y mira de soslayo a Morgan. —¿Dónde te has escondido toda la noche?

—Acabamos de llegar —dice con una sonrisa tímida. Dos otros tipos se agrupan a nuestro alrededor, la mirada salvaje del consumo de cerveza en sus ojos.

—¡Una recién llegada! Tienes mucho de qué ponerte al día.

—¿De dónde eres? —me pregunta uno de los amigos.

—Indian Valley. —De repente no quiero tener nada que ver con estos idiotas. Un pensamiento se destella por mi mente, ¿podría Kieran estar aquí? —Discúlpenme. Tengo que buscar a alguien.

Me desplazo, escaneando caras mientras filtro a través de la multitud. Nada de Kieran. A pesar de estar rodeada por toda esta gente, me siento sola. Pienso en mi mamá en el sofá. ¿Qué si vomita y se atraganta con su vómito o algo así? Doy media vuelta al encuentro de Jade y Morgan que todavía siguen coqueteando con los chicos.

Agarro el codo de Jade. —Oye, me voy.

—¿Qué? No te vayas.

—Cloe, ¿qué haces? —dice Morgan.

—Te lo explico más tarde.

—Bueno, sé así. —Morgan se gira con una voltereta de su cabello.

—¿Qué pasa con tu amiga? —dice uno de los chicos.

Me apresuro a irme antes de escuchar la respuesta. Camino a casa, dos patrullas de policía pasan disparados a mi lado y doblan a la calle de Cindy. ¿Van a la fiesta?

Mamá sigue dormida en el sofá. Apago la tele, la despierto y la llevo a la cama. Reviso mi teléfono una última vez antes de apagar la luz. Nada de Kieran. Quizás Jade tenga razón. No soy lo suficientemente especial para una cita del sábado por la noche.

❦

Lo que más me gusta hacer el domingo por la mañana es haraganear por la casa en mi pijama y leer hasta el mediodía. Estoy instalada con «El Gran Gatsby» en el sofá cuando mi teléfono vibra. Probablemente sea Morgan o Jade llamando para decirme que me perdí una fiesta fabulosa. Levanto el teléfono sin alzar los ojos de la página y utilizo mi pulgar para contestar.

—Despierta, despierta, levántate y brilla —canta Kieran—. ¿Te apetece ir de picnic?

Dejo caer mi libro. —¿Quieres decir hoy?

—¿Te busco en una hora?

—Ni siquiera me he bañado aún.

—¿Cuánto tarda una ducha, diez minutos? Puedes lograrlo.

—De acuerdo. Te encuentro fuera del periódico.

—Y trae tu cámara de video.

—Claro. —Me alzo rápidamente del sofá con una ráfaga de energía.

❦

Kieran conduce por un camino sinuoso que lleva a una cordillera detrás del pueblo con un parque estatal a sus pies. Al otro lado de la cordillera se ubica el estado de Nueva York.

—A ver, ¿vamos a la reserva? —pregunto.

—¡Y el premio mayor es para Cloe Quinn!

Jugando, le doy un puñetazo a su brazo. Él ríe. Me siento tan ancha y profunda como el cielo celeste sin nubes sobre las copas de los árboles. Es un sentimiento más grande que la felicidad. Es como si en este mismo momento, todo en el mundo es perfecto. Esto, pienso, debe ser la alegría verdadera.

De repente me es urgente unirme físicamente con Kieran, compartir este momento con algún gesto íntimo que declare que soy la única en su vida que tiene permiso de ser así con él.

Coloco mi brazo a lo largo de sus hombros y dejo que mis dedos se deslicen por debajo de su camiseta y descansen en su espalda. Es nuestro primer toque de piel debajo de la ropa. Voltea su cabeza hacía mí y sus ojos me sonríen dulcemente. Yo sé que él sabe lo que siento y que él lo siente también.

—¿Qué hiciste anoche? —pregunta.

—Salí con Jade y Morgan. Fuimos a una fiesta, pero me fui luego de más o menos media hora. No me resultó.

—Es un alivio. Temí que habías tenido una cita. Me reproché no haberte invitado a salir.

¡Espera a que se lo diga a Jade! —Creí que tú podrías tener una cita. ¿Qué hiciste?

—Me quedé en casa. Trabajé todo el día y hubo mucho que hacer. Estuve agotado de verdad. No habría sido buena compañía de todos modos. Espera, te compré algo. La bolsa está en el piso al lado de tus pies.

Siento esa pizca de calidez que viene con un regalo totalmente inesperado.

—Es algo pequeño.

Levanto la bolsa y saco una gorra de béisbol del Vivero Yamamoto, igual a la que tiene puesta Kieran. Me la pongo.

—Te queda bien. Sabía que así sería. —Voltea el espejo retrovisor para que yo pueda verme. —Ahora de verdad se ve que estamos juntos.

Me agarra la mano y me besa las puntas de los dedos, desviándose cuando el coche delante de nosotros frena para doblar hacia un criadero de caballos. Un coche que viene al encuentro toca la bocina al virar hacia el lado de la gravilla para evitar a Kieran.

—¡Kieran! Vas a hacer que nos maten. —Vuelvo a girar el espejo retrovisor de vuelta a su sitio.

—Si morimos, por lo menos morimos juntos, dulzura.

Sacudo mi cabeza, como si dijera «no puedo creer que hayas dicho eso». Se ríe.

Llegamos a la reserva. Kieran recoge una manta y una pequeña bolsa térmica de la caja de la camioneta. —¿Tienes la cámara?

—Sí ¿Vamos a filmar algo?

—Vas a ver.

Preguntándome qué ha planeado, coloco el bolso en mi hombro y agarro su mano extendida. Bajamos por un sendero hasta una zona de césped junto a un estanque. Las cigarras zumban cuando el calor de la tarde se intensifica. Una madre pato se desliza por el estanque, seguida de una hilera de patitos en fila, recta como una regla, como un juguete para niños en una cuerda.

Kieran estira la manta en la hierba y nos sentamos. Luego me jala hasta que nos tumbamos en el suelo. Nuestros brazos y piernas se entrelazan en un gran nudo único. Él pone su nariz en mi mejilla, e inhala profundamente.

—Quiero respirarte, el olor de tu piel.

—¿A qué huele?

—Mmm, tú. No sé cómo describirlo, pero sé que no logro conseguir suficiente de ello.

—Déjame olerte a ti. —Aprieto mi nariz contra su cara. —La piel tiene un olor. Algo almizclado. —Cierro mis ojos y respiro a Kieran. Todas las grietas dentro de mí se llenan. Caemos en un estado de trance de inhalarnos el uno al otro.

Kieran lo termina con un beso a la punta de mi nariz. —¿Almorcemos?

—Cómo no. Ni siquiera desayuné.

Nos sentamos y él saca una bolsa de papel marrón de la bolsa térmica. —Sándwiches de mantequilla de maní y pepinillos encurtidos.

—¿Mantequilla de maní y pepinillos encurtidos?

—Te va a encantar. Los pepinillos le agregan un crujido picante.

Me río. —Eres tú un crujiente picante.

—Me gusta esa descripción. Voy a ponerlo en mi currículum: «crujiente picante».

Kieran me pasa un sándwich. Lo muerdo. —Mmm —asiento con apreciación—. Rico.

—¿Ves?

—Oye, deberíamos comprar uno de esos camiones de comida y vender sándwiches de mantequilla de maní y pepinillos encurtidos —digo.

—Podríamos iniciar una nueva tendencia de comida rápida

y hacernos multimillonarios.

—Tendríamos que patentar la receta en caso de que alguien nos robe la idea.

Kieran se ríe. Masticamos los sándwiches y los bajamos con agua.

—¿Qué, no hay refresco de zarzaparrilla?

—Estás empezando a conocerme, Cloe. —Sonríe como que eso le agrada. —Quiero que me ayudes con algo. Hacemos anuncios en mi clase de actuación. Pensaba que podrías grabarme en video y luego puedo observarme a mí mismo. Eso es realmente valioso para un actor.

Saca un fajo de papel del bolsillo trasero y lo desdobla. —Este es el guion. Primero hagamos una lectura de línea.

Me da las páginas.

—¿Qué significa eso?

—Leemos las líneas para memorizarlas. Tú lees las partes del entrenador y de la mamá. Soy el jugador de fútbol. Después cambiamos.

El anuncio es para el detergente Azote: un entrenador de fútbol le dice a su equipo que sus camisetas sucias tienen que verse como nuevas para el gran partido del domingo.

Un jugador va a la lavandería y lava su camiseta con un detergente barato, pero todavía se ve sucia, así que conduce cuatrocientos kilómetros a donde su mamá, que la lava con Azote.

La toma final es del equipo alineándose con la deslumbrante camiseta blanca del jugador destacando contra sus compañeros de equipo que no usaron Azote.

—Esto es como un anuncio de verdad —digo.

—Lo es. Mi profesor de actuación, Dorián, obtiene guiones de anuncios publicitarios. Vamos. Empiezas tú con el entrenador.

Repetimos las líneas varias veces. Kieran aumenta la velocidad cada vez hasta que las puede recitar de memoria.

—Creo que ya lo tengo clavado. Hagámoslo de verdad ahora.

Me levanta, y actúa su parte mientras digo las otras líneas y lo grabo.

—¿Cómo estuvo eso? ¿Creíste que era un jugador de fútbol?

—Totalmente.

—¿De verdad? Necesito la verdad.

—De verdad.

—Hagámoslo otra vez.

Volvemos a repasar un par de veces, luego cambiamos y Kieran hace la parte del entrenador, luego cambiamos nuevamente, y él hace de mamá.

—¿De mamá también? —pregunto.

—Dorián siempre nos cambia la situación. Dice que nunca sabes lo que te van a pedir hacer en una audición así que tienes que esperar lo inesperado.

Los bichos nos están atacando en multitudes así que terminamos la sesión de grabación y nos retiramos a la camioneta, donde nos acurrucamos en el asiento delantero para ver el video en la diminuta pantalla de la cámara. Kieran observa su actuación críticamente.

—Parpadeo demasiado. Me detengo demasiado entre líneas.

—Eres bueno, Kieran.

—¿Realmente piensas que pueda lograrlo?

—Definitivamente.

—Quiero ser famoso, Cloe. Quizás te rías de mí cuando te cuento esto, pero ... quiero ser una estrella en un show de televisión exitoso. Ése es mi sueño.

—Creo que es fenomenal.

Me agarra el muslo. —Eres la única persona que no puso los ojos en blanco o hizo algún comentario estúpido sobre cómo voy a acabar muriendo de hambre.

—¿Por qué no podrías hacerlo?

Le acomodo unos cabellos sueltos detrás de sus orejas.

—Exactamente. Eso es lo que le digo a todos, pero se ríen de mí.

Kieran mira a través de la ventana. —Quiero decirte algo,

algo que no le digo nunca a nadie. —Hace una pausa—. Quiero ser famoso para que mi padre me vea, para enseñarle que nunca lo necesité. Me verá en la televisión y luego él querrá contactarme a mí, y luego yo puedo dejarlo caer como él lo hizo conmigo.

Los problemas con mis padres de repente parecen un guijarro comparados con la roca de los problemas con los suyos.

Le cuento acerca de mi papá rompiendo su promesa de llevarme a la Universidad de Nueva York el próximo sábado. Me sorprendo cuando las palabras se me atragantan.

—Siempre hace esto. Cuando estuve en octavo grado, gané dos premios de honor, y el gobernador vino a entregarlos porque su nieta era una alumna en la escuela. Pero papá no pudo ir porque tenía un viaje de negocios. No sé por qué le creo cada vez que dice que va a hacer algo. Soy una idiota.

—¿Sabes qué? No lo necesitas, al igual que yo no necesito a mi viejo. Yo te llevaré a la Universidad de Nueva York. Llamaré a mi chamba para decir que estoy enfermo.

—Kieran, no puedes hacer eso. No quiero que hagas eso por mí.

—No. Esto es más importante. Tienes que mostrarle a tu papá que no lo necesitas, igual que yo tengo que enseñarle al mío.

—Podemos esperar a que tengas un día libre y tomar el recorrido regular.

—Ese no es el punto, Cloe. Quiero hacer esto porque tú mereces que te tratan mejor de lo que tus padres te tratan.

Dardos calientes se clavan en la parte posterior de mis ojos. —¿Tú harías eso por mí? —Mi voz se vuelve pequeñísima al mismo tiempo que empiezo a disolverme.

—Por supuesto.

Sus palabras me conmueven como nada antes lo ha hecho. Caigo contra la pared sólida de su pecho, mis lágrimas goteando sobre su camiseta. Aguantando mis mejillas con sus manos, levanta mi cara y me besa tan profundamente que puedo sentirlo en las puntas de los dedos de mis pies.

Mientras vamos en coche de regreso a la ciudad, reviso mi teléfono y veo una conversación de texto entre Jade y Morgan que me incluía pero que obviamente me he perdido. Reviso todos los mensajes y sonrío. —¡Ja! ¿Adivina qué? Esa fiesta a la que fui anoche, la policía la deshizo.

—Tienes que tener cuidado con quién paras, Cloe. Amigos pueden virarte en la dirección equivocada.

Kieran es tan serio que estoy un poco desconcertada, luego pienso en Jade y Morgan flirteando con esos idiotas borrachos. —Tienes razón.

—No puedes ser una oveja. Tienes que ser tu propia persona, prométeme eso.

—Prometo.

—Bien. —Me aprieta la mano.

❦

Tengo que sofocar mi risa mientras escribo el fichero policial al día siguiente.

Detuvieron a siete menores de edad por consumo de alcohol en una fiesta en Las Colinas luego de que los vecinos llamaron a la policía.

Estoy tan contenta de no haber quedado con mis amigas, como dijo Kieran.

Mi asignación del día es cubrir la ceremonia de inauguración para el nuevo Club de Chicos & Chicas de Indian Valley. Grabo un video de los funcionarios con trajes y cascos mientras posan con palas y dan discursos. Kieran llama cuando estoy escribiendo el artículo de regreso en la oficina.

—Quería agradecerte por haberme ayudado con mi escena. Voy a sobresalir en clase esta noche, lo sé.

—Fue genial. Ojalá pudiera verte haciéndolo.

—Eres mi musa, Cloe. Estoy tan contento de tener a alguien que se involucra en lo que estoy haciendo. No tienes idea. ¿En qué estás trabajando?

—La inauguración del nuevo Club de Chicos & Chicas. —Bajo la voz—. Una lata totalmente.

—No vas a tener historias emocionantes como incendios

todos los días.

—¡Oye esto! Tuve que escribir un artículo breve sobre esa fiesta de sábado. Detuvieron a siete personas.

—¡Ja! Eso sí es bastante divertido. Podrías haber sido una de ellas, ¿lo sabes?

—Lo sé.

—Si hubieras sido una de ellas, te habrías tenido que despedir de tu pasantía, y ¿para qué? ¿tus amigas? ¿una fiesta estúpida? ¿una cerveza?

—Tienes toda la razón.

—De todos modos, llamé para escuchar tu voz, es todo. Ahora me siento mejor.

—Me gusta escuchar tu voz, también.

—¿Ves? Qué bueno que te llamé. Ahora los dos nos sentimos mejor. ¿Te veo mañana por la noche?

—Seguro.

Me vuelvo a instalar delante de la computadora. Me siento mejor, llena, completa, en vez de como un lote vacío.

—Cloe —Marion me saca de mi ensueño—. Ven aquí y revisaré los titulares contigo.

❧ ✻ ☙

La jornada siguiente se arrastra hasta la seis de la tarde, la hora a la cual Kieran me va a recoger. Mantengo un ojo en el reloj mientras escribo titulares para la sección de deportes, atormentando mi cerebro en busca de verbos alternativos para «ganar» y «perder».

Apenas veo que la camioneta de Kieran llega, me despido de Marion y salgo apurada. Me da un abrazo enorme.

—Te ves preciosa, dulzura. Pensaba que deberíamos ir al cine porque hay aire acondicionado.

—¿Qué quieres ver?

—Te dejo escoger.

—Como que quisiera ver una comedia romántica.

Él se ríe. —Medio que me lo imaginaba. Me voy a sacrificar.

—¿Cómo estuvo tu clase de actuación?

63

—Dorián dice que di un salto enorme de la semana pasada a ésta. Es por ensayar contigo, dulzura.

—Lo dudo —digo, pero en secreto estoy contenta.

Busco el horario de la película en mi teléfono. —Empieza en quince minutos.

Kieran da un giro hacia la ventanilla de autoservicio de un sitio de hamburguesas.

—¿Qué haces? No vamos a tener tiempo para comer.

—Las llevamos adentro.

—Pero no permiten comida de afuera.

Kieran agita su mano. —No si no saben que la tenemos.

Metemos las hamburguesas en mi bolso y entramos al cine. Se puede oler la comida a un kilómetro de distancia, pero el acomodador no parece darse cuenta. Rompe nuestras entradas y entramos.

—¿Ves? —sonríe Kieran.

Nos sentamos en la fila de al fondo y comemos nuestras hamburguesas cuando empieza la película. Temo tanto de que nos vayan a echar que engullo la mía.

Después de que terminamos de comer, la mano de Kieran guía mi cara hacia la suya. Nos besamos y acariciamos durante toda la película, envueltos en la refrescante oscuridad. La película parece haber terminado demasiado rápido.

—Eso es lo que llamo una película romántica —dice Kieran al salir hacia el vestíbulo.

—Fuimos estrellas de nuestra propia película.

—La mejor que he visto jamás.

Cuando me deja en el estacionamiento, nos paramos al lado de mi coche para despedirnos. Volteo para entrar a mi coche, pero me agarra por la cintura y me da vuelta para besarme de nuevo.

—Tengo que irme a casa ya. —Me desprendo y abro la puerta de mi coche. Él no se mueve. Me mira fijamente, y arrojo mis brazos alrededor de su cuello. Nos besamos de nuevo.

—Sé que tengo que dejarte ir, aunque no quiera —dice.

—Sí, supongo. —Dejamos caer nuestro abrazo, nos miramos a los ojos por un segundo, y luego mutuamente nos buscamos de nuevo.

—De verdad tengo que irme —digo cuando nuestro beso se va apagando.

Estiramos nuestros brazos entrelazados a medida que retrocedemos, sosteniendo nuestras miradas, hasta que únicamente nuestras yemas de los dedos siguen tocándose. Corremos a nuestro encuentro para otro beso rápido. Luego entro al coche de un salto y cierro la puerta de golpe.

—Tengo que irme rápido o estaré aquí toda la noche —digo por la ventana.

—¿Y? Entonces llegarás temprano al trabajo.

—Kieran, siempre tienes una respuesta para todo.

—¿Que puedo decir? Es mi ingenio.

Espero mientras se sube a su camioneta, y salimos del estacionamiento en caravana. Me encanta que ahora tengamos una rutina.

❦

Me sofoco un bostezo cuando Marion tira un comunicado de prensa sobre mi escritorio. Estoy pagando por quedarme fuera más tarde de lo que hubiera debido con Kieran. Hoy trabaja en el turno de tarde en Yamamoto, así que puede quedarse dormido hasta tarde, pero yo no.

—Cubre este concurso de belleza para niños esta tarde. Hará un buen video. La gente adora los niños bonitos, y los padres enviarán los enlaces a sus familiares y amigos así que recibiremos toneladas de clics. El reportaje puede ser corto, pero asegúrate de conseguir un buen video y algunas fotos.

Termino el fichero policial, dos ladrones de tiendas atrapados en una tienda de baratijas, y luego voy al centro comunitario, donde un montón de pequeñas chicas brincan y chillan en vestidos de princesa y tiaras, sus caras pintadas con sombra de ojos, rubor y rímel. Me alegro mucho de que mamá nunca me metiera en eso.

Regreso al periódico, publico el video y un artículo corto. Espero acostarme temprano esta noche. Cuando Morgan me envía un texto, preguntando si quiero pasar el rato, desisto, diciendo que estoy cansada.

Cuando llego a casa, mamá está fuera. Me imagino que es una buena señal. Devoro la última pizza congelada, tratando de recordar la última vez que tuve una comida balanceada con todos los grupos de alimentos. Me instalo frente al televisor para ver una comedia sin sentido.

Debo haberme quedado dormida. Algo se estrella en la cocina despertándome con susto. Voy a investigar y encuentro a mamá barriendo fragmentos de un vaso de vidrio roto en el piso con sus manos.

—Mamá, ¿qué haces? Te vas a cortar. Déjalo, lo voy a limpiar yo.

Se pone de pie balanceándose un poco. Huelo trago.

—Estoy bien.

—Estás borracha. Vete a la cama.

—Lo siento, Cloe.

¿Por romper el vaso o por estar borracha? —Eres patética, mamá —estallo en un grito—. ¡Patética! ¡Enviaste lejos a Tyler por tomar y mírate a ti!

Ella murmura algo y se tambalea. Recojo la escoba y el recogedor.

Mientras conduzco al trabajo a la mañana siguiente, me doy cuenta de que el buzón está de costado. Mamá debe haberlo golpeado cuando llegó anoche. Ahora también tengo que preocuparme de que conduzca borracha. No puedo esperar a llegar al periódico donde tengo muchas cosas en la cuales ocupar la mente.

Como un robot, reviso la bandeja de entrada, clasificando comunicados de prensa, cartas a la directora y una variedad de correos indeseados. Compongo el fichero policial.

—¿Algo anda mal, Cloe? —pregunta Marion.

—No dormí bien.

Se acerca a mi escritorio y me entrega una barra de

chocolate. —El chocolate es un buen antídoto.

Sonrío. Bajo su exterior brusco hay una persona amable.

Kieran llama a media tarde. —¿Cómo te va, dulzura?

—No tan bien.

—¿Qué pasa?

—Cosas de casa. No puedo hablar ahora.

Quedamos en encontrarnos en el parque después del trabajo.

❧ ✳ ☙

Apenas veo a Kieran, me agarro de él y entierro mi cara en su pecho. Me rodea con sus brazos. Mientras tenga a Kieran, creo que puedo superar todo.

Caminamos por el parque, abrazados el uno al otro. El aire huele dulce a hierba recién cortada. No hablamos hasta que nos sentamos en el césped debajo de un árbol.

Acaricia mi cabello. —¿Qué te deprimió, dulzura?

Le cuento de mamá. —Ella se va a lastimar, lo sé. Algo malo va a suceder, entonces no tendré padres.

—Debiste haberme llamado.

—Pero estabas trabajando hasta tarde.

—No importa. Eres más importante. La próxima vez, llámame enseguida. De todas maneras, sé cómo te sientes. Pasé por la misma cosa con mi viejo.

—¿Cómo lidiaste con ello?

Arranca una brizna de hierba. —Tienes que enseñarles su propia verdad.

—¿Qué quieres decir?

—Por ejemplo, si no hubieras limpiado lo del vaso, probablemente ni siquiera recordaría haberlo dejado caer. Pero si dejaras los pedazos en el suelo, eso la obligaría a recordar.

—¿Y qué si los pisa y se corta?

—Entonces es su propia culpa, ¿no?

—Sí, pero ...

—Una vez, mi viejo vomitó y luego se desmayó en el suelo. Mi mamá y yo siempre lo limpiábamos. Nunca recordó nada de lo que hizo. Finalmente, mamá dijo: «¿Sabes qué? Dejémoslo

67

que se despierte oliendo su propio vómito». Así lo hicimos. Al día siguiente, se disculpó. Sin embargo, no dejó de emborracharse. No mucho después de eso, se fue. Lo bueno fue que la sala de estar se mantuvo limpia desde entonces. —Se ríe con amargura—. Como te dije, tienes que vivir tu propia vida. No puedes dejar que ellos te retengan, que te desvíen de tus objetivos. Si eso significa que los tienes que olvidar, tienes que dejarlos tirados en el polvo y olvidarlos.

—Suena un poco cruel.

—Es la única manera, o simplemente te derribarán y nunca dejarán que vuelvas a levantarte.

Nos abrazamos en un silencio sombrío y miramos la puesta de sol en una paleta de rosas pastel.

Más tarde, en casa, subo las escaleras. Mamá está en la cama. Sacudo su hombro con brusquedad, obligándola a prestarme atención. —¿Recuerdas haber llegado a casa muy borracha anoche? ¿Sabes que chocaste con el buzón, que ahora está todo torcido? ¿Sabes que dejaste caer un vaso y estalló por todo el piso? ¿Recuerdas haber intentado recoger los trozos de vidrio con tus manos? ¿Sabes quién lo recogió?

Ella parece horrorizada. —No. ¿Qué pasó? No lo recuerdo. No volverá a suceder, lo prometo. Lo siento.

—Ya no voy a limpiar tu porquería, mamá.

Giro y cierro la puerta de su dormitorio de golpe, lo más fuertemente que puedo. Llamo a Kieran desde mi cuarto.

—Tenías razón. Ella no se acordaba, luego me pidió disculpas.

—Hiciste bien. Estoy orgulloso de que te mantuvieras firme, dulzura.

—Me siento mejor ahora.

—Te lo dije.

—Estoy tan contenta de tenerte.

—Igualmente.

Cuelgo. Cinco minutos más tarde llama Jade. —Acabo de ver a Caleb con una chica cualquiera en su coche circulando por la calle principal. Clarissa va a enloquecer.

Mi mamá se está convirtiendo en una alcohólica ¿y ella está preocupada por el estúpido flechazo de Clarissa? —No puedo hablar ahora. Te llamo más tarde.

—Supongo que estás con Kieran. —Su tono es sarcástico.

—No. Es que tengo cosas que hacer.

—Entonces ve y haz tus cosas. Nos vemos. —Ahora Jade está enojada conmigo.

¿Qué dijo Kieran? Tengo que vivir mi vida y ya.

SEIS

marion me manda a cubrir una rueda de prensa en la comisaría. Cuando veo dos camionetas de televisión allá al estacionarme, respiro profundamente. Esto es cosa de ligas mayores.

Los equipos de la televisión montan sus trípodes con cámaras y micrófonos en un podio en el vestíbulo. Me siento junto a un par de reporteros sosteniendo cuadernos de notas de reportaje delgados y largos. Saco el mío para tener el aspecto adecuado.

Un minuto más tarde, el jefe de policía con pecho de barril entra y se para en el podio. Empiezo a rodar mi videocámara, sintiéndome una aficionada en comparación con las grandes cámaras de televisión.

El hombre se aclara la garganta. —Buenos días a todos. Soy el jefe de policía Arnold Pettigrew. Estamos contentos de anunciar que anoche deshicimos una banda de ladrones que había entrado a robar a once casas en Indian Valley desde el otoño, llevándose propiedad en valor de miles de dólares. Se hicieron cuatro arrestos, y es posible que haya más detenciones a medida que prosigamos la investigación. Tenemos fotos policiales de los cuatro sospechosos. —Gesticula hacia una fila de caballetes mostrando fotos aumentadas de los tipos que se ven como que hubieran sido quemados por una picana para ganado—. Creemos que Timothy Higginbotham, veintidós años, de Indian Valley, era el cabecilla. Trabajaba como instalador de alarmas antirrobos, lo cual le permitía tasar las casas a las cuales luego entraban a robar.

Da detalles sobre los otros tres tipos. Dos de ellos eran los ladrones, y el otro era el encubridor, el tipo que compró las mercancías robadas.

Los reporteros hacen un montón de preguntas, a la mayoría de las cuales el jefe responde que no puede contestar debido a la investigación en curso, y la rueda de prensa termina.

Regreso corriendo al periódico, subo el video en línea, escribo el reportaje, cargo las fotos, todo sin tener que preguntarle nada a Marion. Me gano un «buen trabajo hoy» de ella cuando salgo. Me voy a casa, agotada, pero feliz.

No recuerdo que nos quedamos sin comida hasta que entro a la cocina. El malhumor se apodera de mi ánimo alegre. Reviso la nevera de todos modos. Tal vez haya algo que pueda improvisar para la cena. Para mi sorpresa, las repisas están llenas con pan integral, fiambres, mayonesa, leche, huevos, fruta, verduras.

Haberle dicho «sus verdades» a mamá anoche funcionó de verdad. Mi mal humor se evapora. Saco los ingredientes para una ensalada, que estoy comiendo cuando Kieran me llama por WhatsApp.

—¿Cómo está mi dulzura?

—Funcionó, Kieran. Mamá salió y compró comida hoy. Todavía sigo bajo shock. —Noto que su cara está demacrada. —Te ves cansado.

—Estoy hecho polvo. Hoy tuve que descargar un camión lleno de árboles yo solo.

—Cubrí mi primera conferencia de prensa hoy, en la comisaría. Arrestaron a los sospechosos de una red de robos. La televisión estuvo allí.

—¿Qué canal?

—Dos y cuatro.

—Espera, van a dar las noticias ahora.

Le oigo cambiar de canal. Corro a la sala de estar y prendo la televisión.

—Tengo el cuatro encendido —dice Kieran.

—Pues pongo el dos.

Mientras el presentador de noticias habla y habla, nos quedamos en silencio, mirándonos fijamente en la pantalla del teléfono.

—Ni siquiera tenemos que hablar —dice él—. Me gusta saber que estás ahí, que estamos conectados.

—A mi también.

—Llámame loco, pero siento que ya llevamos mucho tiempo juntos.

—De verdad parece así.

—No olvides mañana. Vamos a ir...

Aparece la cara del jefe de policía en la pantalla. —Está empezando —digo. Subo el volumen.

—Voy a cambiar al dos —dice Kieran.

El jefe de policía sigue hablando. La cámara muestra las fotos de los delincuentes, y luego se dirige a la audiencia. —¡Ahí estás tú, Cloe!

—¡Salí en la tele!

Fue una fracción de segundo, luego salió un anuncio de coches.

—Cambia al cuatro, rápido —dice Kieran.

El reportaje estaba pasando en el canal cuatro, pero sólo mostraban las fotos de los sospechosos y del jefe de policía. Bajamos el volumen.

—Es increíble, dulzura. Tu primera rueda de prensa y sales en la tele.

—En realidad no salí en la televisión.

—Ahora todo el mundo sabe que eres periodista.

—Seguramente mi mamá no lo vio, creo que está arriba durmiendo, y apuesto a que mi papá tampoco lo vio. Probablemente ni siquiera me reconocería de todos modos. Mis amigas no ven las noticias.

—*Yo* lo vi, dulzura, eso es todo lo que cuenta. Entonces, ¿lista para la Universidad de Nueva York mañana? Te busco en tu casa a las diez.

—Te enviaré mi dirección por texto.

—Ya la sé.

—¿La sabes?

—Me desvié un poco la otra noche y te seguí. Quería saber dónde vivías.

Una leve molestia me invade, pero fue mi culpa por ser tan cautelosa no dándole mi dirección. Por supuesto, él querría saberlo. Me envía un beso volado. Finjo que lo atrapo y lo pongo en mi bolsillo.

—¿Qué? ¿Rechazas mi beso?

—Lo voy a guardar para más tarde, cuando esté en la cama.

—Oooohh. Me gusta eso. ¿Puedo tener uno también?

Le soplo un largo y ruidoso beso.

—Uno grande y húmedo. Me gusta esa clase de beso —dice Kieran.

Nos reímos y cerramos los labios hacia un beso conjunto.

—Mañana será —dice Kieran.

—No puedo esperar.

—Yo tampoco. Dulces sueños, encanto.

Subo a mi cuarto para planear mi atuendo para mañana.

❊

La mañana siguiente, oigo sonar el teléfono abajo mientras me estoy poniendo el rímel.

—¡Tyler! ¿Qué tal el campamento? —Mamá está prácticamente gritando de alegría. Estoy contenta de que finalmente la haya llamado.

Cuando bajo varios minutos más tarde, me sorprende encontrarla encorvada sobre el mostrador, junto a un frasco de pastillas abierto.

—¿Qué pasó? —pregunto, aturdida.

—Tyler dice que papá lo visitará el fin de semana de los padres, lo cual significa que yo no puedo ir.

73

—Pero tú puedes ir también.

Sacude la cabeza. —No quiero ver a tu padre. Supongo que Tyler quiere verlo más a él que a mí.

Abro mi boca para gritar «¡toma control de ti misma por una vez en tu vida!», pero luego decido hacer lo que dice Kieran, y no dejarme arrastrar a su drama. —Por cierto, voy a ver la Universidad de Nueva York hoy con un amigo —digo en cambio.

No hay respuesta mientras se traga una pastilla. No le importaría un bledo si le dijera que me iba a inyectar heroína. Vierto cereal en un tazón y lo llevo a mi cuarto.

Como unas cuantas cucharadas, y mi apetito se desvanece. Me cepillo el cabello y me siento en la ventana de mi cuarto para esperar a Kieran. Los números marcan implacablemente el paso de la hora en el reloj. Quizás se ha olvidado, o no puede llamar al trabajo para decir que está enfermo.

Me maldigo por dejarme absorber por falsas promesas todo el tiempo. Si no aparece, tomaré un autobús y me iré yo sola. De repente, la camioneta de Kieran dobla a la entrada. Agarro mi bolso y salgo corriendo, sin molestarme en despedirme de mamá. De todos modos, no le importa si estoy en casa o no.

Me monto a la camioneta. —No creí que ibas a venir.

—¿Qué? ¿Cómo pudiste pensar eso? —Me besa—. Tenía que hacer unos mandados.

—Espero que no nos vayamos a perder el recorrido de la universidad ahora.

—No seas una preocupona, Cloe.

Hay un ligero tono hostil en su voz, así que dejo de lado el tema.

Nos dirigimos por la autopista a Manhattan. Dejo el mal comienzo de la mañana detrás de mí mientras el día se despliega como una alfombra roja exclusivamente para nosotros, el aire acondicionado soplando a tope, las ventanas abiertas de par en par, una melodía de música disco de los años setenta suena del reproductor de CD.

—Siempre tocas esta música antigua —digo.

—Los viejos CDs de mi papá. ¿No te gusta?

Meneo mi cabeza al ritmo del compás. —Sí, me gusta.

—¿Cómo está la pastillómana esta mañana?

Lo miro bruscamente. —¿Te refieres a mi mamá?

—Llamemos al pan pan y al vino vino, Cloe.

Miro fijamente el bosque difuminándose al lado de la autopista.

—Cloe ¿verdad? —insiste.

Asiento. Por supuesto, tiene razón, ella sí es una pastillómana.

—Tyler llamó desde el campamento esta mañana. Le dijo que papá va a ir a visitarlo el fin de semana de los padres, lo cual significa que ella no puede ir.

—¿Por qué no puede ir?

—No quiere ver a papá, y Tyler lo sabe. Supongo que siente que Tyler está eligiendo a papá por encima de ella. Es tal desastre.

—¿Se tragó una pastilla?

Le doy una mirada de «¿qué más?» desde debajo de mis cejas.

—Vive tu vida, dulzura. Estás haciendo lo que deberías estar haciendo.

—Lo sé, pero no puedo evitar sentirme mal. Es mi mamá.

—Lo sé, dulzura, lo sé —dice en voz baja. Inclino mi cabeza sobre su hombro.

Entramos a la autopista para Manhattan, que es tienda tras tienda tras tienda a lo largo de todo el camino al río Hudson.

—Así que la Universidad de Nueva York es tu primera opción, ¿eh?

—En realidad no. Es donde mi mamá y mi papá quieren que vaya. Yo más bien quisiera ir a California.

—¿Qué está mal con Nueva York? La Universidad de Nueva York es una gran universidad.

—Quisiera ir a un lugar nuevo. He vivido al lado de Nueva York toda mi vida.

—Pero eso no es lo mismo que vivir allí. Nueva York es

donde voy a vivir. Podríamos estar allí juntos, olvidar que Nueva Jersey siquiera existe. ¿Qué tal eso?

Sonrío. —¿Por qué no?

Un automóvil todoterreno nos adelanta, con un perro labrador sacando su cabeza por la ventana de atrás, con la lengua colgando como una paleta.

—¿No te encanta cómo los perros hacen eso? —digo—. Siempre se ven tan felices, tan encantados simplemente con sentir la ráfaga del viento. Desearía poder ser así.

—Entonces hazlo. —Un destello brilla en el ojo de Kieran. Agarrando el volante con la mano derecha, saca los hombros y la cabeza por la ventana. Él chilla y golpea el costado de la camioneta.

—Guauuu! ¡Me voy a Nueva York con mi aa-mmoooor! —Vuelve a gritar y sacude su cabello en el viento. —¡Síííí! —Vuelve a meter su cabeza en el coche.

—¡No puedo creer que hayas hecho eso!

Es peligroso, pero divertido y loco al mismo tiempo. Quiero reírme y regañarlo.

—Hazlo, Cloe.

—No puedo hacer eso.

—Arriésgate y sé ese perro —me dice muy en serio.

Me acerco a la ventana y saco la cabeza. Mi cabello se azota alrededor de mi cabeza. El viento me ataca la cara con fuerza. Grito al aire. El viento empuja los sonidos de regreso a mi boca. Alzo mi mano, el aire se precipita con fuerza contra ella. Kieran saca la cabeza y grita.

La gente que pasa en sus coches nos mira fijamente como si estuviéramos locos. Los saludo con la mano, sonriendo. Nos sentamos nuevamente adentro.

—¡Eso fue fenomenal! —Kieran se sacude de la risa.

—¡Sí, lo fue! —Mi piel echa chispas con una corriente eléctrica.

—Ves, dulzura, no puedes sentarte a desear que las cosas sucedan. Tienes que hacer que sucedan.

—Hagámoslo de nuevo.

—¡Así se habla!

Me estiro sacando el torso por la ventana y golpeo el techo del coche. Los coches tocan las bocinas. Una anciana me grita con enojo. Kieran le muestra el dedo medio.

Nos morimos de risa mientras nos instalamos en nuestros asientos. Mis problemas se han ido, literalmente arrojados al viento. Aumento el volumen de la música y canto las palabras que puedo diferenciar: «*¿Te acuerdas... la-la-la... bailando en septiembre.*»

Kieran se une a mí. Bailamos en nuestros asientos, Kieran tocando la batería en el volante y yo en tablero de mandos. Juntamos nuestras cabezas para cantar a grito pelado el estribillo: «*¡bailando para alejar las nubes!*»

Cruzamos el puente George Washington, el cobrador de peaje sonríe a nuestras travesuras, y salimos por la Carretera Henry Hudson a lo largo del lado oeste de Manhattan. Nueva York casi parece un lugar del extranjero cuando vives en los suburbios.

Un horizonte irregular y cuadrado de edificios tan altos como las nubes, gente de todos los colores jugando al baloncesto en las canchas al lado de la carretera, árboles creciendo del asfalto.

—Tal vez esto no esté demasiado cerca para ir a la universidad después de todo —digo.

—Te lo dije. No hay otro lugar igual a Nueva York.

Nos sumergimos en las estrechas calles de Greenwich Village, volviéndonos serios mientras rastreamos las aceras para encontrar dónde estacionar. Rodeamos el vecindario una docena de veces. El reloj sigue marcando la hora.

—Nunca vamos a llegar a la hora para el recorrido, Kieran, e hice reservas. Estacionemos en un garaje. Yo pago.

—Ni hablar, nunca pago para estacionar. Encontraremos algo.

—Pero pago yo.

—Dije que encontraremos algo, ¿de acuerdo? —Su tono básicamente me da a entender que me calle, así que lo hago.

Maniobra el coche a un espacio que no es un espacio verdadero en una calle estrecha y sucia en el East Village, lejísimo del edificio de la Universidad de Nueva York cerca de Washington Square, donde comienza el recorrido por las instalaciones.

Caminamos con máxima energía.

—Tengo sed. Necesito un refresco de zarzaparrilla —dice Kieran.

—Ya estamos tarde.

—No me tardaré más de un minuto. Hay una tienda en la siguiente esquina.

Camina con pasos largos delante de mí. No hay nada que yo pueda hacer. Encontramos refresco de zarzaparrilla en la tercera tienda a la que entramos, y llegamos al edificio de la Universidad de Nueva York treinta y cinco minutos tarde. Espero que el tour se haya retrasado por alguna razón, pero sé que es una causa perdida cuando entramos a un vestíbulo vacío.

—Hemos venido para el recorrido de las instalaciones —le digo a la mujer en el escritorio.

—Llegan muy tarde. Se fueron hace siglos.

—¿Hay otro recorrido hoy? —pregunta Kieran, pero ya sé la respuesta.

—Tenemos solo uno los sábados.

—Vamos a alcanzarlos. ¿Dónde estaría el recorrido ahora? —dice.

—Ya se han perdido la mitad —dice la señora. —No vale la pena.

—Oiga, me tomé el día libre para traerla. —La voz de Kieran es compacta como un tambor. —Conducimos tres horas y tuvimos una llanta pinchada en el camino. Ella tiene el corazón puesto en la Universidad de Nueva York. De verdad, ella realmente quiere hacer este tour.

Escucho aturdida los embellecimientos dramáticos de Kieran, la forma en que se refiere a mí como *ella,* como que ni siquiera estaría allí. Pero la urgencia de Kieran funciona.

Ella me mira a mí, luego al reloj en la pared.

—Probablemente están en el edificio de las artes.

Dibuja un círculo con un bolígrafo alrededor de una ubicación en el mapa de las instalaciones de la universidad. —Estamos aquí, y las artes están por allá. Corran, y quizás puedan llegar a darles el alcance.

Kieran le arrebata el mapa y agarra mi mano. —Volemos, dulzura.

Corremos como si estuviéramos en una carrera de los cuatrocientos metros. —Kieran, le mentiste —jadeo.

—Pero sirvió, ¿no? A veces tienes que hacer lo que sea necesario para conseguir lo que quieres.

Un grupo probable de padres e hijos sale de un edificio. —¿Es el recorrido de las instalaciones? —pregunta Kieran.

Un hombre asiente con la cabeza. Kieran estalla en una amplia sonrisa hacia mí.

Mientras el grupo se dirige al siguiente edificio, Kieran me agarra la mano. —Vamos a ponernos al frente. —Empuja a través de la multitud hacia el estudiante liderando la gira, que está respondiendo a la pregunta de una mamá sobre las residencias. —¿Hay una lista de audiciones para películas estudiantiles en algún lugar? —dice Kieran.

¿Es esta la verdadera razón por la que se ofreció a llevarme al recorrido? El estudiante lo ignora. Kieran voltea hacia mí, como detectando lo que estoy pensando. —Mientras estamos acá, aprovechamos el viaje ¿sabes?

Tiene razón. ¿Por qué no?

—¿Vamos a la Facultad de Artes Cinematográficas? —Kieran le pregunta al estudiante cuando termina con la mamá.

—Ya la visitamos —dice el tipo.

—¿Puede llevarnos después tal vez? Ella realmente quiere ver ésa. —¿Qué? ¡Él quiere verla, no yo!

—Lo siento, debería haberse presentado a tiempo.

—Oiga, conduje tres horas para llegar aquí, y tuvimos un pinchazo en camino. ¡No es mi culpa que hayamos llegado tarde!

—La voz de Kieran se vuelve hostil nuevamente.

Toda la gente en la gira nos mira fijamente. Estoy mortificada. Tiro del brazo de Kieran. —Olvídalo.

—Puedo enseñarles cómo llegar allá, y pueden ir por cuenta propia, si quieren —dice el estudiante, adelantándose para terminar el intercambio.

—Cabrón —me murmura Kieran. Uno de los papás le da una mirada sucia a Kieran.

El recorrido no dura mucho más y después vamos a la Facultad de Artes Cinematográficas para echarle un vistazo. Kieran busca anuncios de audición de películas estudiantiles, pero no vemos ninguno.

Caminamos por Washington Square Park, apuntando hacia el gran arco que da a la Quinta Avenida. Decido volver para un recorrido otro día, sola.

—¿Qué te parece? —pregunta Kieran.

—Me gusta. Si mis padres no estuvieran en Nueva Jersey...Bueno, en realidad, mi papá ahora vive en Manhattan.

—Nueva York es gigantesca. No es tan fácil encontrarse con la gente.

—Supongo que sí. Él vive en el Upper Westside.

—Tú estarías aquí en el Village. Nunca te encontrarías con él.

Kieran probablemente tenga razón. Una bandada de palomas grises picoteando el suelo por comida se dispersa a medida que surcamos por ella.

—Tienes tanta suerte, Cloe. Tienes muchas ventajas que no tengo en la vida. La vida siempre va a ser mucho más fácil para ti que para mí.

La culpa me vibra. —Mis padres trabajaron muy duro —digo débilmente.

—Así lo hicieron los míos, pero no llegaron a ninguna parte.

No parece que el padre de Kieran trabajara mucho, y no me ha hablado de su madre, pero no digo nada. Kieran se sienta en un banco y mira fijamente a las palomas, que han reanudado su búsqueda de migas. Me siento junto a él y él apoya su cabeza sobre mi hombro.

Tal vez la visita a las instalaciones de la universidad le ha martillado el clavo doloroso de que él no va a ir a la universidad. Mis dedos recorren las ondas de su cabello. Tengo que reforzar su espíritu.

—Tienes mucho a tu favor, Kieran. Eres un actor verdaderamente talentoso y trabajas muy duro. —Envuelve su puño alrededor de un puñado de mi cabello. Lo sostengo más cerca, sintiendo bocanadas calientes de su aliento en mi cuello. Percibo que necesita que yo siga hablando. —No puedes cambiar de dnde vienes. No deberías sentirte mal por eso. Puedes elevarte por encima de ello.

Voy frotando mi mano hacia abajo a los guijarros de su columna vertebral. El ritmo tropical de la salsa penetra en nuestro trance. Algunos niños están realizando movimientos de monopatín de lujo al ritmo de la música de unos parlantes. Kieran aprovecha.

—Bailemos. —Me pone de pie.

—¿Acá?

La gente está patinando, caminando a sus perros, rebuscando la basura.

Me jala hacia él y empieza a brillar y a temblar, sus ojos exigiendo a los míos. Caigo en el ritmo de sus pasos, devolviendo su mirada. Esa sensación del mundo que parece desaparecer se apodera de mí.

Cuando terminamos, la gente aplaude. Kieran se inclina en una profunda reverencia y extiende sus manos como si estuviéramos en un escenario. Riendo, yo también me inclino.

—Vamos —dice Kieran cuando muere el aplauso.

—¿Adónde vamos?

—Dulzura, esto es Nueva York. Caminamos y vemos a dónde llegamos.

Espiamos a través de las ventanas hacia lujosas salas de estar de los apartamentos de planta baja, bromeamos sobre las formas groseras de los pasteles en la panadería erótica en la Calle Christopher. Nos damos de comer mutuamente un «cannoli» en un café en Little Italy donde todo el mundo grita en italiano por encima de los gorgoteos y silbidos de la máquina de café expreso.

Kieran saca toneladas de fotos, haciéndome posar en una tienda de excedentes del ejército con una máscara de gas puesta, o sacando selfis de nosotros con nuestras mejillas o bocas o cabezas presionadas juntas.

Pasamos por una galería de arte raro en SoHo donde la gente vestida con chaquetas deportivas y jeans rotos se arremolinan con copas de vino en la mano.

Curioseo. —La galería de mi mamá está por aquí en alguna parte.

Kieran se detiene. —Vamos a entrar y obtener alguna comida gratis.

—¡No podemos entrar!

—Pórtate como si pertenecieras. Si alguien te pregunta, usa el nombre de tu mamá.

Entra. No tengo más remedio que seguirlo. Agarramos un manojo de entremeses de lujo de los camareros que pasan camarones con coco, palillos cargados de cubos de queso picante, setas rellenas, y fingimos estar interesados en este arte loco.

Unos televisores antiguos están apilados como un montón de basura, mostrando imágenes de partes del cuerpo en sus pantallas mientras una máquina en el techo sopla plumas sobre ellos. Una voz siniestra recita los nombres de los países. La gente lo estudia mientras se sientan en bancos, con los dedos presionados seriamente contra sus labios.

Nos reímos y enganchamos unos bocadillos más. Kieran me empuja hacia la puerta. Me siento aliviada de irnos antes de que nos pillen.

—Cosas raras —dice.

—De algún modo fue genial, sin embargo. Me gustan las cosas raras.

—Por eso te gusto. —Kieran saca pecho y se apunta con el pulgar.

Algo de la forma en que hace eso lo hace aparecer como si

tuviera más o menos cinco años. Estallo de risa y no puedo parar. Es el tipo de risa intensa y total, a través de la cual se entra a un espasmo totalmente silencioso. Me doblo, con lágrimas chorreándose de mis ojos, y me derrumbo contra la pared del edificio.

Kieran se ríe de mi a carcajadas, ladrando en voz alta. Nos reímos impotentes, deslizándonos por la pared, hasta que nos apoyamos el uno en el otro en la acera. Eventualmente, los ataques de risa disminuyen, y recobramos nuestra respiración.

—Dios mío —dice Kieran—. Mis costillas me duelen.

—Las mías también. —Me limpio los ojos.

—¿De qué nos reíamos en realidad?

—No lo sé. Fue la forma en que dijiste «por eso te gusto». —Irrumpo en una nueva carcajada. Nos reímos otra vez, pero no tan intensamente. Kieran me levanta. Caminamos, los brazos trenzados alrededor de las caderas del otro.

—No me he reído así desde siempre —dice.

—Yo tampoco.

Me besa el cabello. —Ay, mi dulzura.

Caminamos por la Calle Canal en Chinatown. Está llena de tiendas bulliciosas que venden todo tipo de chucherías y comida que no he visto antes como una especie de fruta cubierta con largos vellos.

—Tengo hambre —dice Kieran—. Quiero llevarte a este lugar en la Segunda Avenida. Hacen «pierogis» riquísimos.

—Comería cualquier cosa ahora mismo —digo.

Nos dirigimos rumbo al norte, abriéndonos paso a lo largo de una cuadra tras otra cuadra sin fin.

—Kieran, ¿dónde queda este sitio? Las piernas me están matando.

—Está por aquí.

—Eso lo dijiste hace varias cuadras. Podemos ir a otro restaurante. Quiero sentarme.

—Quiero llevarte a probar la típica comida polaca.

—Estaré muerta antes de llegar. ¿Estás seguro de que este sitio existe? Mira, hay un restaurante chino.

—No quiero comida china.

—Ni siquiera sé lo que son los pierogis. Puede que ni siquiera me gusten.

—Cloe, estás portándote como una niña. ¡Espera, es éste!

Gracias a Dios. Se lanza al otro lado de la calle hacia un restaurante en la esquina. Cojeo detrás y me derrumbo en una cabina de vinilo rojo.

Una camarera viene, bloc de notas y bolígrafo listos. Kieran ordena un pan y pierogis. No tienen refresco de zarzaparrilla, así que pide limonada.

—Hacen todo fresco aquí. Te encantará —dice.

—Ni siquiera sé lo que pediste.

La camarera trae un pan de azafrán trenzado de color amarillo sobre una tabla de cortar de madera. Kieran arranca dos trozos grandes del pan y los unta con mantequilla. Masticamos en silencio, demasiado cansados y hambrientos para hablar. El pan está riquísimo, recién salido del horno, blando y ligeramente dulce. Mientras como, pienso que debería llamar a mi mamá.

Llegan los pierogis, pequeñas bolas de masa con un relleno de carne. Nos servimos.

—Nunca he comido este tipo de pan antes o pierogis —confieso una vez que me siento revivir.

—Mira todas las cosas que aprendes conmigo.

—Eres mejor que Wikipedia.

Kieran carcajea y después me taladra los ojos con los suyos, como si pudiera ver dentro de mí.

—Cloe, te juro que nunca me había sentido tan conectado con nadie antes.

Algo arde dentro de mi pecho. —Yo tampoco.

—El día que viniste a entrevistar a Ed, se suponía que yo debía estar fuera entregando césped. Pero vino un cliente, así que Ed no terminó la factura y luego llegaste tú. Piensa en todo lo que ha pasado a causa de esos cinco minutos que Ed se retrasó.

Marco los elementos con mis dedos. —Pierogis, pan de

azafrán, mantequilla de maní y sándwiches de pepinillos, bailando en el parque...

Se ríe. —Realmente me gusta que no seas una de esas chicas que siempre están mandando mensajes de texto a sus amigas, o peor aún, llamando a mamá o papá. Eres más madura que la mayoría de las chicas de tu edad.

Mi boca deja de masticar por un segundo. ¿Sabía él que yo pensaba en llamar a mamá?

—Tus papás te han hecho pasar por mucho —continúa a través de un bocado de pierogi—. Por eso fue tu destino que me conocieras ahora, para que yo pudiera estar aquí para ti, y tú para mí.

Me olvido de llamar a mamá. —Dicen que hay una razón para todo —digo.

Terminamos de engullir los pierogis, pagamos y nos deslizamos fuera de la cabina. Mis piernas se sienten como si se hubieran oxidado. —Me siento como si tuviera noventa años. Tenemos que caminar lentamente al coche.

—¿Qué? ¡Vamos a salir de parranda! —dice Kieran.

Pongo el ceño fruncido ante su broma estúpida. Se muere de risa, ladrando locamente, siguiendo al llegar a la acera.

—¡Tendrías que ver la mirada en tu cara!

—Estoy demasiado cansada para bromas, Kieran.

Sigue riendo. —Ay Dios mío, eso fue realmente cómico, tu cara. Desearía tener un espejo, demasiado gracioso. Debería haber tomado una foto.

—Kieran, no fue tan gracioso.

—Realmente lo fue. Deberías haber visto tu cara.

—Basta ya ¿de acuerdo? Se acabó la broma.

—Ooooh. No puedes aceptar una broma a tus expensas.

—Déjalo. ¿Está bien?

Me jala hacia él. No respondo. Me besa la frente. Me derrito un poco, pero sigo enojada. Volvemos a Nueva Jersey con la música explotando en el coche. Siento que está molesto conmigo por haberme enfadado con su broma tonta. Cuando llegamos a mi casa, decido fingir que no sucedió. No quiero terminar el día con una nota amarga.

—Te traje de vuelta sana y salva —dice Kieran sobriamente.

—Gracias por llevarme. Fue un gran día.

Lo busco. Me abraza tan fuerte que apenas puedo respirar.

—Creí que estabas enojada conmigo —dice.

—Creí que tú estabas enojado.

Todo está bien entre nosotros. Al entrar a casa, mi cabeza palpita como si hubiera pasado todo el día en la montaña rusa.

SIETE

ía de pasar el rato en la piscina con Jade y conmigo?
¿Te acuerdas de nosotras?

Un texto de Morgan. Ignorando el sarcasmo, escribo de vuelta. **Seguro.**

Es mejor que andar por mi casa fantasma.

Estoy recogiendo mi bolsa de playa cuando llama Kieran.

—¿Soñaste conmigo anoche, dulzura?

—Por supuesto que sí.

—Me desperté con ganas de ir de excursión. ¿Quieres ir?

—Estoy en camino a la casa de Morgan.

—Ay, realmente quería verte hoy. No nos veremos mañana por mi clase de actuación.

—Ya le prometí a Morgan.

—Vamos, quieres verme más a mí que a ella ¿verdad? ¿Y tal vez podrías ensayar mi escena conmigo? De verdad me ayudaste mucho la semana pasada. Fui el mejor de la clase.

Kieran es más divertido para pasar el rato, y me necesita. Y Jade va a ir a casa de Morgan, así que no es que Morgan depende de mí para tener compañía. Tengo una idea. Puedo verlas mañana por la noche cuando Kieran tenga su clase. Perfecto.

—Puedo salirme de esta.

—Sabía que me ayudarías. ¿Te busco en treinta minutos?

Mando un mensaje de texto a Morgan.

Resulta que tengo cosas que hacer. ¿Qué tal si nos vemos mañana por la noche?

Déjame adivinar. ¿Kieran? Llámame mañana entonces.

¿Soy tan transparente?

Claro, no puedo esperar para ponerme al día con ustedes.

Kieran toca la bocina media hora más tarde. Mamá todavía sigue en la cama. Doy un portazo fuerte, esperando que la despierte para que se dé cuenta de que me he ido sin decírselo.

—Estoy repensando el plan. Hace demasiado calor para una caminata —dice Kieran.

Veo mi oportunidad. —¿Quieres ir a nadar? Podríamos ir a casa de Morgan.

—Tengo un poco de hambre. La pizzería tiene aire acondicionado.

Intento de nuevo. —Podríamos llevar una pizza a casa de Morgan.

—No quiero pasar el rato con una tanda de chicas parlanchinas.

—Aunque podrías nadar.

—Cloe...

Me rindo. Ya veo que difícilmente sería divertido para él.

En la pizzería, pedimos rebanadas y las llevamos a una cabina en la parte de atrás. Mientras comemos, Kieran saca sus guiones.

—Hacemos estudio de escena en la primera mitad de la clase. Tengo que estar fuera del libreto o Dorián tendrá un ataque.

Las palabras pasan volando a mi lado. —Esa frase no tiene ningún sentido para mí.

Se ríe. —Charla de actor. Fuera del libreto significa haberlo memorizado.

—¿Y el estudio de escena?

—Esa es la parte de la clase en la que representamos escenas de obras de teatro y películas.

—Actuar es super genial.

—Sí pero es trabajo duro, recordar líneas, meterse en el personaje, enseñar emociones para que parezca real y no falso.

—¿Cuáles son las escenas que haces?

—Un papel cómico como persona loca y un papel dramático de un preso que va al corredor de la muerte.

—Eso suena como mucho.

—Dorián dice que tenemos que ser versátiles, pero eso significa entrar en espacios totalmente distintos de nuestra cabeza durante la misma clase.

—Por cierto ¿qué pasó con la audición para el anuncio del que me hablaste cuando nos conocimos?

—Eso no salió bien.

—¿Qué pasó?

—Cloe, no quiero hablar de ello.

Supongo que no lo obtuvo y no quiere que se le haga recordar.

—Repasemos las líneas. Tu lees a Ginny. —Me da una página y ve mi cara desconcertada. —Significa simplemente leer las líneas una tras otra, igual que lo hicimos con el anuncio, luego agrego la emoción en ellas.

Repetimos las líneas hasta que yo también las tengo memorizadas. Después Kieran las lee con más emoción, cambiando de carácter de una escena a la siguiente. Cuando siente que tiene ambas escenas bajo control, se inclina hacia atrás.

—Deberías venir a clase y verme actuar. Le preguntaré a Dorián si puedes asistir.

—No le preguntes.

—¿Por qué no? ¿No quieres verme?

—Por supuesto, pero me sentiré avergonzada de ser la única observando. No te preocupes por eso.

—No es gran cosa. —Kieran me agarra la mano. —Eres una ayuda tremenda, Cloe, de verdad. No tienes ni idea de lo mucho que significa para mí tenerte conmigo en esto.

—Me gusta hacerlo y quiero apoyarte.

Presiona mi palma de la mano contra sus labios, y sus ojos se humedecen. Agarro su otra mano y la beso. Nos quedamos así por un tiempo. La gente nos mira fijamente, pero no me importa.

❦

—Hola dulzura. ¿Qué tal todo?

Miro de reojo a Marion. Está al teléfono. —Bien —susurro.

—Le conté a Dorián que quisieras asistir a la clase esta noche, pero dijo que no permite oyentes. Tienes que ser una estudiante inscrita. Me apena desilusionarte. Sé que de verdad querías venir.

¿Qué? Fue idea de él que yo asistiera a la clase. —Kieran, te dije que no te preocuparas por eso. Yo no quería que le preguntaras a Dorián.

—Pero tú sí quisiste que le pregunte, dijiste eso.

¿De verdad? —No importa.

—¿Por qué estás susurrando?

—No quiero que Marion escuche. Se puede amargar si paso tiempo en una llamada personal.

—Tienes una vida, Cloe. ¿En qué estás trabajando?

Marion termina su llamada. —Tengo que colgar. ¿Te veo mañana? —digo con voz de ovejita.

—Por supuesto, dulzura.

Cuelgo, confundida. ¿Qué había dicho yo en realidad acerca de ir a la clase de actuación?

Marion me llama. —Termina este obituario y te puedes ir.

Termino de escribir el obituario de un exalcalde que se murió y conduzco a casa.

Al doblar a la entrada de casa, noto la puerta del buzón del correo, que sigue ladeado desde que mamá lo chocara, colgando abierta. El buzón está repleto de correo. Mamá obviamente no ha estado recogiéndolo.Una pared de olor repugnante me viene al encuentro al entrar a la cocina. Reviso la basura. Está llena. Saco la bolsa de basura sosteniéndola lo más lejos posible de mí, la deposito en el cubo de basura afuera de la puerta del patio. Los cubos están repletos y olorosos también.

Regreso adentro e inspecciono la cocina, con mis manos apoyadas en las caderas. El fregadero está lleno de platos sucios. El mostrador tapado con frascos, cajas, grumos, vasos. Respiro hondo y empiezo a llenar el lavaplatos.

—Regresaste temprano esta noche —dice mamá detrás de mí.

Sigo llenando el lavaplatos. —Estoy sorprendida de que te hayas dado cuenta, mamá. La casa está asquerosa, por cierto.

Cierro de golpe el lavaplatos, pulso el botón de encendido y me pongo a pasar la esponja por el mostrador.

—¿Quién fue el que te recogió el fin de semana en la camioneta?

—¿Quieres decir que te fijaste en algo más que en ti misma? Kieran.

—¿Es tu novio?

—Sí.

—¿Voy a conocerlo?

Me giro lentamente. Tiene puesta esa bata de mierda que está recién decorada con manchas que parecen de café. Su cabello está hecho una jungla. Su boca está untada por todo el alrededor con algo blanco, Dios sabe qué. Apesta a ese olor a cama, sin lavar.

—Mamá, realmente crees que voy a traerlo a esta pocilga y presentárselo a mi mamá que se ve como algo salido de «Los Muertos Vivientes». El lugar apesta a basura, el correo está amontonado, no hay nada en la nevera. ¿Qué demonios te pasa? Sí, papá se fue, pero ¿sabes qué? ¡la vida sigue!

Se estremece como si le hubiera lanzado un dardo y se va.

—¡Sí, sal y deja que otra gente limpie tu desastre! —grito.

Arrojo la esponja en el fregadero y reviso el correo. Estamos atrasadas con el pago de la electricidad. Una factura de tarjeta de crédito vence en dos días. Arreglo todas las facturas en el mostrador. Ordeno la sala de estar, lo cual incluye fregar un charco endurecido de helado derretido en el piso, y clasifico varias cargas de ropa sucia apiladas en el sótano y las meto en la lavadora. Friego y le saco brillo a los baños, empujo los cubos de basura a la acera. Cuando me arrastro a la cama, encuentro una cadena de textos de Jade y de Morgan en mi teléfono.

¿Dónde estás? ¿Vas a venir?

¡Responde! ¿Nos estás dejando plantadas otra vez por Kieran?

¿Sabes qué, Cloe? Ni te molestes más por nosotras. Estamos hartas de tener el rol de segundas finalistas.

Me olvidé por completo de que se suponía que iba a ir a pasar el rato con ellas esta noche. Estoy demasiado agotada para lidiar con ello. Apago el teléfono y la luz.

❧ ❀ ☙

—Estuve espectacular en la clase anoche, gracias a ti.

—¡Qué bueno, Kieran, pero no puedo respirar!

Me está apretando sumamente fuerte en el asiento delantero de la camioneta después del trabajo.

—Disculpa. —Me suelta y empieza a conducir—. Le dije a Dorián que ahora tengo un arma secreta a mi disposición.

—Una celebración con Dom Pérignon y caviar está en regla —digo en un tono majestuoso simulado.

—Ciertamente, milady. De hecho, tengo un caviar especial picante y crujiente que es lo máximo —dice Kieran en su voz de mayordomo inglés y levantando su dedo índice.

Bajamos por una calle llena de baches hasta la zona de Indian Valley que se encuentra cerca del río. Las casas parecen haber sido bonitas hace un millón de años.

—¿A dónde podríamos ir, James? —Le sigo la corriente simulando la voz británica.

—Cena en el Palacio de Buckingham, milady.

Se dirige al camino de entrada de una casa azul de dos pisos deteriorada por el clima, con un árbol con manchas de hongos en el jardín de adelante. Estacionada al lado de una valla se encuentra una caravana con neumáticos pinchados y un enganche oxidado, la casa de Kieran.

—Hemos llegado.

Abre la puerta de la caravana y lo sigo, entrando a una caja de aire caliente que huele a moho.

—Hogar, dulce hogar. No es mucho, pero es mío.

—Es genial. Me gusta.

—El menú de esta noche es picante crujiente o crujiente picante.

Mete la mano en la pequeña nevera y saca la mantequilla de cacahuete, los pepinillos y el pan. La nevera también cuenta con una manzana, una pera y un melocotón, todos parcialmente comidos y pudriéndose, y varios envases de yogur con cucharas de plástico que sobresalen de ellos, todos consumidos a mitad también.

—¿Nunca te comes la fruta o el yogur enteros?

—Me canso de un sabor y paso al siguiente.

Parece muy típico de Kieran.

—Me abasteceré de comida la próxima vez que entre a la tienda de autoservicio de una gasolinera —dice.

—¿Compras comida en la gasolinera? Deberías ir a un supermercado.

—La comida es comida dondequiera que la compres.

Preparamos sándwiches de mantequilla de maní y pepinillos en platos de papel. —Espera. —Kieran abre un armario—. Ya que eres mi invitada especial. —Saca una lata de cacahuetes y los vierte dentro de los sándwiches—. Para un crujido extra.

Me parto de la risa. —Picante, crujiente, crujido. Otro elemento del menú para el camión de comida.

—Me he quedado sin refresco de zarzaparrilla. ¿Un cóctel de hidrógeno y oxígeno?

—Por supuesto, caballero.

Llena dos vasos de papel con agua tibia del grifo, y llevamos nuestra comida a la mesita y comemos.

—Es riquísimo con los cacahuetes —le digo.

—Te lo dije.

—Oye, podríamos hacer otros sándwiches de mantequilla

de nueces y pepinillos para el camión de comida, como mantequilla de almendras, mantequilla de nueces de macadamia, incluso distintos tipos de pepinillos.

—Totalmente. —Kieran menea la corteza de su sándwich—. En serio, es una buena idea. Es factible.

—Me pregunto cuánto costaría.

—Tendríamos que encontrar inversores. Gente rica. Les das un porcentaje del negocio, así es como se hace.

—¿Cómo encontramos gente rica?

—Tienes que parar donde para la gente rica, en los clubes de campo y esas cosas.

Reflexiono sobre las posibilidades mientras termino el sándwich.

—Es divertido jugar a la casita contigo, Cloe. Pero solo falta una cosa. —Él sonríe con picardía.

Una emoción se riza a lo largo de mi columna vertebral como una escala de piano, y me chupo el labio inferior. Kieran no ha hecho ningún insinuación hacia mí hasta ahora. Llegó la hora.

—He estado esperando el momento adecuado. —Me toma de la mano y me lleva a su cama, donde me acuesta suavemente—. Quería asegurarme de mis sentimientos por ti. Supongo que soy un poco anticuado en ese sentido.

—Me gusta anticuado —murmuro.

—Espera. Se me olvide algo.

Salta y cruza a la cocina, donde saca dos velas blancas gruesas de un armario y las enciende con fósforos. Las llamas parpadeantes crean puntos brillantes en la oscuridad rastrera mientras él lleva las velas hasta la cabecera de la cama.

—Es encantador, Kieran.

Me besa y lentamente me quita la ropa. No se parece en nada a lo que pasó con ese imbécil, Angus Magillicuddy. Kieran se dedica por completo a mí, sin pensar en sí mismo. No deja de acariciarme y de decirme lo hermosa que soy.

Nos acurrucamos el uno en el otro después, los dedos de Kieran emplumando cada milímetro de mi cuerpo.

—Quiero guardar tu imagen en la punta de mis dedos para poder moldearte en la oscuridad cuando estoy solo en la noche.

—Kieran, me encantan las cosas que dices.

—Me estoy enamorando de ti, Cloe. Corrección, ya me enamoré de ti.

Mi corazón se salta un latido. Lo miro en el resplandor de las velas. —Pero no hemos estado juntos mucho tiempo.

—¿Y? Sé lo que siento. No iba a decírtelo tan pronto, pero tuve que hacerlo. Supe que había algo tan pronto como te vi. No me tienes que responder. Sólo quiero que lo sepas.

Me ahueco la mejilla con su mano. —Creo que yo también me estoy enamorando de ti —digo.

Sus ojos brillan cuando me besa. —Estamos hechos el uno para el otro, Cloe, siento que lo estamos.

—Siento eso también.

Nos quedamos echados ahí hasta que se hace tarde y tengo que irme a casa.

❦

Es el cuatro de julio, el Día de la Independencia de los Estados Unidos, y estoy cubriendo el desfile del pueblo. Brinco las escaleras para abajo.

Mamá está vestida y poniéndose un delantal. Harina, huevos y mantequilla están sobre el mostrador.

Le doy una mirada interrogante. —¿Mamá?

—Voy a la parrillada de los Hertzberger. Pensaba llevar un pastel de chocolate. —Me brinda una sonrisa frágil—. Te invitaron a ti también. Podrías venir después del trabajo.

Las facturas que dejé sobre el mostrador ya no están. Las luces todavía funcionan, así que ella debe haber pagado la electricidad. La cocina ha permanecido ordenada desde que la limpié. La nevera está llena. Tal vez mi explosión hacia ella la sacó de su abatimiento.

—Voy a ir a ver los fuegos artificiales con Kieran, pero me alegro de que vayas, mamá. Que te diviertas mucho.

—Tú también, cariño.

Me dirijo al periódico, un estallido de felicidad dentro de mí.

Abro la puerta con la llave que Marion me dio, enciendo las luces y prendo mi computadora. La puerta suena, y miro hacia arriba. Para mi sorpresa, Kieran entra a grandes pasos, sonriendo.

—Feliz Día de la Independencia, dulzura.

—¿Qué haces acá?

—Hoy voy a ser asistente de un reportero.

—¿Qué quieres decir?

—Me voy al desfile contigo.

Parpadeo. —Tengo que trabajar, entrevistar a la gente, y cosas.

—No te estorbaré. Pensé que sería genial.

No estoy segura de que en verdad quiero que me acompañe, pero no sé cómo decírselo. —Está bien, bueno, tengo que buscar mi libreta de apuntes y luego nos vamos a pie.

La acera ya está atascada de gente en sillas de jardín. Niños pequeños corretean por los alrededores agitando banderitas. Caminamos hasta la tribuna donde están sentados el alcalde y los miembros del consejo municipal.

—Tengo que conseguir una cita de un funcionario —digo.

—Adelante. Quiero verte en acción.

Tratando de ignorar a mi público no deseado, me presento al alcalde. Acepta la entrevista y se endereza la corbata mientras preparo la cámara. Kieran se cierne a mi lado.

La luz roja se enciende, y el alcalde parlotea sobre la maravillosa tradición de Indian Valley que es el desfile y cómo la gente viene de los pueblos circundantes para verlo.

—El desfile está empezando, Cloe —grita Kieran, ahogando totalmente la voz del alcalde.

Me avergüenzo y le pido al alcalde que repita lo que acaba de decir. Por suerte, no parece importarle. Termino y me dirijo al desfile que arranca con la banda de marcha del colegio secundario.

—Graba esto, Cloe —Kieran señala a la banda. Giro mi

videocámara en esa dirección. Kieran sale corriendo.

—¡Por acá, con los policías a caballo! —grita. Corro a la calle, haciendo corcovear un poco a un caballo.

—Cálmate —gruñe el oficial a caballo. Estoy totalmente avergonzada.

—Oye, este cachorro explorador es una linda toma — grita Kieran.

Me acerco a los exploradores, caminando hacia atrás para filmar a un niño pelirrojo, con cara pecosa, marchando. Me tropiezo con las piernas de alguien, estiradas desde la acera, y salgo volando sobre mi trasero. El dolor me atraviesa. La gente me rodea al instante. Kieran se empuja entre la multitud y me ayuda a levantarme.

—¿Estás bien?

—Kieran, ¿puedes dejar de darme órdenes? Déjame hacer mi trabajo ¿de acuerdo? Sé hacerlo.

—Estoy tratando de ayudarte. No es mi culpa que te hayas tropezado.

—No me estás ayudando, ¿bien? —Se funde en la multitud y me siento aliviada.

—¡Cloe! —Jade se empuja a través de la multitud. —¿Qué pasa?

—Lo siento. He estado demasiado ocupada. Estoy cubriendo el desfile, y mi mamá...

—Cloe, ahí estás. —Kieran aparece de la nada y me tira de la cintura hacia él, como asegurándose de que ella sepa que es mi novio.

Hago las presentaciones.

Jade lo mira con recelo. —¿Quieren venir donde Morgan más tarde y nadar? Sus padres están haciendo una fiesta, pero le permiten invitar a sus amigos. Ella quiere verte de verdad, Clo.

—Sería estupendo. Pasaremos más tarde, cuando termine de trabajar.

—Perfecto. Tengo que encontrar a mi hermanito. Está por aquí en alguna parte. Nos vemos luego.

Tan pronto como ella se va, Kieran se vuelve hacia mí. —

Ella está celosa de ti.

Lo miro con incredulidad. —¿Qué quieres decir?

—Tienes un trabajo importante en el periódico, un novio en serio. Estás muy por encima de ella.

—Ella y Morgan están enojadas conmigo. Las dejé plantadas un par de veces por ti.

—Créeme, yo puedo saber cosas sobre la gente. No deberías andar con gente celosa. Siempre encontrarán la manera de derribarte.

Me encojo de hombros, sin saber qué decirle.

—Encontré algunas personas para que las entrevistes. — Señala a una manada de chicas preadolescentes, con piernas largas saliendo de shorts cortísimos, riendo nerviosamente.

—No las necesito, Kieran. Tengo suficientes entrevistas con el público.

—Vamos, Cloe. Les prometí.

Sé que no se rendirá hasta que no lo haga. Me esfuerzo, les pregunto qué es lo que más les gusta del desfile y enciendo la videocámara.

—Los chicos guapos —dice una, mirando a Kieran. —Siento una punzada de ... ¿celos? Las otros se ríen.

Apago la videocámara. —Vamos. Tengo trabajo por hacer.

Caminamos de regreso a la oficina.

—Habría sido gentil que me presentaras al alcalde —dice Kieran. Hubiera querido tomarme un selfi con él.

—Kieran, estoy trabajando. Sería poco profesional presentar a mi novio. ¿Por eso gritaste mientras hablaba el alcalde?

—La próxima vez, me presentaré yo mismo.

—Sí, hazlo.

Me siento molesta de verdad. Entramos a la oficina. Dejo caer mi equipo y camino con pasos largos al dispensador de agua fría. Me engullo tres vasos de agua. Me tranquilizo un poco y vuelvo a mi escritorio.

—Tengo que descargar y editar este video, escribir un reportaje y luego verificar las noticias policiales.

—No te voy a molestar. Seré una mosca en la pared.

—No tienes que quedarte.

—No deberías estar aquí sola. Es inseguro.

—Puedo cerrar la puerta con llave.

—¿Quieres que me vaya? —Un tono afilado en su voz y en sus ojos me hace retroceder un poco.

—Es que no puedo hablar mientras trabajo.

—Lo sé. No soy un idiota. —Agarra un periódico y se sienta en un escritorio.

No tengo tiempo para seguir discutiendo con él. Me pongo a trabajar. El zumbido del aire acondicionado es el único ruido en la oficina y logro olvidarme de Kieran. Termino el reportaje y cargo las fotos en línea. Entonces me dedico a editar el video.

Mientras espero que el video se cargue en la página web, recuerdo que él sigue ahí. Lo busco y lo encuentro revolviendo en los cajones del escritorio de Marion.

—¿Qué haces?

—Me vendría bien un poco de material de oficina.

—No puedes llevarte cosas de aquí.

Se endereza y cierra el cajón. —¿Hay comida en este lugar?

No quiero que asalte el escondite de Marion en la nevera. —Veré lo que hay.

Camino a la mini cocina y encuentro un par de dónuts que a Marion no le importará que me los lleve. Cuando regreso, Kieran está sentado sobre mi escritorio.

—Toma. —Le doy un dónut y tomo uno también. —Está un poco duro.

—Da igual. —Kieran acaba con su dónut en tres mordiscos.

—Tengo que verificar las noticias policiales y después ¡lista!

Se baja de mi escritorio. —Voy a lavarme las manos.

Voy a coger mi celular que tiene el número del portavoz de la policía programado en él, pero no lo encuentro donde siempre lo dejo, al lado derecho de mi teclado. Lo veo al lado izquierdo. ¿Kieran lo habrá movido mientras estuve en la cocina?

Llamo al oficial. —Nada que informar —me dice para mi alivio. Quiero sacar a Kieran de aquí.

—He terminado —digo cantando mientras Kieran regresa del baño—. Vamos a casa de Morgan antes de los fuegos artificiales. Podemos nadar y comer algo.

Su cara cambia. —Dulzura, tengo planeada una velada romántica, nosotros a solas.

—No tendríamos que quedarnos mucho tiempo. No he visto a mis amigas en años. ¿Por qué no quieres que las vea?

—No es eso. Tengo un lugar especial al que quiero llevarte a ver los fuegos artificiales. Puedes estar con tus amigas cualquier día, pero no hay fuegos artificiales todas las noches.

Me siento agotada de batallar con él todo el día. Me doy cuenta de que él nunca se rinde. —Vamos a tu casa entonces — digo derrotada.

Volvemos a la caravana y hacemos sándwiches de mantequilla de maní y pepinillos. No puedo dejar de pensar en el pollo asado y la mazorca de maíz que podría estar comiendo.

—¿No es fenomenal, dulzura, compartir nuestras vidas? — Kieran sorbe un refresco de zarzaparrilla. —No soporto estar solo. Me siento tan aislado.

—No me importa estar sola.

—Tienes suerte. No sabes lo que es necesitar a la gente.

—Por eso me encanta leer. Puedes perderte en los libros, y entonces no te sientes solo.

—Los libros no son lo mismo. Estoy tan feliz de tenerte. Eres lo mejor que me ha pasado en la vida, Cloe. Lo digo en serio. —Enrolla un mechón de mi cabello alrededor de su dedo índice. Me siento culpable por estar irritada con él.

El atardecer se instala. —Será mejor que nos vayamos, dulzura. Lleva un poco de tiempo llegar a mi lugar especial para ver los fuegos artificiales. No quiero perderme nada.

No tengo ni idea de donde podría estar este sitio misterioso. —¿Dónde queda?

—Te lo digo cuando lleguemos.

Nos dirigimos al pueblo de Crystal Lake y terminamos en un oscuro y retorcido camino hacia una cresta. Conducimos hasta que llegamos a una ruptura en la línea de árboles y doblamos hacia un mirador.

Una alfombra de luces ámbar y blancas se extiende ante nosotros, terminando en la silueta elevada de Nueva York.

—Es fantástica esta vista. Puedes ver todo hasta Manhattan —digo.

—Te lo dije. Podremos ver fuegos artificiales por todo el norte de Nueva Jersey. —Abre una lata de refresco de zarzaparrilla, me la da, y luego abre otra para él y la apunta a Nueva York. —Ese es el lugar para nosotros, dulzura. Ahí es donde todo sucede.

—Tal vez lleguemos allá algún día.

—Qué «tal vez». Brindemos por tu autoría en el *New York Times* y mi nombre en la puerta de un camarín de la tele con una gran estrella.

Chocamos latas. Toma una madeja de mi cabello y se barre la cara con ella. Posamos para un selfi con mi cabello envuelto alrededor de su cuello como una boa de plumas.

—Voy a llamar a esta foto «envuelto en ti» —dice.

Mete la punta de uno de mis rizos en su refresco y la chupa.

Me parto de risa. —Me encantan estas cosas locas e inesperadas que haces. ¿Quién pensaría en hacer eso?

Kieran pone su cabeza en mi regazo, su cara mirándome. —Dorián dice que los actores tienen que ser memorables. Tienen que sobresalir y vencer a la competencia para que puedan ser seleccionados para un papel.

—Por cierto, eres memorable. —Me río.

—Cloe, necesito saber que estás comprometida conmigo porque yo estoy comprometido contigo.

Algo vibra dentro de mí. —¿Necesitas preguntarme eso?

—Quiero que me prometas que nunca tendrás ningún contacto con ningún chico con el que te hayas involucrado. No podemos tener exnovios que interfieran en nuestra relación.

—¿Por qué siquiera mencionas esto? De veras, no tengo ningunos exnovios.

—Quiero saber tu historia entera de novios. ¿Hasta dónde

llegaste con cada chico, quiero decir físicamente?

—No es muy largo. —Le cuento mis tres desventuras.

—¿Cuántas veces lo hiciste con ese tipo Angus?

—Unas pocas.

—Qué imbécil. Me gustaría llevarle un bate de béisbol por usarte así. Eso realmente me enoja.

—Olvídalo. No es gran cosa. —Ahora me arrepiento de habérselo dicho. No necesito escuchar de que fui «usada».

—Me mata pensar en ti con otro.

—¿Qué hay de ti? ¿Cuál es la historia de *tus* novias?

—Las chicas no saben apreciarme. He estado involucrado con chicas egoístas hasta ahora. Es todo.

—Yo te aprecio, Kieran.

—Lo sé. ¿Qué hay de Facebook? ¿Eres amiga de Facebook de alguno de esos tipos?

Saco mi teléfono. —Mira, te lo enseño si te hace sentir mejor.

Me desplazo a través de mis cuarenta y seis amigos. —¿Ves? Nada de qué preocuparse.

—A mí me asusta que uno de estos tipos pueda regresar y alejarte de mí.

—Eso es una locura total.

—No lo puedo evitar. Es mi baja autoestima.

—Kieran, eres la única persona que jamás ha estado efectivamente interesada en mí, que realmente ha querido conocerme a mí, la verdadera *yo*. Ni siquiera puedo decirte lo mucho que eso significa.

A lo lejos retumba un estruendo.

—¡Mira! —Apunto a la racha de rayos disparados de rojo, blanco y azul en el cielo.

—Por ahí, también. —Kieran señala una cascada de plata y ámbar centelleantes. —Y allá a lo lejos.

Los fuegos artificiales explotan contra la negra noche de seda por dondequiera que miremos. Emitimos nuestros «ooh» y «ah» mientras silban y estallan.

—¿No es esto lo mejor, dulzura?

—Sí, lo es.

Cuando termina el gran final, bajamos la montaña, Kieran aferrándose a mi muslo y yo apoyándome en su hombro.

Me doy cuenta de que Kieran nunca me contó nada sobre sus novias del pasado. Mi teléfono suena con un texto entrante. Es Jade.

Gracias por dejarnos saber que no ibas a venir a la parrillada.

Mierda.

Disculpa, el trabajo estuvo fuerte.

O fuerte con Kieran. No debí haberme molestado en invitarte.

No contesto. Quizás Kieran tiene razón. Quizás únicamente está celosa de que yo tenga un novio en serio.

OCHO

Estamos acostados en un montón enredado de miembros sobre una manta en el parque, compartiendo un yogur de mango y maracuyá, un sabor que le hice probar a Kieran y que ahora es su preferido.

Se come una cucharada y luego me da una a mi mientras yo saco pelusa de su ombligo y la hago volar. Raspa el fondo del recipiente de yogur y me da la última cucharada.

—Te toca a ti —digo.

—Cómelo tú.

Abro mi boca y recibo la última cucharada.

Me mira detenidamente. —Tienes un grano en tu frente.

—Lo sé. Es asqueroso.

—¡No te muevas!

Antes de que yo pueda decir algo, me lo exprime y lo limpia con una servilleta. —Listo.

—No puedo creer que acabas de hacer esto —digo bajo shock.

—¿Por qué no? Tus granos son mis granos.

Sacudiendo mi cabeza, me acurruco con él. —Estoy tan contenta de tener mi propio extractor de granos.

—Y yo tengo mi propia limpiadora de ombligo.

—Estamos en nuestro propio mundo —digo—. Nuestro

Reino de Parejita.

—Reino de Parejita. Me gusta eso. Deberíamos tener un nombre compuesto, así como las celebridades.

—¿Qué tal «Cloran»? —sugiero.

—O «Kierle».

—Ninguno suena muy bien.

—Olvidémonos de eso. De hecho, casi se me olvidó. Este chico de mi clase de actuación va a dar una fiesta mañana en la noche. ¿Quieres ir?

—Me encantaría conocer a tu clase de actuación, y a Dorián.

—Quiero conocer a tu mamá, Cloe. Ya es tiempo.

—¿Quieres decir, como que hacerlo oficial?

—Sí, como ser parte de la familia del otro.

Tiene razón, y mamá en realidad ha estado más presentable últimamente así que no me siento tan avergonzada. —¿Y qué de tú mama?

—Quiero llevarte a que la conozcas, también —dice él.

—¿Por qué no te encuentras con mi mamá cuando me buscas para la fiesta? —sugiero.

❦

Cambio de ropa un millón de veces. ¿Qué ponerse para una fiesta de actores? Resuelvo llevar un par de jeans bonitos con sandalias negras de tacón y un top de color púrpura oscuro con volantes que bordean un escote que siempre recibe muchos cumplidos.

Me aplico el maquillaje con sumo cuidado y rizo mi cabello en rulos inquietos. Después de una última mirada al espejo de cuerpo entero de mamá, bajo.

—Te ves hermosa —dice mamá. —Pero necesitas una cartera de noche. Espera.

—Vendrá en cualquier momento, mamá.

Ella ya ha subido las escaleras. Regresa con una pequeña cartera de raso negro con una correa de cuerda trenzada.

—Esto te servirá. Mete las cosas que necesites para la noche.

—Gracias, mamá. —Transfiero mi billetera, brillo de labios y llaves dentro, cerrando la cartera justo cuando la camioneta de

Kieran dobla rápidamente a la entrada con un toque de bocina.

Abro la puerta principal mientras él sube a pasos agigantados por el camino de entrada. Lleva una chaqueta deportiva de pana marrón sobre una camisa de vestir y jeans y carga un gran ramo de lirios amarillos, rosados y blancos y crisantemos.

Me besa en los labios. —Me arreglo bien ¿no?

Me río mientras él entra al vestíbulo. Mamá sale de la cocina. Le presenta las flores a ella.

—Estas son para usted, señora Quinn.

Ella parece un poco abochornada pero complacida. —No debiste haberte molestado.

—Ustedes han pasado por unos cuantos momentos difíciles últimamente. Merecen algo bonito.

—Muy amable, gracias. Así que Cloe dice que quieres ser actor.

—Tengo una audición para un anuncio de televisión la próxima semana. A cruzar los dedos.

¿Qué? Le disparo un ceño fruncido. Sus ojos se lanzan hacia mí. Es mentira. Mamá levanta sus cejas, impresionada.

—Eso suena prometedor. Tienes que empezar por algún lado—dice ella.

Kieran me atrae hacia él, como hizo cuando conoció a Jade en el desfile. —Cloe es una gran chica. Tengo mucha suerte de haberla encontrado.

Desearía que la tierra me tragara. ¡No delante de mi mamá!

—Por cierto, pasan mucho tiempo juntos, así que supongo que eso significa que se llevan bien.

—Estamos hechos el uno para el otro ¿verdad, dulzura?

Me mortifica que le diga estas cosas a mi madre. Me las arreglo para sonreír. —Deberíamos irnos, Kieran, o llegamos tarde.

Nos despedimos y bajamos por el camino de entrada hacia la camioneta.

—Creo que eso salió bien —dice él.

—Kieran, hablaste demasiado de mí.

—¿Qué quieres decir con «demasiado»? Así es como siento.

—Bueno ya sabes, es mi mamá.

—Te avergüenzas con demasiada facilidad. Deberías decir lo que sientes.

Nos metemos en la camioneta y él da marcha atrás.

—Lo del anuncio de televisión no es cierto ¿verdad? —digo.

—Cloe, no tengo nada que ofrecerte. Mira de dónde vienes... tu casa, tus papás. Necesito algo que me haga ver bien y además, pronto será verdad.

—No tienes que inventarte cosas. Tienes mucho más que ofrecer de lo que te atribuyes.

Me picotea la coronilla. —Gracias, dulzura. Sé que intentas hacerme sentir mejor.

—Es verdad.

—Te ves bella. No puedo esperar a lucirme contigo.

—¿Dónde queda la fiesta?

—El nombre del chico es Joe Favola. Sus padres están de vacaciones, es por eso por lo que hace esta fiesta. Son abogados ricos en Nueva York. No les entusiasma nada la idea de que él sea actor.

Entramos en un barrio de casas gigantescas y estacionamos frente a una mansión estilo plantación iluminada, con columnas dando a un pórtico.

—¿Qué te dije? —dice Kieran.

La puerta principal está abierta, así que entramos, siguiendo la cháchara y la música hacia un patio trasero iluminado por antorchas. Una piscina brilla en turquesa con la luz subacuática.

—Esto es bonito de verdad —digo.

—Por supuesto que lo es. Pueden pagarse el lujo —murmura Kieran.

Un montón de gente está parada con bebidas en sus manos. Un tipo con una estrepitosa camisa hawaiana con flores negras y anaranjadas se nos acerca. Es super guapo, con una de esas mandíbulas cuadradas de modelo.

—Oye Dubrowski, llegaste. —Le da una palmada en la espalda a Kieran.

—Ricky Ricón, no creíste que me perdería esto ¿verdad? Te presento a mi novia, Cloe.

Joe me mira fijamente. —¿Qué haces tú con Dubrowski? Eres demasiado buena para este inútil. —Parece que está bromeando a medias. Sonrío intranquila.

—Vete a la mierda, Favola. —Kieran no está bromeando.

Joe sonríe. —La comida está allá, las bebidas están allí, y la piscina está allí si tienen ganas de zambullirse, con la ropa puesta o no. Sírvanse ustedes mismos. Los alcanzo luego. —Va a saludar a alguien más.

—No le hagas caso a ese imbécil. Está celoso, eso es todo —dice Kieran.

—Fue una broma. No pensé nada de eso.

—Bien, podríamos llenarnos mientras estamos aquí.

Nos acercamos a la mesa de comida. Kieran apila jamón en su plato, apartando las rebanadas de piña que tiene encima. —¿Quién come jamón con piña?

—Oh, eso es común. Es como comer cerdo con salsa de manzana, o pavo con arándanos. —Arponeo una rebanada de jamón con piña y la pongo en mi plato.

—¿No es usted la señorita aristócrata?

Me estremezco ante la amargura de la voz de Kieran. —Te informo, es todo.

Kieran se inclina hacia mi oído y señala con su tenedor a un grupo de personas cerca de la piscina.

—¿Ves al tipo de cabello canoso? Es Adrián Gould, el director del teatro. Necesito conocerlo. No le digas a nadie que estás en la secundaria. Di que eres reportera.

Kieran se inserta en el círculo, forzando a la gente a reordenarse. No hay realmente espacio para mí, así que me quedo atrás. Kieran se enfoca en la conversación sobre «la escala de tasas del sindicato» y «residuales». No tengo ni idea de lo que hablan. Termino mi comida y busco una mesa para disponer de mi plato.

Joe se coloca a mi lado. —Tu mano está vacía. ¿Puedo ofrecerte un trago?

Asiento y lo sigo hasta la mesa de bebidas. —¿Qué te gustaría? —dice.

—Una Coca está bien.

Vierte una Coca-Cola, le echa un trozo de lima y me la da.

—¿Eres actriz? —pregunta Joe.

—Soy periodista de *El Semanario de Indian Valley*. Eres actor ¿verdad?

—Sí. Es difícil, pero estoy adelantándome. Fui un actor extra en un episodio de «Abogados, Armas y Dinero». Se emitirá el mes que viene.

—Impresionante. Estaré al pendiente.

—Estoy en la sala de audiencias. Había esperado conseguir un papel como jurado. Eso habría significado más exposición ante las cámaras. Pero ¿qué se puede hacer?

El brazo de Kieran de repente se serpentea alrededor de mi cintura, haciéndome saltar.

—Cloe, tenemos que irnos ahora. Tienes que empezar temprano mañana ¿recuerdas?

Lo miro con incredulidad.

—Kieran, acabas de llegar. Quédate un rato —dice Joe.

Las pupilas de Kieran se convierten en balas dirigidas a mí. —Estás tomando demasiado y tengo que llevarte a casa. —Se vuelve hacia Joe. —Todavía está en secundaria. Probablemente no te lo dijo.

Se lo dice en ese tono confidencial como si yo no estuviera.

Estoy atónita. Me mandó específicamente que no le dijera a nadie que estaba en secundaria, y ni siquiera estoy bebiendo alcohol.

—¡Es un refresco! —protesto.

—Baja la voz. —Kieran alza sus cejas en modo de conspiración contra Joe como diciendo «¿ves?»

—Amigo, tranquilízate. Es Coca-Cola con lima. Ella está bien —dice Joe.

—Vamos, Cloe.

—No quiero irme todavía. Apenas llegamos.

Kieran quita su brazo de mi cintura. —Bien, tú ganas. Sólo

te estaba cuidando.

Se desplaza. Joe sacude la cabeza. —¿De qué se trataba todo eso?

Charlamos unos minutos más, pero estoy inquieta por Kieran. Me disculpo y voy a buscarlo. No está en el baño ni en la sala de estar, entonces lo veo en la cocina, hablándole a una chica, sumamente delgada con pómulos altos y piel color cacao.

Su brazo está estirado, apoyado en un armario, con ella debajo de su brazo, apoyada en el mostrador. Muy acogedor. Él está sonriendo y hablando, ella se ríe nerviosamente. Una acidez surge de la parte posterior de mi garganta.

Me debato entre escabullirme, fingiendo no haberlos visto, o interrumpirlos. Pero como Kieran nos interrumpió a Joe y a mí, decido hacerle lo mismo a él. Entro y rodeo las caderas de Kieran con mi brazo, igual que él hace conmigo delante de otras personas.

Me rodea la cintura de manera holgada con su brazo libre sin mirarme y no deja de hablar, algo sobre escenas de sexo, de cómo están totalmente coreografiadas y no son nada sensuales para los actores.

Mi cabeza palpita. Sus palabras me rozan volando como hojas de otoño, y no puedo atraparlas. La chica sigue mirándome y finalmente arranca. Entierro mi cara en el pecho de Kieran.

—Yo no debí haber venido —dice. —Adrián Gould me faltó al respeto delante de todos como si yo fuera una mosca. ¿Quieres irte?

Parece haberse calmado de lo que sea que le molestaba antes. Asiento, y nos dirigimos hacia la puerta principal. Me detengo.

—Deberíamos despedirnos de Joe.

Las fosas nasales de Kieran se encienden. —Lo deseas ¿verdad?

¿Que qué? —Son buenos modales despedirse de los anfitriones y agradecerles. Uno no se marcha, así como así.

Me empuja a través de la puerta.

Tan pronto como se desliza en la camioneta, Kieran se arremolina hacia mí, su cara trenzada de rabia.

—¡Nunca más vuelvas a avergonzarme delante de mis amigos de esa manera! No eres más que una escoria, coqueteando con mis amigos. Me has puesto en ridículo delante de toda la fiesta. ¡Nunca debí haberte traído! —Apunta su dedo a unos cinco centímetros de mi cara.

Me tambaleo contra la puerta, conmocionada y aterrorizada.

—Sólo estuve hablando con Joe. Estaba parada allí y él se acercó a mí. Tú hablabas con Adrián.

Conduce por la calle, rugiendo. —¡Estuviste prácticamente desabrochándole los pantalones a Joe, sacudiéndole las chichis en esa blusa!

—¡Eso es ridículo! Hablamos, nada más. Es lo que hace la gente en las fiestas.

Él reduce la velocidad de la camioneta y baja la voz hacia un tono sigiloso. —Estuviste con él en el baño ¿no? Alguien me dijo que te vio con él en el pasillo fuera del baño. ¿Hiciste planes con él? ¿Es por lo que quisiste irte, para que pudieras deshacerte de mí y volver más tarde sola? Te gustó ¿verdad? Te vi mirándolo.

¿De dónde saca esta tontería? Sus ojos se abultan terriblemente al inclinarse hacia mí. Me aparto apoyándome contra la puerta, mi cabeza da vueltas con sus acusaciones.

Intento defenderme. —¿Quién me vio con Joe en el pasillo fuera del baño? ¿Quién? Eso es una mentira total. ¡No estuve con nadie en el baño!

Kieran me ignora. —Me di la vuelta después de que ese imbécil me pasara por alto y te habías ido. Miro a mi alrededor y estás demasiado cómoda con Joe. Te dije lo hermosa que eres, y se te fue a la cabeza, ¡pavoneándote con tus ventajas! Mis amigos me advirtieron sobre ti.

—¿Qué amigos? ¡Kieran, deja esto! —grito, apretando los puños en señal de frustración.

Para mi sorpresa, se calma y pisa el acelerador.

Agarro la manija de la puerta, respirando profundamente con alivio.

Reprimo el manantial de lágrimas emanando de mis ojos. ¿Cómo pudo hacer esto, decir estas cosas?

—¿Y qué hay de toda esa mierda del Día de la Independencia? —sigue.

—¿De qué hablas?

—No querías que te acompañe para que pudieras hablar con los chicos. ¿Crees que no me di cuenta de que sólo entrevistaste a chicos? Cuando encontré chicas para que las entrevistaras, las despreciaste.

—Kieran, eran chiquillas adolescentes. Todo lo que hacían era reírse nerviosamente. Eran inútiles.

—Y ni siquiera me presentaste al alcalde. ¡Señorita periodista importante!

—Estaba trabajando. No se presentan los novios cuando estás en el trabajo. Ni siquiera debiste estar allí. ¿Y qué hay de ti? ¡Me dijiste que no le dijera a la gente que estaba en secundaria y luego fuiste y se lo dijiste a Joe Favola para hacerme quedar mal! ¿Cómo piensas que me hizo sentir eso?

—Yo te estaba protegiendo. Joe Favola está en libertad condicional por una condena por metanfetaminas, pero las sigue consumiendo. Le he dado bolsas de mi orina para que las use para sus pruebas de mear para la libertad condicional. Las esconde en su ropa interior. Si le escuchas por teléfono pidiendo «páginas de guion», en realidad está comprando metanfetaminas. Las esconde en un calcetín.

—¿Sabes qué? No necesito tu protección. Quiero ir a casa. Quiero que me lleves a casa. —Mi voz tiembla de miedo, pero trato de mantenerme fuerte.

—No te preocupes, igual que te traje, también te llevo a casa.

Él dispara la camioneta a mayor velocidad. Se acerca una curva cerrada. Me aferro a la manija de la puerta ya que gira demasiado rápido, los neumáticos chillan.

La camioneta se inclina ligeramente.

El pánico se apodera de mí. —¡Kieran! ¡Desacelera!

No responde. Volamos sobre la cima de una colina, la camioneta aterriza en la ladera con un fuerte rebote y luego se dirige al carril contrario para adelantar a un coche. Otro coche viene directamente hacia nosotros y toca la bocina. El corazón me martillea. No puedo creer esto. Nos va a matar. Me empujo con fuerza hacia atrás en el asiento para prepararme ante la inevitable colisión frontal.

—¡Kieran, vamos a chocar! ¡Frena! Kieran!

Gira con fuerza de regreso a nuestro carril justo a tiempo de evitar el vehículo que viene en dirección contraria, y sigue conduciendo como un maniático hasta que grita para luego detenerse frente a mi casa. Huelo la goma quemada de los neumáticos. Salto de la camioneta.

—Cloe, espera. —Su voz suena normal, pero no voy a volver a arriesgarme a su rabia nuevamente.

Doy un portazo y doy un paso, pero de repente siento un tirón que me hace retroceder. La idea de que él me retiene se dispara por mi mente, pero es la correa de la cartera la que está atrapada en la puerta. La jalo con fuerza y corro por el camino de entrada hacia la puerta.

Estoy temblando, asustada de que venga a por mí, así que tardo unos segundos en meter la llave. La puerta finalmente se abre, y caigo adentro, cerrando la puerta rápidamente detrás de mí. Tomo enormes tragos de aire. Estoy a salvo.

Miro la cartera, el de mamá. Está hecho hecha añicos. El panel lateral se rompió cuando lo jalé. Corro arriba, temerosa de que se despierte. Arrojo la cartera arruinada debajo de mi cama y me pongo el camisón.

Estoy a punto de meterme en la cama cuando suena el timbre, asombrándome. Con el corazón latiendo fuerte, miro por la ventana. La camioneta de Kieran está en la entrada. *Vete ya, vete.* El timbre suena de nuevo.

—¡Cloe! Quiero hablar contigo, nada más. ¡Por favor! —Golpea en la puerta. —Cloe, lo siento, por favor. Necesito hablar contigo.

Por una vez, me alegro de que mamá se haya quedado hecha polvo con las pastillas, pero aún podría despertarse, sin mencionar todo el vecindario. Bajo galopando y abro la puerta. Kieran me aprisiona en sus brazos. Las palabras salen de él a raudales.

—Fui un idiota, dulzura. Estuve equivocado. Por favor, perdóname. No soy bueno en esto de las relaciones. Algo se apodera de mí. No puedo controlarlo. —Me abraza fuertemente. —Fui un imbécil. No puedo vivir sin ti, Cloe, no puedo.

Mi miedo se evapora. Lo envuelvo en mis brazos. El Kieran que conozco ha regresado. —Me asustaste, Kieran. Dijiste toda clase de locuras, y ni siquiera sé lo que hice. ¿Qué se te metió?

—No pude evitarlo. Simplemente se me salió. Tengo tanto miedo de perderte. Eres lo mejor que me ha pasado jamás. Lo digo en serio.

—No me vas a perder. Sólo porque hablé con otro tipo no significa que te voy a dejar por él. Eso es una locura.

—Lo sé. Me pongo demasiado celoso. No puedo evitarlo. Supongo que soy egoísta. Te quiero toda para mí solo.

—¿Realmente crees que voy a huir con un tipo que conozco por cinco segundos en una fiesta, o hacer algo con él en el baño? ¿Tienes una opinión tan baja de mí? ¿Kieran, como pudiste siquiera pensar algo así?

—No sabes lo mucho que significas para mí. Si no significaras nada para mí, no me pondría celoso.

—Vamos, no quiero que mamá se despierte. —Lo llevo a la cocina y cierro la puerta. Kieran se sienta a la mesa, jalándome hacia su regazo y acurrucando su cabeza en mi pecho. Nos quedamos así por un minuto en silencio, respirándonos el uno al otro.

Kieran levanta su cabeza. —Te pusiste un poco celosa también ¿no?

—Coqueteabas con esa chica.

—Ahora sé que me quieres de veras. Si no estuvieras celosa, significaría que no te importo.

—Espera, ¿lo hiciste a propósito, para ver si me ponía celosa?

—Tenía que ver lo que te sentías por mí.

Me siento aliviada de que no le gustara ella, pero entonces la verdad subyacente me atraviesa. —Kieran, no juegues conmigo de esa manera. Yo no te haría ese tipo de cosas.

—Estoy trastornado, sé que lo estoy. Yo ... yo tengo mucho dolor dentro de mí.

—¿Qué quieres decir con dolor?

—Es como un agujero negro dentro de mí. —Su voz se quiebra. Agarra un mechón de mi cabello y lo envuelve alrededor de su puño, metiendo su cabeza bajo mi mentón. No puedo imaginar de qué habla, así que no digo nada, lo mezo como a un bebé. El débil ladrido del perro del vecino suena afuera.

—Tuve un perro una vez, pero se escapó. El perro pudo huir, pero yo no.

—¿Qué quieres decir? —Sus palabras me sacan de nuestra calma. Siento que viene algo, algo que necesito saber.

—Mi padrastro —susurra—. Mi padrastro golpeó al perro. Y me golpeó a mí.

Lo abrazo más fuerte.

—Me golpeó desde que tengo memoria. Hasta que se fue, eso es. Fue mi mamá la que lo alejó. Ella lo hizo. No pudo dejárselo pasar. Como con mi verdadero papá. Estaba hecho un desastre, pero era un buen tipo. No era una mala persona.

—¿Tu verdadero papá te golpeó?

—Sólo mi padrastro. Dijo que la vida era un largo combate de boxeo y que yo tenía que aprender a ser duro, para pelear y defenderme. Sin embargo, me lo merecía, yo era un niño malo. Hubiera salido muy malo si no me hubiera disciplinado. Los niños necesitan disciplina. Una vez golpeó mi cabeza contra el pavimento. Al día siguiente yo tenía un dolor de cabeza tan fuerte que me llevó al hospital. Dijo que me había caído de la bicicleta. Los profesores notaron mis moretones siempre, pero yo les mentía. Decía que resultaron de algún accidente u otro.

Mi mamá mentía también. Les decía que yo era propenso a los accidentes. Tenía miedo de decir algo. También la golpeaba. Los vecinos solían llamar a la policía, pero mi mamá y yo mentíamos para que no lo detuvieran y los servicios sociales no me llevaran. Pero luego se fue de todos modos, y yo no tenía ningún papá. Dos papás me dejaron.

Mi corazón se encoge. No puedo ni imaginarme haber crecido así. Cuánta tortura debe haberlo atravesado.

—Kieran, desearía poder arrastrarme dentro de ti, recoger todos tus pedazos rotos y llenar tu agujero negro. —La emoción me engruesa la voz.

—Solía desear que mi verdadero papá viniera a buscarme y me llevara lejos. Pero nunca vino. —Kieran me mira, con lágrimas rodando por sus mejillas como perlas. —Eres la primera persona a la que le he contado esto. Me alegro. Me alegro de que lo sepas.

—Me alegro de que me lo hayas dicho.

Tampoco puedo evitar llorar.

—Ámame, Cloe, necesito tanto que me ames.

—Kieran, te amo. Nunca pienses que no te amo.

Juntamos nuestras caras. Me siento tan increíblemente mal por Kieran y estoy enojada, además.

Ningún niño se merece ser abandonado, y golpeado. ¿Qué clase de papás eran ellos?

—No puedo irme, Cloe. No puedo estar solo ahora mismo.

—Puedes quedarte aquí. —Subimos de puntillas a mi habitación. Kieran se quita los zapatos. Nos quedamos dormimos en los brazos del otro.

La primera luz del amanecer se filtra por la ventana. Despierto a Kieran. —Será mejor que te vayas antes de que mamá se levante.

Se frota los ojos. Su cara se arruga en una sonrisa lenta. —Oye, dormimos juntos, dulzura.

Le devuelvo la sonrisa. —Lo hicimos ¿no?

—No fue exactamente lo que tenía pensado, pero está bien —dice.

Se pone los zapatos y nos escabullimos abajo. Me besa y se va. Regreso a la cama, pero todo lo que puedo pensar es en Kieran.

Debo haberme vuelto a dormir finalmente. Es cerca del mediodía cuando me levanto. Mamá está tomando café en la cocina cuando bajo.

—¿Cómo estuvo la fiesta?

—Bien. —Saco el jugo de naranja de la nevera y evito sus ojos.

—¿Qué tal te sirvió la cartera de noche?

Vierto un vaso de zumo. —Muy bien. Gracias.

—Es una cartera bonita. Me alegro de que tenga algún uso.

Tomo el jugo, echando un vistazo hacia ella por encima del borde del vaso. No parece haber oído nada anoche. Sale flotando de la cocina en su nube de pastillas. Se olvidará del de la cartera.

NUEVE

Bajo al sótano y meto un montón de ropa sucia y detergente en la lavadora. Sigo pensando en lo que me dijo Kieran. Siempre se escucha acerca del abuso infantil, pero nunca he conocido a alguien que haya pasado por eso. Dos papás lo abandonaron, uno lo golpeó. La vida es tan injusta. ¿Por qué nació él en esa familia y yo en la mía?

Prendo la lavadora y empieza rechinando. Desearía poder ayudarle. Me dijo que quería que lo amara. Amor. De todo corazón, puro y simple. «Todo lo que necesitas es amor», igual que dice esa vieja canción. Es lo único que puedo hacer, amar a Kieran.

Me acerco a su caravana más tarde. Me regala una docena de rosas rojas y un pendiente de oro en forma de corazón con un pequeño diamante.

—Siento mucho lo mal que me porté, Cloe. No volverá a suceder.

Parece un cachorro abandonado. Entierro mi nariz en la dulce fragancia del ramo. No volverá a suceder porque Kieran me derramó su alma.

—No es tu culpa. Estamos juntos en esto ahora.

Me besa con fiereza. —Dulzura, eres la mejor. Déjame ponerte el collar.

Me cierra la cadena alrededor de mi cuello, y lleno un frasco vacío de mantequilla de cacahuetes con agua.

—¿Sabes algo? Somos como un diagrama de Venn —digo mientras coloco las rosas en el frasco.

—¿Un diagrama de Venn? Tengo que escuchar esto.

—Círculos superpuestos, y la superposición de nosotros sigue aumentando.

—Hasta que juntos seamos un círculo solo. Entiendo. Eres profunda, Cloe. Nunca he conocido a nadie como tú.

—Yo tampoco nunca he conocido a nadie como tú.

—Salgamos al lago en el barco de Claudette. ¿Quieres?

—Como no.

—Un diagrama de Venn —repite mientras caminamos hacia el patio de atrás. —Sólo tú nos compararías a algo salido de un libro de matemáticas. —Se ríe por lo bajo.

Un bote, atado a un muelle destartalado, se balancea en el agua. Agachándose, Kieran lo acerca jalándolo y lo sostiene mientras me monto. Chillo cuando el bote empieza a mecerse.

—Te tengo agarrada, dulzura, no te preocupes.

Me siento en una banqueta mientras Kieran desata la cuerda y nos empuja al río. Rema con tirones gigantes, los remos cortando el agua como si fueran cuchillos. Llegamos a la mitad del río, y sube los remos y los engancha en las chumaceras.

Nos acomodamos de modo que yo esté acostada sobre su pecho con mi cuerpo estirado entre sus piernas. Dejamos que la corriente nos lleve perezosamente mientras el crepúsculo deja caer su cortina de gasa. El único sonido es el agua rebotando en el bote.

Rastreo una mano en el río fresco. —Si me secuestraran y me llevaran a la selva más profunda del Congo ¿qué harías?

—Llamaría a cada senador, congresista, presidente, lo que sea, y luego volaría allá y contrataría rastreadores para encontrarte. No descansaría hasta tenerte de vuelta.

De alguna manera le creo. —Lo harías de todas maneras ¿no es cierto?

—Eres lo más importante en mi vida, Cloe. Nunca me daría por vencido.

Giro mi cabeza para mirarlo. —Nunca me he sentido tan protegida antes. Mis papás nunca me defendieron. En cuarto grado, estas chicas me hostigaban y se burlaban de mí en el camino al colegio todos los días. Se lo conté a mi mamá. Nunca hizo nada. Tuve que encontrar un nuevo camino al colegio por mi cuenta.

—Nada de eso te pasará mientras yo esté cerca. Te cubro las espaldas, Cloe, absolutamente.

Beso la palma de su mano. Él está tan íntegra- y absolutamente ahí para mí, y es el sentimiento más asombroso y más perfecto del mundo. Flotamos un poco más, pero los mosquitos nos vuelven locos.

—Regresemos. —Kieran recoge los remos.

—Sí, o ya no tendremos nada de sangre pronto.

—Debería remar más a menudo. Es un buen ejercicio para mis bíceps.

—Ya tienes buenos bíceps.

—Tengo que mantenerme en forma. En las audiciones, hacen que los chicos se quiten las camisetas para revisar sus abdominales y pectorales.

—Eso no es justo. ¿Qué tiene que ver eso con talento?

—Tienes que lucir músculos abdominales marcados *y* talento. Cuando realmente quieres algo en la vida, tienes que ir a por ello, y no rendirte hasta que lo consigas.

Llegamos al muelle y salimos del bote, que Kieran amarra a un enganche. Sonríe.

—Tengo algo que mostrarte. Llegó ayer.

—¿Qué es?

—Te hago una carrera.

Arranca corriendo y corro detrás de él hacia la caravana. Entramos, jadeantes.

—Siéntate y cierra los ojos.

Hago lo que me dice, entonces algo fresco y suave se desliza en mis manos. Abro los ojos. Es un libro con el título

«Kieran y Cloe» en letra itálica sobre una foto de nosotros en la portada. Lo miro de manera inquisitiva mientras mi corazón late con fuerza.

—Vamos, ábrelo.

Es un libro, del tipo que la gente envía a imprimir con las fotos de sus vacaciones o de su boda. Está lleno de él y de mí, de fotos que tomamos en Nueva York, en su caravana, en el parque, en todos los sitios donde hemos estado.

—Ay Dios mío, Kieran. Es hermoso.

—Lo llamo «La crónica de Kieran y Cloe».

—No puedo creer que hayas hecho esto. —Lo miro con asombro. —Creo que esto es la cosa más linda que jamás alguien ha hecho por mí.

Sus ojos brillan con lágrimas, lo cual hace que los míos hagan lo mismo. Se los seca rápidamente.

—¿Sándwich de mantequilla de maní y pepinillos?

Río a través de mis lágrimas. —Suena perfecto.

❦

—¿Eres tú, Cloe? —La voz desencajada de mamá retumba desde arriba. Estoy en casa temprano ya que es la noche de actuación de Kieran.

—*C'est moi* —canto en voz alta.

Escucho el sonido de pies bajando las escaleras y luego aparece en la cocina, con tristeza en la cara.

—¿Qué pasa, mamá?

—Ay, Cloe. —Se aferra al respaldo de una silla como si fuera a desplomarse.

—¿Qué?

—Descubrí la verdad.

—¿Qué verdad?

Ella se deja caer en la silla. —Es otra mujer, es por lo que se fue tu papá.

Siento una sacudida. —¿Cómo lo sabes?

—La semana pasada estaba revisando los trajes que dejó en el closet, y encontré dos entradas para una obra de Broadway de diciembre pasado. Tuve una sensación extraña. No fui con él y nunca mencionó ninguna obra, así que fui donde un investigador privado. Tu papá ha estado teniendo una aventura durante el último año. En realidad, está viviendo con ella.

Ahora yo tengo que sentarme. —Caray, estás bromeando. Quiero decir que sé que no estás bromeando. No puedo creerlo.

—Sabía que había algo más. Me dijo que no había nadie más. El investigador me dijo que probablemente era para que no lo demande por adulterio y obtenga un acuerdo por simpatía.

¿Mi papá, panzón y de pedos apestosos, con otra mujer? —Tal vez haya otra explicación.

—El investigador los grabó caminando por la acera tomados de la mano.

—Papá nunca anda agarrado de manos.

—Ahora sí.

—¿Cómo sabe el investigador que ha estado pasando por tanto tiempo? —Estoy intentando darle una salida a papá, para poder rescatar y mantener al papá que conozco, para que no sea un mentiroso y un tramposo.

—Habló con el portero del edificio.

Me siento en silencio aturdido.

—Todas estas mentiras, el engaño con ganas. ¿Cuánta gente llegó a saberlo durante todo este tiempo? Y yo, llevando sus trajes a la tintorería, preparándole su cena. Una sirvienta, eso es todo lo que yo era para él. ¿Por qué siguió teniendo sexo conmigo durante todo este tiempo?

¡Demasiada información en serio! Estoy de pie, pero mis piernas se sienten débiles como de cartón.

—Voy a hacer un té.

Preparo el té, luego mamá toma una pastilla para dormir y veo la tele, o trato de verla, hasta que la clase de Kieran termine y pueda llamarlo. Lo pillo mientras camina hacia su camioneta después de la clase.

—Lo siento, dulzura. Esto realmente, de verdad es una

mierda. Pero como dije antes, no hay nada que puedas hacer. Es entre ellos. Tienes que seguir viviendo tu propia vida.

—Ahora estoy preocupada de verdad por ella. Le iba tan bien últimamente. Esto es un gran revés.

—Tu padre es un cerdo. Yo nunca engañaría a nadie. Quiero que sepas eso, Cloe. Es muy, muy bajo ir a espaldas de alguien de esa manera.

Ahora tengo una nueva imagen de mi padre, ciento ochenta grados diferente a lo que creí de él mi vida entera. Me siento destrozada.

—Voy para allá enseguida —dice.

—No, estoy bien.

—No estás bien. Lo puedo ver.

Me brotan las lágrimas.

Media hora más tarde, estamos echados vestidos sobre mi cama, sin decir nada, Kieran acariciándome el cabello. No me importa si mamá nos ve. Nos quedamos dormidos.

Cuando nos despertamos, ya es de mañana. Él besa mis labios.

—Despierta, despierta, dulzura.

—¿Kieran? —Mi mente está nublada, entonces recuerdo que vino anoche.

—Voy a hacer algo para levantarles el ánimo esta noche.

—¿Qué?

—Ya verás. Mejor me voy. Tengo que estar en el trabajo en una hora.

Nos escabullimos abajo. —Gracias por venir, Kieran.

—Yo para ti, y tú para mí, dulzura.

Se va antes de que mamá ni siquiera se mueva.

❦

Cuando llego al periódico, Marion me espera con mirada severa.

—Jeannine Oglesby llamó. Deletreaste mal su nombre y apellido y te equivocaste con su edad en el artículo sobre el campamento de costura para niños de bajos ingresos. Tenemos que publicar una corrección.

—Ay no. Sé que le pedí que los deletreara. —Agarro el periódico y miro el artículo, que tiene «Janine Oglesbee, 63». Reviso mi cuaderno y mi estómago se desploma: «Jeannine Oglesby, 36» está claramente escrito. No me extraña que esté enojada. La envejecí de treinta años.

—¿Cómo sucedió eso? —ladra Marion.

—Me olvidé de volver a comprobarlo. —Pero sé que fue porque me apuraba para encontrar a Kieran, aunque no voy a decírselo a Marion. —Lo siento.

—Escribe la corrección. Revisa el archivo para ver el formato. Y ten mucho cuidado la próxima vez. Tenemos que ser precisos, o la gente no nos leerá.

Llamo a Kieran a la hora de almuerzo desde el estacionamiento y le cuento lo que ha pasado.

—Me siento como una imbécil completa.

—Es sólo un nombre y un número, dulzura. No te preocupes por eso. Vendré más tarde con algo para ti y tu mamá.

Sonrío. —Te encantan las sorpresas ¿no?

—Tienes que hacer la vida interesante de alguna manera, dulzura.

❧ ✳ ☙

Kieran llega poco después de que regreso a casa. —Entrega especial de buen humor. —Agita una gran bolsa que trae agarrada y entra por la puerta principal.

—¿Qué traes?

—Ya te enterarás. Vamos a la sala. Es un mejor escenario.

Entramos en la sala donde mamá está viendo «¡Arriésgate!» y sonando su nariz en un pañuelo de papel.

—Hola, señora Quinn. He venido a animar a todo el mundo.

—Sí que nos vendría bien.

—Siéntate al lado de tu mamá, Cloe, y si no te importa apaga la tele.

Hago lo que me dice. Mamá me da una mirada diciendo «¿de qué se trata todo esto?». Me encojo de hombros.

Kieran está de pie en el medio de la sala. —Buenas noches, señoras, y bienvenidas al espectáculo de esta noche. Soy su anfitrión Kieran Dubrowski. —Extiende sus brazos a los lados como si estuviera en un escenario. Me río. —La primera parte del programa de esta noche será una experiencia interactiva. ¡Charadas!

Aplaudimos. Mamá sonríe. —No he jugado eso en años.

—Voy primero. —Kieran imita una cámara rodante.

—Película —grita mamá. —Kieran asiente, levanta dos dedos.

—Dos palabras —digo.

Señala hacia su espalda y levanta un dedo como si fuera una «1».

—Espalda —grito.

—¿Una espalda, la espalda? —Mamá se frunce el ceño, reflejando.

Kieran mira a su alrededor, ve un libro negro y lo señala.

—¿Libro? —digo. Sacude su cabeza y alisa la funda, luego señala su espalda.

—Tapa dura —adivina mamá. —Jorobado. ¡Espera, negro!

Kieran la señala y asiente frenéticamente. Levanta dos dedos.

—Segunda palabra —digo.

Asiente y agita los brazos.

—Pájaro —digo.

Sacude la cabeza y finge nadar.

—Un pájaro acuático —dice mamá.

Se pone la mano alrededor del cuello y hace la mímica de alargarlo.

—Cuello largo, pájaro con cuello largo —digo —¿avestruz?

Kieran hace una pirueta de ballet.

—¡Lo sé, cisne! —grita mamá—. «Cisne negro». —Kieran aplaude.

Mamá se pone de pie de un salto y hace la mímica de «Los juegos del hambre», luego yo hago «Guerra de las galaxias».

Jugamos charadas por un rato y luego Kieran vuelve a subir al escenario. —Ahora señoras, es hora de la segunda parte de nuestro espectáculo. Se da la vuelta, agarrando la bolsa. Cuando se gira nuevamente, tiene un bigote falso y gafas. Hace una imitación y tenemos que adivinar quién es.

—Groucho Marx —acierta mamá.

Realiza más imitaciones usando accesorios de su bolsa, cuenta algunos chistes y escenifica algunos bocetos de comedia al estilo absurdo de Cantinflas.

Mamá y yo nos reímos a carcajadas. —Esto es como un show individual —dice mamá, secándose las lágrimas de los ojos.

Kieran hace una reverencia. —Señoras, espero que hayan disfrutado del espectáculo de esta noche. Sintonicen la próxima semana a la misma hora, en el mismo canal. —Lanza sus brazos al aire triunfalmente.

Aplaudimos. Mamá grita «bravo» y yo silbo. Él se inclina y después se deja caer en el sofá a mi lado.

—Deberías hacer comedia —dice mamá —. Estuviste fenomenal.

—Negocio de rescate de la depre a su servicio, señora. Solía hacer esto para mi mamá y mis hermanas.

—¿Qué tal un poco de helado? —Mamá se levanta. —Creo que hay de menta con pedacitos de chocolate.

—Mi favorito —dice Kieran.

Ella se dirige a la cocina, y estudio a Kieran. —¿Qué? —dice.

—Eres como una canica. Cada vez que ruedas, veo un color distinto.

Se ríe con su ladrido de foca. —Dulzura, eres tal poetisa. Adoro eso de ti.

Mientras me abraza, me pregunto qué más hay que descubrir acerca de él.

Los días de verano se desdibujan en una bruma húmeda. No he sabido nada de Jade y Morgan, y menos aún las he contactado. Tampoco he sabido nada de papá. ¿Pero a quién le importa? Tengo a Kieran y al periódico y a mamá.

—Este es el mejor verano que he tenido jamás —digo mientras Kieran estaciona en la entrada de su casa.

—¿Sí? —Parece apagado hoy, quizás cansado del trabajo.

—Gracias a ti. —Le beso la mejilla antes de salir de la camioneta. El sol de la tarde hace que todo parezca pintado con mantequilla mientras las cigarras zumban densamente.

—Oye, hay una nota pegada en la puerta.

Kieran la arranca y la aplasta en su puño mientras abre la puerta.

—¿No vas a leerla?

—No hace falta.

Entramos a una sauna. —Podría ser importante.

—Es de Claudette. ¿Está bien? Estoy atrasado con el alquiler. —Arroja el papel a la bolsa de basura en el suelo y abre la nevera.

No sé cuánto gana Kieran, pero siempre se compra lo que quiere. Tal vez sea ese el problema.

—Deberías hacer un presupuesto para tener suficiente para cubrir los gastos cada mes —digo.

Se da vuelta, con los ojos destellando. —Tú me has costado

mucho dinero. Por eso estoy en este agujero. —Agarra un plato de papel usado del mostrador y me lo lanza. Retrocedo, pero gotas de salsa de tomate salpican mi cara. —¿Cuánto crees que me he gastado en ti? Saliendo contigo, comprándote regalos.

Mi estómago se da vueltas. Su cara está contorsionada, sus ojos sobresalen. Está sucediendo de nuevo, la furia de Jekyll y Hyde.

—Kieran, nunca te pedí …

—Ay, vamos. ¿No me digas que no te gusta todo eso? Te gusta que gaste dinero en ti. Las chicas lo esperan. Si no gastas dinero en ellas, eres basura. ¡Eso es todo lo que quieren!

Me armo de valor. —¡Me compraste esas malditas cosas porque tú lo querías! No me importan los regalos.

—Ay ¡así que ahora son cosas malditas! Ése es el agradecimiento que recibo por hacer algo lindo, por desvivirme por ti, por tratar de complacerte a ti, e incluso a tu mamá, las flores, los accesorios del espectáculo. ¡No eres más que una mocosa egoísta y engreída!

Apuñala el aire con su dedo. Me estremezco, asustada de que me vaya a pinchar el ojo. Mi cabeza da vueltas. De repente soy egoísta y engreída. Debería estar agradecida por sus regalos. Espera. Intento detener el giro, para volver a donde sé que tengo razón.

—Yo no sabía que habías comprado esos accesorios especialmente. Creí que los tenías. No necesito regalos si no tienes el dinero para comprarlos.

—No puedo evitar ser generoso. Así soy yo. Me gusta dar, hacer feliz a la gente. ¿Es tan malo?

No, no está mal, pero busco a tientas una respuesta. —¡Sí! Cuando no se puede pagar el alquiler, eso *sí* es malo. —Eso tiene sentido.

—Creí que me entendías. ¡Pero eres como todo el resto! —La amargura se escucha en su voz.

—Sí te entiendo. ¿Qué te pasa?

—Cometí un gran error contigo. Mis amigos me lo advirtieron.

—¿Qué amigos? ¿Por qué siempre mencionas a otra gente?

—¿Y qué de Joe Favola?

—¡Esto no tiene nada que ver con el puto Joe Favola!

No puedo pensar con claridad. Rebota mis palabras como pelotas de tenis. Cuando tengo una respuesta que tiene sentido, la golpea al otro lado de la cancha, haciéndome correr para golpearla de nuevo. No puedo seguir el ritmo de su tornado de lógica retorcida.

La frustración me abruma. Agarro la primera cosa que veo, un disco compacto y lo aplasto contra el piso, gritando. Miro fijamente los pedazos. Nunca he hecho algo así en mi vida.

La cara de Kieran se vuelve serena. —Tienes mucha rabia en ti, Cloe. Aparentas ser tan firme, tan madura, pero ahora tu verdadero ser ya está saliendo a la luz. Sabía que eras inestable por debajo. Montas una buena fachada, te felicito.

¿*Él* me llama inestable *a mí*? Tiemblo de rabia. —¡Basta, Kieran!

—Basta, Kieran —imita con voz de bebé—. De acuerdo, dejaré de hacerlo. ¿Quieres verme dejar de hacerlo?

Tengo que salir de allí. Huyo por la puerta. Estoy en el segundo escalón cuando algo me golpea en medio de mi espalda. Vuelo de cabeza por la entrada y aterrizo en el suelo sobre mi mentón y mis manos. Rayos de dolor me atraviesan. La basura está dispersa por el suelo. Me lanzó la bolsa de basura.

—No puedes soportarlo ¿verdad? ¡No puedes aceptar la verdad sobre ti misma! —grita.

Lucho por ponerme de pie, del miedo de que me va a hacer algo más. Él se agarra del marco de la puerta de entrada, el pecho asomándose, la cara torcida.

—¡Puta! ¡Traidora! ¡Adelante, vete!

Me arroja algo que me golpea el hombro. Tambaleo. Mi bolso. Mi billetera, mi teléfono, los bolígrafos se derraman.

Recojo mis cosas lo más rápido que puedo. Echo a correr, en dirección de regreso al centro. Oigo un ruido detrás de mí. Corro más fuerte. Corro y corro hasta que mi garganta se siente como que hubiera tragado gravilla. Controlo detrás de mí. No hay nadie.

De alguna manera llego a mi coche y conduzco a casa. Al entrar al garaje, presiono el control remoto para cerrar la puerta y luego las lágrimas brotan a raudales de mis ojos. Mi mentón y mis manos arden. Los contemplo: una alfombra de piel desgarrada, sangre y arenilla.

Me doy cuenta de que debo haber corrido más de dos kilómetros y medio. No tengo ni idea de cómo pude lograr eso físicamente. Odio correr, y nunca he sido buena al hacerlo. Pero lo logré. Debe haber sido el miedo el que me aceleró. Cuando la luz se apaga, me compongo. No puedo sentarme en la oscuridad. Quiero luz. Quiero cuatro paredes. Quiero seguridad. Entro a la cocina. Está vacía. Por supuesto.

Me lavo el mentón y las manos debajo del grifo mientras sollozo. Quiero que mamá entre y me pregunte qué pasa. Quiero mostrarle a alguien lo que él me hizo, que me diga que no fue culpa mía. Pero no hay nadie. Me limpio la cara y las manos con antiséptico, apretando los dientes al escozor, y cubro mis manos con una venda de gasa.

Me asalta una lluvia de meteoritos de pensamientos. ¿Qué ha pasado? Todo iba tan bien y luego se puso furioso otra vez, por nada. ¿Qué es lo que hice? ¿Por qué hace esto? ¿No sabe que lo quiero? ¿No lo había demostrado una y otra vez? ¿Cree que no lo amo lo suficiente? No puedo encontrar respuestas.

❦

En la mañana, mamá baja las escaleras en su bata harapienta mientras como cereal, agarrando la cuchara con cuidado. Va directamente a la nevera, saca el zumo de naranja, se traga una pastilla, y vuelve a subir. Ya no puedo comer. Vierto mi cereal en el fregadero y salgo de la casa.

Marion me envía a hacer un breve reportaje sobre la ganadora de la beca del Club Rotario que va a estudiar bioquímica en la Universidad Stanford.

—Ella va a estar en el almuerzo del club hoy, así que puedes tener un almuerzo gratis.

Apenas asiento.

—¿Estás bien? ¿Qué te pasó en las manos?

—Me tropecé con una de esas barras de cemento en el estacionamiento anoche. —Me sorprende con qué facilidad fluye la mentira.

—Me ha pasado también. Esas cosas son peligrosas. ¿Sabes algo, Cloe? Has crecido mucho este verano. Voy a lamentar que te vayas en un par de semanas.

—Gracias. —No logro sonreír.

—Es mejor que vayas a ese almuerzo. Necesitamos el reportaje esta tarde. Espero que el pollo de plástico no esté demasiado malo.

Marion vuelve a su computadora.

Me dirijo a la Plaza Tudor, el salón de banquetes de Indian Valley. A diferencia de la última rabieta, Kieran no ha llamado para disculparse.

Me siento en la mesa con un lugar reservado para el periódico. No importa si el pollo es de plástico, de todos modos, no tengo apetito. Empujo la carne y las verduras alrededor de mi plato, le hago algunas preguntas rutinarias a la ganadora de la beca, saco su foto. Un oficial sigue y sigue con su discurso monótono. Un plato con una rebanada de pastel de zanahoria aparece delante de mí.

Zumba mi teléfono. Un texto. Mi estómago se sobresalta, pero no es Kieran. Es Clarissa.

¡Acabo de llegar a casa! Me muero de ganas de verte. ¿Vienes y nos relajamos?

Alivio me invade. Ella es justo lo que necesito.

Vuelvo corriendo al periódico. —Marion, las manos y el mentón me duelen mucho. ¿Te importa si me voy luego de terminar el reportaje?

—Como no.

Me apuro en escribir el reportaje, descargo las fotos. Cuando Marion levanta el pulgar en señal de aprobación, salgo directo a casa de Clarissa.

Su mamá me abre la puerta. —Ellas están afuera en la

terraza. ¿Qué tal ha sido tu verano?

—Muy bien, ocupado.

Ellas. Estoy decepcionada. Eso significa que Jade y/o Morgan están. Realmente quiero hablar con Clarissa a solas.

—Igual aquí. Hay limonada en el mostrador. Sírvete.

Me vierto un vaso de una jarra y salgo a través de la puerta corrediza hacia una nube de aceite de coco.

Clarissa, Jade y Morgan están sentadas en una mesa de patio en trajes de baño, los cabellos apilados desordenadamente en moños encima de sus cabezas. Una bolsa de cacahuetes y un montón de cáscaras están al medio de la mesa con un frasco de aceite de coco. Se toman muy en serio el trabajo de broncearse.

Clarissa se levanta saltando y me abraza. —¡Cloe! —Su piel está resbalosa.

—Rissa, pareces una papa frita con todo ese aceite. ¡Qué asco!

—¿Es un milagro que veo delante de mí? —Morgan desliza sus anteojos de sol por encima de su frente como si no pudiera verme con ellos puestos.

—Un fantasma del pasado, más bien —dice Jade.

Me siento al lado de Clarissa. —Disculpen chicas. Sé que yo he...

—¿Qué te pasó en la cara y en las manos? —interrumpe Clarissa.

—Me caí.

—Entonces ¿quién es este tipo que te ha hecho perder la cabeza? —dice Clarissa— Jade y Morgan dicen que no te han visto en todo el verano.

—Creo que ya se acabó.

—¿Qué quieres decir con «creo»? —pregunta Morgan.

—Tuvimos una pelea. Él recibió una carta de su casera acerca de estar atrasado con el pago del alquiler y le dije que debía ajustarse a un presupuesto. No se lo tomó bien. Supongo que el dinero es un tema delicado. —No me molesto por entrar en los detalles sangrientos.

—Todas las parejas tienen peleas. Eso no significa que

hayan terminado. Probablemente está dejando que las cosas se enfríen —dice Jade, abriendo una cáscara de maní.

—No sé.

—Te va a llamar pronto, Clo —dice Clarissa.

—Él se inflama con estas rabietas raras por nada, son realmente aterradoras. Y se pone realmente celoso incluso cuando miro a un chico. —No planeaba decir todo eso, simplemente se me escapó. —No sé qué hacer.

—Los chicos siempre se ponen celosos —dice Jade.

—Tuvo una infancia dura. Su padre era drogadicto. Se fue y Kieran nunca lo volvió a ver. Luego su padrastro lo golpeó.

—Vaya —dice Clarissa— una niña en el campamento veía a un terapeuta debido a problemas con sus padres. Quizás es eso lo que Kieran necesita.

Una chispa quema un pequeño agujero en mi niebla de depresión. Es exactamente lo que Kieran necesita.

—Había otra chica que estaba tomando algún tipo de antidepresivo —continúa Clarissa—. Tenía que ir a la enfermería todos los días para tomarlo. Quizás algo así le ayudaría.

—De todos modos, ya es demasiado tarde —digo con aire depresivo.

—Clarissa sigue interesada en Caleb. —Morgan vuelve a deslizar las gafas de sol por su nariz. —Creemos que debería llamarlo e invitarlo a salir, ver si está realmente interesado en ella.

Clarissa gime y deja caer sus hombros. —De ninguna manera.

—Tienes que hacer algo. No voy a pasar el último año de secundaria escuchando Caleb, Caleb, Caleb —dice Jade—. Necesitas un plan de acción definitivo.

—Ya es hora de seguir adelante, chica —dice Morgan.

Siguen cotorreando. El interés por mi vida se va a la deriva como el olor de su loción bronceadora se disipa en la brisa. No me importa. Estoy reflexionando acerca de lo que dijo Clarissa. Kieran necesita ayuda profesional. Ésa es la respuesta a sus problemas, a nuestros problemas.

Estoy volviendo a llenar mi vaso en la cocina cuando Jade grita —¡Cloe, tu teléfono está sonando!

Dejo la limonada, salgo disparada y busco el teléfono en mi cartera. Es Kieran.

—¿Don Juan? —pregunta Clarissa. Las tres intercambian una mirada divertida, la cual ignoro.

Asiento mientras me desplazo al costado de la casa para tener privacidad y presiono «contestar».

—Dulzura ¿estás bien? Estoy preocupado por ti. —La voz de Kieran exuda ansiedad.

—Kieran, me tiraste la bolsa de basura y me hiciste tropezar por las escaleras. Las manos y el mentón están completamente golpeados.

—He tropezado por esas escaleras un millón de veces. Pueden ser complicadas.

—¿Por qué me hiciste eso?

—Hablemos en persona. ¿Dónde estás? Pasé por el periódico y por tu casa, pero no vi tu coche.

—Estoy donde Clarissa. Acaba de regresar a casa del campamento.

—Te extraño, dulzura. Necesito hablar contigo.

—¿Qué me vas a tirar esta vez?

—Lo siento. No debí haberlo hecho. ¿Nos encontramos en el parque?

—¿Cuándo? ¿Ahora?

—Esto es más importante que tus amigas.

Quiero mostrarle mis arañazos, lo que me hizo, y convencerlo de que busque ayuda, que es mucho más importante que los bronceados y los chismes.

—Está bien. Te veo allá en quince minutos.

Vuelvo donde mis amigas.

—¿Todo bien, Cloe? —pregunta Clarissa.

—Quiere reunirse y hablar.

—Mírate, tan contenta ahora —dice Morgan.

—¿Qué te dije, Cloe? —dice Jade.

—Vas a ir, ¿no? —dice Morgan—. No has visto a Clarissa en

todo el verano, pero ¿Kieran es la prioridad?

—Tengo que resolver esto —miro a Clarissa disculpándome. —¿Te importa?

—No te preocupes. Haz lo que tengas que hacer. Te acompaño a la puerta.

Caminamos hasta mi coche. —Supongo que están un poco cabreadas de que las hayas ignorado este verano —dice Clarissa.

—No fue intencional. Es una larga historia.

—Reunámonos pronto, nosotras dos a solas, y me puedes poner al tanto.

—Me gustaría eso. —Subo a mi coche. —Gracias por entender.

Me saluda con la mano mientras salgo en mi coche.

Kieran camina de un lado a otro en el estacionamiento cuando llego. Apenas salgo, me agarra por la cintura y me da vueltas.

—¡Dulzura! Llegaste. Estaba tan asustado de que no vinieras.

Sigo helada. —Dije que iba a venir ¿cierto?

Cuando me suelta, ve mis manos. Las toma con gentileza y las roza con sus labios. Hace lo mismo con mi mentón.

—Cuidado, me duelen.

—No debiste haber salido corriendo así de la caravana. Podrías haberte hecho daño de verdad.

Lo miro fijamente con estupefacción. Su cara cambia. —Disculpa ¿sí? Me equivoqué. Fue mi culpa —dice.

Su disculpa me descongela en los bordes. —Me asustaste, Kieran. No sabes lo aterrador que te puedes volver.

Me besa. —Por favor discúlpame. No quiero perderte.

—No conoces tu propia fuerza. Lanzaste esa bolsa con tanta fuerza.

—Tienes razón. —Deambulamos hasta un banco y nos sentamos con la luz dorada bañando nuestras espaldas. Mi mano está echada inerte en la suya mientras la frota.

De repente Kieran se voltea para mirarme en la cara.

—Pégame, Cloe. Quiero que me golpees.

—¿Qué? No seas loco.

—¡Hazlo! No me vas a hacer daño. Me lo merezco. Dame una cachetada, un puñete, patéame, algo.

Algo hace eco en mi memoria. ¿Qué me dijo? ¿Qué él merecía ser golpeado por su padrastro? —Nunca he golpeado a nadie en mi vida, y no te voy a golpear.

Agarra mi muñeca y abofetea su cara con mi mano. Me arrebato.

—¡Para!

—No me vas a herir, pero te vas a sentir mejor si me golpeas.

—¡No, no me voy a sentir mejor, ahora acaba con esto!

—Una vez nada más, pégame.

Suspiro con su persistencia. —Bueno. —Rozo mis dedos por su cara. —¿Satisfecho?

Entierra su cabeza en sus manos. —Soy tal perdedor. ¿Por qué estás conmigo, Cloe? ¿Por qué no me dejas? Puedes encontrar a alguien mejor que yo.

—Estoy contigo ¿no? No te voy a dejar.

—Arruino todo. Te dije, no soy bueno en esto. —Golpea su rodilla con su puño.

—¿Por qué no ves a un psicólogo o algo?

—Traté una vez, pero fue demasiado difícil. No puedo hacerlo. Había demasiado dolor.

—Pero si no te ocupas de esas cosas, nunca vas a mejorar. De repente hay algún medicamento que pueda ayudarte.

—Tienes razón, absolutamente. Soy un perdedor de verdad. Ni siquiera puedo pagar el maldito alquiler.

—Mucha gente acude a psicólogos. De verdad no es gran cosa. Clarissa dijo que dos chicas en su campamento...

La cabeza de Kieran se levanta de repente. —¿Clarissa? ¿Le has hablado a ella de nosotros? ¿De mí? ¿Qué le contaste?

—Nada. No le conté nada. Ella mencionó esas dos chicas del campamento y eso me dio la idea de que quizás la terapia podría ayudarte.

—No cuentes nuestras cosas privadas a la gente, Cloe. No

van a entender. Lo tenemos que guardar para nosotros. La gente se entromete siempre.

¿Qué de todos esos «amigos» que siempre me echa en cara?

—Lo mismo vale para ti, también. No les hables a tus amigos de mí, de nosotros.

—Tienes razón.

—Si encuentro un sitio de terapia gratis donde puedas ir ¿irías?

Se inclina el frente en mi hombro. —Veré a un loquero, lo que tú quieras, Cloe. Eres la única que se ha preocupado lo suficiente por ayudarme. Te amo tanto. No sabes cuánto significas para mí. —Enreda una mata de mi cabello firmemente alrededor de su puño, como lo hace siempre.

—Te amo también. Las cosas podrían ser perfectas para nosotros si tú pudieras parar los ataques de rabia al azar.

Nos quedamos callados hasta Kieran se pone derecho.

—Quiero llevarte a conocer a mi mamá.

—¿Ahora?

—No le presento cualquier chica ¿sabes?

Caminamos hacia su camioneta, nuestras manos en los bolsillos posteriores del otro.

Conducimos a través del centro de Crystal Lake, y doblamos en un signo del parque de casas móviles Mount Airy. El camino está oscuro. La única luz proviene de casas en forma de cajas de zapatos alineadas entre los pinos.

Kieran estaciona al lado de una casa blanca en mal estado con un toldo de aluminio de rayas verdes desteñidas. Una brisa hace crujir las ramas de los árboles removiendo el olor a pino.

Kieran abre una puerta mosquitera maltrecha.

—¡Mamá! Traje a alguien para que te conozca.

Escuchando el aplauso enlatado de un programa de concursos, sigo a Kieran. Una mujer está dormida en un sillón reclinable, la cabeza echada hacia atrás con la boca abierta. Las piernas se extienden sobre el reposapiés, un pie calza una pantufla peluda con un hueco en la suela. La otra pantufla está echada de lado en el piso. Se despierta.

—Kieran ¿eres tú?

—¿Quién más podría ser? Despiértate. Traje a una invitada. —Le menea el pie.

—¿Quién? —Se sienta y mira alrededor. Sus ojos descansan en mí.

—Mi novia, Cloe.

—Mucho gusto conocerla, señora Dubrowski.

Ella inclina el sillón reclinable a una posición erguida.

—¿Qué hora es? Debo de haberme quedado dormida. ¿Quieren café?

— No te preocupes. Pasamos para saludarte nada más.

—Cada vez que dice eso, se queda por lo menos una hora —me dice. Sonrío. —Él dice que no se queda, después se sienta en la cocina y empieza a hablar como loro. Así que pondré el café a calentar de todos modos.

Kieran me lanza una mirada tímida. Se la devuelvo con una sonrisa.

—Siéntate. —Señala un puf mientras se levanta de la silla. Es una mujer alta, un metro ochenta quizás, con un abdomen en forma de pelota de playa que sobresale más que su busto. Las canas están despeinadas por el respaldo del reposacabezas.

Me siento en el puf, y miro a mi alrededor. El tapizado del sofá y del sillón está desteñido y la mesa de café tiene algunos rasguños, pero el sitio está ordenado y limpio. Noto la foto de un hombre joven con los ojos y la mandíbula de Kieran en un estante.

Kieran sigue mis ojos. —Mi papá. No dejo que quite esa foto por si acaso él regresara a casa algún día. Se va a amargar si su foto no se encuentra allá arriba.

—Quieres decir que tú eres el que se amarga si esa foto no está allá arriba —dice su mamá en voz alta desde la cocina—. Siempre le digo que quite esa maldita foto. No quiero verla.

—Corresponde justo donde está. ¿Has estado bien, mamá?

—Más o menos. El reumatismo pateando un poco, pero eso es de esperarse.

—¿Has sabido algo de las chicas?

—No últimamente, así que eso significa que todo está bien. Llaman cuando quieren dinero. Tengo algunas de esas golosinas que te gustan. Toma. —Le lanza una bolsa de dulces. —Tengo más. Estaban de oferta esta semana. Alf me dio filetes de venado. Puedes tener unos cuantos, también.

Ella abre el congelador y saca un paquete envuelto en papel de aluminio, ofreciéndoselo a él desde el umbral de la cocina.

—Quédatelos, mamá. Ya no como carne.

—Como quieras. No debí haberte dicho que fue Alf el que lo cazó. —Devuelve el paquete al congelador.

—¿Quién es Alf? —le murmuro a Kieran.

—El novio. —Hace una mueca.

Ella se gira hacia la tetera y mezcla crema en polvo y café instantáneo con agua hirviendo en una taza.

—¿Quieres? —me pregunta.

—No gracias.

—Ella tiene cabello grueso como tú —dice Kieran.

Ella observa mi cabello mientras sorbe. —Cierto. El mío tenía un poco de rojo también, antes de que me salieran canas.

Veo de dónde saca Kieran la maña de hablar de las personas como si no estuvieran.

—Tenemos que irnos ya, mamá. Algunos amigos nos esperan.

Me levanto. Caminamos a la puerta con su mamá siguiéndonos. —Me alegro de que hayas encontrado una linda chica para ti, Kieran.

La saludo desde el pie de las escaleras de madera. La única respuesta es el golpe de la puerta mosquitera. Supongo que también es de allí que sacó el hábito de irse sin despedirse.

—No te quedaste mucho tiempo —le digo cuando estamos en la camioneta.

—Aprendí que la mejor manera de llevarse bien con la familia es con visitas breves. Mantenlas cortas y entonces siempre van a querer verte.

—Ella te quiere, Kieran. Pude verlo.

—No lo suficiente para frenar a un papá de pegarme, o para hacer que el otro se quedara.

—No pienso que fuera su culpa.

—Él habría parado de todos modos. Yo estaba creciendo lo suficiente para devolverle el puño.

Le froto su mejilla con la parte posterior de mis dedos. Él tuerce la boca para besarlos. Voy a casa, cansada pero contenta que todo se resolviera bien entre Kieran y yo, y que haya prometido acudir a un terapeuta.

Mi mamá está viendo una novela de un drama de familia en la tele cuando llego. ¿No tiene ya suficiente con la suya? —¿Qué tal? —dice.

—Clarissa ha regresado del campamento. Fui a su casa por un rato.

—Qué lindo. —Ella vuelve a fijar los ojos en la tele.

Subo a mi cuarto donde arranco la computadora y tipeo «salud mental Indian Valley» en el campo de búsqueda. Encuentro una clínica local que acepta pacientes de bajos recursos y varias otras cerca. Imprimo la lista y me arrastro a la cama. De repente anhelo estar con Kieran. Lo llamo.

—¿Qué pasa, dulzura?

—¿Podemos dormirnos en el teléfono juntos? Es decir, ni siquiera conversar, simplemente agarrar el teléfono y escuchar nuestra respiración hasta que nos quedemos dormidos.

—Te adoro, Cloe.

—Te adoro, Kieran.

Mis párpados se deslizan hasta cerrarse y mientras su respiración se vuelve profunda y rítmica, mis pulmones se mueven al unísono con los suyos.

ONCE

Al día siguiente entro a la oficina prácticamente brincando, incluso Marion lo nota.

—Te ves mucho mejor, Cloe.

—Me siento mejor.

—Bien. Puedes empezar con un reportaje acerca del plan para un nuevo anexo de la biblioteca. Llama a la directora para arreglar una entrevista de video y no te olvides de sacar una foto del nuevo plano.

—De acuerdo.

—Y llama a este tipo Andrelli. Es uno de esos perros guardianes siempre quejándose acerca del municipio gastando demasiado dinero de los contribuyentes. Siempre es útil para un comentario opuesto.

Acabo el artículo acerca de la biblioteca justo a tiempo para que Kieran me recoja en la tarde. Reviso mi cartera; tengo la lista de los sitios de terapia. La esperanza me llena mientras corro a la camioneta.

—¿Qué te provoca hacer? —pregunta él luego de que nos saludamos con un beso.

—¿Qué tal hamburguesas vegetarianas en La Hamburguesota? Invito yo. Es allá que tuvimos nuestra primera cita, ¿recuerdas?

Me acurruco en él mientras conducimos. Besa la coronilla de mi cabeza

—¿Cómo podría olvidarme?

¿Entonces, sobre qué escribiste hoy?

—La biblioteca anunció una expansión del ala de niños para agregar espacio para eventos. ¿Y tú?

—Tuve que cargar césped en el camión de un contratista y después descargar un montón de nuevos arbustos. Estoy molido.

—Estás ejercitando tus bíceps como querías.

—Y sudando en el sol caliente y el polvo, también.

—Así puedo oler —me río. Kieran levanta su brazo.

—¿No te gusta mi perfume de rosas?

Retrocedo, riendo. Estoy contenta de que esté de buen humor. Estacionamos y entramos. Pido nuestras hamburguesas vegetarianas y refrescos de zarzaparrilla.

—Ves, me has convertido a tu dieta —digo.

—Te lo dije.

Cargamos nuestras bandejas hasta una mesa donde Kieran devora la comida en tres grandes bocanadas.

—Esto dio en el blanco. —Se limpia la boca con una servilleta, forma una pelota con ella y la tira en la bandeja.

Ahora parece un buen momento para mencionar al psicólogo. Empujo de lado el tercio sobrante de mi hamburguesa y agarro la copia impresa. Inhalo profundamente.

—Entonces. Investigué un poco anoche, y encontré algunos sitios de terapia que les cargan a los pacientes de acuerdo a sus ingresos o incluso los atienden gratis. Hay un sitio aquí en Indian Valley. Estaría perfecto para ti.

Kieran deja de sorber su refresco de zarzaparrilla y mira a su alrededor. —No tan fuerte, Cloe. Estás prácticamente transmitiendo al mundo de que estoy loco.

Bajo mi voz. —Disculpa.

Mira. —Despliego el papel y lo deslizo a través de la mesa. Le echa un vistazo, lo pliega y lo coloca en el bolsillo posterior de sus pantalones. No es exactamente la reacción que esperaba.

—Entonces, ¿qué piensas?

—Estás intentando hacerme aparecer como un enfermo mental, y no lo soy.

—No estoy tratando de hacerte parecer como nada. Pienso que a todo el mundo le viene bien un poco de ayuda. Ayer parecías estar a favor de la idea.

—Eso fue ayer.

—Dijiste que irías a ver un psicólogo, a hacer lo que sea que yo quisiera. ¿Ahora ya no?

—¿Y si alguien me ve entrar a uno de esos sitios?

—Mucha gente entra en esos edificios. Nadie va a estar prestándote ninguna atención a ti. ¿Por qué no intentas por lo menos una vez y ves cómo es?

Aprieta los labios.

—Kieran...

—Me lo voy a pensar. —Se para. —Busco un batido de fresa. ¿Quieres?

—No, gracias.

Me lamento de haber mencionado el tema en un lugar público. He debido esperar hasta que estuviéramos en su caravana. Se avergonzó. Es por eso por lo que está portándose así.

Vuelve a la mesa con el batido, sobándose la mejilla. —Tú me arañaste de verdad ayer.

¿De qué está hablando? —No te arañé.

—Sí. Acá. —Señala su mejilla. Está lisa.

—No hay nada.

—Puedo sentirlo.

—Yo no te arañé. Te rocé con mis dedos porque insististe que te golpeara.

—No, me arañaste, Cloe.

Dejo de lado el tema para evitar una pelea. Lo está haciendo nuevamente, torciendo las cosas. —Vamos.

—Dulzura ¿puedes ayudarme a practicar para la clase?

Nos vamos al parque y practicamos la escena de Kieran, pero mi corazón no está en ello.

Cuando le digo que quiero ir a casa, Kieran no se opone.

❧ ❈ ☙

Los días se difuminan. Sigo esperando que Kieran mencione al psicólogo. Quizás hizo una cita, o incluso ya fue, pero está demasiado avergonzado para contármelo. Quizás quiere hacer esto por voluntad propia. Quiero preguntarle, pero no quiero que se ponga furioso. Trato de olvidarme de ello.

Kieran se quita la ropa del trabajo en el baño de su caravana al final de la semana. —¿Puedes tirar los jeans a la canasta de la ropa sucia, dulzura?

Al recogerlos, detecto un bulto en el bolsillo posterior y lo saco. Es un fajo de papel que pasó por el lavado de los pantalones. Lo desdoblo lo más que puedo: «alley salud men...».

La navaja puntiaguda de la realidad me apuñala. La lista de los psicólogos. Dejo los jeans en la cama, boto el papel a la basura y corro afuera. Me paro en la entrada, mi espalda contra la caravana, mi pecho agitado. Me doy cuenta de que no va a ir a la terapia. Nunca. Soy una tonta por haberle creído.

—¿Estás bien? —llama él desde la puerta.

—Necesitaba un poco de aire fresco. Está sofocante allá adentro.

Respiro profundamente y regreso adentro. Estoy sentada en la mesa, inerte como una piedra, mientras Kieran se ocupa de algo. Me mira de reojo.

—¿Qué pasa?

—Nada. Bueno, mis papás y todo eso. —Es una excusa conveniente.

—Vamos al parque infantil.

—¿Qué parque infantil?

—Al final de la calle.

Caminamos lentamente por una cuadra. Yo no sabía que había un parque ya que nunca fui más allá de la calle que hasta la casa de Kieran.

El parque infantil está lleno de niños pequeños correteando y papás hablando en sus teléfonos. Kieran me jala hacia los

144

columpios y me sienta en uno.

—¿Qué estás...?

—Agárrate fuerte. —Retira el columpio hacia atrás lo más lejos que puede y lo suelta. Mi trasero se levanta del asiento del columpio, y siento la carrera del alzarme en vuelo. Gruñendo con esfuerzo, me empuja más y más alto. Mis problemas vuelan al cielo.

Luego de un rato, agarra el columpio para que se pare. Corremos al tobogán y nos deslizamos juntos, sus piernas alrededor mío, gritando. Nos dirigimos al carrusel. Kieran lo empuja bien rápido antes de montarse.

Inclino la cabeza hacia atrás y me dejo marear mientras giramos. Nos subimos en las barras y saltamos agarrándonos las manos. Luego competimos para ver quién puede subir más rápido la escalera.

Estoy sin aliento con risas. Kieran me agarra alrededor de la cadera.

—¿Ves? Te hice reír nuevamente.

—¿Qué voy a hacer contigo?

—Ámame, Cloe, sólo ámame.

—Te amo.

No voy a abandonar la idea de acudir al psicólogo. Pero obviamente, le va a tomar más tiempo acostumbrarse a la idea de lo que yo había pensado.

❧

Es la noche de actuación de Kieran, y hago planes para juntarme con Clarissa. Quiero hablar con ella, contarle lo que pasó con el psicólogo y obtener su consejo.

Estoy atravesando el estacionamiento de la cámara de comercio de Indian Valley cuando me llama Kieran por teléfono.

—¿Qué pasa, dulzura?

—Voy a entrevistar al nuevo presidente de la cámara de comercio para un artículo sobre él.

—Verdaderamente tienes suerte de poder pasar tiempo con

145

todos los jefazos.

—Quieren ver sus nombres en el periódico. Me voy a ir donde Clarissa esta noche.

—¿Vas a ir a algún sitio con ella?

—Nada más pasar el rato. La he visto una sola vez desde que regresó.

—Supongo que está bien.

¿Como que yo tuviera que pedirle permiso? La molestia me picotea.

—De todos modos, tienes actuación esta noche, y ella es mi mejor amiga.

—Pensé que yo era tu mejor amigo.

—Ella es mi mejor amiga de las chicas.

—Quiero conocerla. ¿Por qué no te busco y te llevo allá?

Mi corazón se hunde. ¿Por qué no puedo estar con mi amiga ni una noche? Invento una excusa. —Entonces no tendré mi coche para regresar a casa.

—Te buscaré yo. Llámame cuando estés lista.

¿Por qué mencioné que iría donde Clarissa? Ahora estoy atascada. Si insisto en conducir yo misma, Kieran va a creer que estoy escondiendo algo, y va a terminar en una pelea. Tengo que seguirle la corriente.

—Vas a tener lo mejor de ambos mundos —dice.

—Tengo que irme, ya estoy tarde.

Cuelgo y entro a la cámara de comercio donde la recepcionista me saluda heladamente.

—Como ha llegado tarde, tendrá diez minutos con el señor Davis ahora. Tiene una agenda apretada.

Fantástico. Gracias, Kieran.

Sigo amarga cuando me busca para ir donde Clarissa. —Tu llamada me hizo llegar tarde para mi entrevista. Casi no tuve tiempo de obtener la información que necesitaba para mi artículo.

—¿Y qué? A nadie le interesa el presidente de la cámara de comercio.

Lo miro fijamente. —Yo no digo cosas sobre tu trabajo, y a

mucha gente le interesa.

Convenientemente me ignora. —¿Dónde vive Clarissa?

Le doy las indicaciones y permanezco malhumorada.

—No me culpes porque pasaste mal el día —dice.

Muerdo la almohadilla de mi pulgar y miro por la ventanilla del coche.

Llegamos donde Clarissa. Toco el timbre. Cuando escuchamos que la puerta se abre, él me agarra posesivamente como siempre hace delante de la gente. Me encargo de las presentaciones.

—¿Quieres entrar? —dice Clarissa.

Di no, di no, ruego en mi cabeza.

—Tengo que ir a mi clase. Las dejo a ustedes dos a su charla de chicas. No le creas nada de lo que ella te cuente sobre mí. —Me doy cuenta de que está bromeando a mitad. —Te mando un texto cuando esté en camino para recogerte. —Me besa y saluda alegremente.

Clarissa cierra la puerta y arquea sus cejas mirándome. —Está enamoradísimo de ti.

—Sí.

—No pareces tan contenta por ello. Mamá está haciendo pollo a la brasa para la cena, por si acaso.

Detecto el aroma a salsa picante. —Podría comerme ese olor. Vamos.

Nos dirigimos a la cocina y abrimos la puerta corrediza de vidrio que lleva a la terraza. Saludo a la señora Coluccio.

—¿Estas esperando el inicio de clases? —dice.

Gruño.

—De acuerdo con eso —dice Clarissa.

—Es un gran año para ustedes chicas —dice su mamá— solicitudes a las universidades. —Apunta con un tenedor a un plato de pollo en la mesa. —Sigan adelante y coman. Hay mazorcas de maíz y ensalada también.

Nos sentamos y llenamos nuestros platos.

—Kieran es guapo —dice Clarissa. —¿Entonces es más que un romance de verano?

—Se podría decir eso. Básicamente nos vemos cada día.

—Verdadero amor. —Echa un suspiro dramático.

—Tengo muchas cosas que contarte. —Le doy una mirada de reojo a su mamá, que se limpia la frente con el delantal, parada delante de la parrilla.

Clarissa asiente a sabiendas. —Apúrate y come. Quiero que me cuentes todo.

Masticamos nuestra comida con mínima conversación y llevamos nuestros platos vacíos a la cocina. —Hay pastelitos de chocolate como postre —llama su mamá.

—Los comemos más tarde —dice Clarissa.

Corremos arriba al cuarto de Clarissa y cerramos la puerta. Clarissa se tumba en la cama. —¿Entonces adivina qué pasó?

—¿Qué?

—Caleb está saliendo con una estudiante de segundo año, una chica que se llama Melody. Lo sabía.

—¿Cómo te enteraste?

—Jade y Morgan los vieron en el centro comercial el otro día, todo acaramelados. Luego Morgan los vio en el cine. —Estira sus piernas, descansando sus pies en la pared sobre la cabecera. Agarro una esfera de nieve de Londres y me uno a ella.

—Es posible que sea una aventura de verano y ya —digo.

—Yo tendría que ser tan afortunada. Estoy tan enojada. Perdí mi oportunidad luego de la fiesta. Debí haber hecho una movida entonces.

—No es el único chico en el mundo, Riss.

—Es muy fácil para ti decirlo. Tienes un chico comiendo de tu mano.

—¿Y en el campamento? ¿Hubo alguien?

—No hubo nadie interesante este año. Entonces, cuéntame ¿qué pasó con Kieran y el asunto de la terapia?

—Nada en absoluto. Dijo que iría a ver un psicólogo, y busqué unos sitios que cargan tarifas bajas, pero luego cuando le di la lista, se enojó, y dijo que yo había tratado de decir de que está loco.

—¿Así que cambió totalmente de parecer de lo que había dicho?

—Sí. Le recordé eso, y me dijo que lo pensaría. Luego encontré la lista. Había pasado por la lavadora en sus jeans. Nunca ni siquiera la sacó de su bolsillo.

—Probablemente tiene miedo. De repente tú deberías sacar la cita y ofrecerle ir con él.

—No sé. Él es... —Sacudo la esfera de nieve. Los copos menean sobre el Big Ben.

—¿Él es qué?

—Como que cambiante, malhumorado. Puede ser un poco brusco a veces, sabes, como gritar y cosas así. Luego puede ser verdaderamente dulce y me trata como a una princesa, me compra flores. Me dio esto. —Le muestro el collar con el corazón que me compró después de nuestra primera pelea. —Puede ser verdaderamente romántico.

—Lindo. Es un actor, son temperamentales. Siempre se lee de ellos metiéndose en líos.

—Puede ser. Pero él va de un extremo a otro. Es raro. Yo de verdad creo que un psicólogo le podría ayudar, pero ¿qué voy a hacer? ¿Apuntarle con una pistola en la espalda para lograr que vaya?

—Lo podrías secuestrar. Poner una bolsa sobre su cabeza y quitarla cuando se siente en el sofá del loquero. —Ella suelta una risita.

—Riss, no es una broma. Esto es serio.

Su cara se desencaja. —Tienes razón. Disculpa.

—Me siento tan mal por él. Quiero decir, no es su culpa que tenga padres de porquería. Él dice que yo soy la mejor cosa que jamás le ha pasado a él.

—De repente se acostumbra a la idea de un terapeuta.

—Eso espero.

—Bueno, tengo una idea que podría alegrarte. ¿Qué tal si organizamos una fiesta de pijamas en mi casa este fin de semana? Con Jade y Morgan. No lo hemos hecho en muuuuucho tiempo.

—Eso sería divertido. —El pensamiento me atraviesa la mente: a Kieran no le va a gustar la idea.

—Totalmente. Así que tomé una decisión este verano. Quiero ir a la universidad en una gran ciudad, en algún lugar emocionante. No quiero ir a un pueblo pequeño y aburrido.

—Kieran me llevó a ver la Universidad de Nueva York. Se veía excelente.

—Creí que no querías ir a Nueva York, que quedaba demasiado cerca.

—Sí, pero ...

—¿Estarías cerca de Kieran, correcto?

—Más o menos, pero a mí de todas maneras me encantaría ir a California.

—Hagámoslo. Olvida todos esos problemas de chicos y vayamos a California juntas.

—Podríamos aprender a surfear.

—¡Claro! —Nos chocamos las manos. Clarissa se levanta de un salto. —Vamos a traer unos pastelitos de chocolate antes de que los otros se los coman todos.

Cuando Kieran me manda un texto diciendo que está en camino para buscarme, Clarissa pone ojitos y hace ruidos de besuqueo.

—Cállate. —Le doy una palmadita en el brazo a modo de juego. —Estás celosa.

Tan pronto las palabras han salido de mi boca, me doy cuenta de que suenan a Kieran.

Suena un claxon. —Es él. —Bajo las escaleras corriendo. Si no salgo rápidamente, él vendrá a la puerta. No quiero que le pregunte a Clarissa acerca de qué hemos estado hablando.

Clarissa corre detrás de mí. —De veras no puedes esperar para verlo.

Me volteo hacia ella, mi mano en la manija de la puerta. —Hazme un favor. No le menciones nada a Kieran de la fiesta de pijamas. Todavía no, quiero decir. —Ella me mira interrogativamente. —Es ... se lo tengo que decir antes.

—Está bien, pero puedes hacer lo que quieres ¿sabes? No

tienes que dejar que él controle tu vida.

—Ya estamos acostumbrados a estar juntos todo el tiempo, eso es todo. Nos hablamos luego. —Me marcho a la camioneta, justo cuando Kieran está bajando de ella.

—Iba a saludar a Clarissa —dice.

—Está bien. Su mamá le insistió que tenía que acostarse temprano.

Me cree, y nos montamos a la camioneta. —¿Cómo lo pasaste? —pregunta.

—Muy bien.

—¿Fueron a algún sitio?

—No, estuvimos pasando el rato, comimos pollo asado.

—¿Ustedes dos o había otra gente?

—Nosotras a solas. ¿Por qué todas las preguntas?

—Curiosidad no más. ¿De qué hablaron?

—Colegio, campamento, trabajo, ese chico del cual Clarissa está enamorada.

—¿Nada sobre nosotros?

—Lo que hemos estado haciendo, nada privado. ¿Qué tal tu clase? —le pregunto para alejarlo del tema de Clarissa.

Se lanza en una diatriba sobre Dorián, pero no lo escucho verdaderamente. ¿Cómo voy a conseguir que esté de acuerdo con la fiesta de pijamas?

no te olvides que Tyler viene a casa esta noche —dice mamá en el desayuno. —Papá lo va a buscar. Van a llegar en la tarde.

—Ay sí, casi lo olvidé.

—Me lo imaginaba. Voy al mercado hoy para hacer la compra.

—La nevera ha estado vacía todo el verano. ¿De pronto la vas a llenar para Tyler?

Me ignora y rellena su taza de café.

No le conté a Kieran acerca del regreso de Tyler a casa. Va a insistir en encontrarse con él y con papá, y no quiero tener que avergonzarme por Kieran abrazándome como lo hace siempre delante de la gente.

La fiesta de pijamas también se acerca y no le he contado nada. Paso el día jugando con varias excusas y finalmente me conformo con cólicos menstruales.

Llamo a Kieran a media tarde cuando termino mi artículo sobre vandalismo en una escuela primaria.

—Fui a la escuela para sacar video y fotos. Destruyeron unas aulas por completo; tiraron las mesas, echaron huevos en la pizarra.

—Niños con nada mejor que hacer.

—Es básicamente lo que dijeron los policías. Oye, siento que me empiezan los cólicos. ¿Te importaría si vuelvo a casa esta noche?

—¿Por qué no vengo a tu casa? Puedo masajear tu espalda, prepararte un té.

—De veras quiero echarme con la almohadilla eléctrica y dormirme temprano. Estoy de mal humor.

Él vacila. Aguanto mi respiración. —De acuerdo, dulzura. ¿Me llamas después?

Exhalo. Cuelgo sintiendo una pizca de culpa y luego recuerdo las mentiras que él me contó: la audición del anuncio, la llanta pinchada en camino a la universidad. *Tienes que hacer lo que tienes que hacer, dulzura.* Ésta es una de esas ocasiones.

Termino mi reportaje y le pregunto a Marion si puedo irme temprano ya que mi hermano y mi papá están por llegar. Me dice que está bien. Me siento extrañamente ligera y libre mientras conduzco a casa. Me doy cuenta de que estoy contenta de ver a papá y a Tyler y aliviada de no estar con Kieran.

Un coche desconocido está estacionado en la entrada. El coche alquilado de papá. Él y Tyler están sentados alrededor de la mesa de la cocina con mamá.

—Hola hija —dice papá.

Me dirijo a mi hermano. —¿Qué tal el campamento?

—Bien —dice Tyler.

—Veo que no cambiaron tus respuestas monosílabas. —Noto que las caras de mamá y papá permanecen serias. —¿Qué pasa?

—Tyler quiere ir a vivir con tu papá —anuncia mamá de plano.

Miro a Tyler que baja la vista sobre la mesa. Es verdad.

—Tyler necesita un modelo de conducta masculino —dice papá— y como de todos modos va a ir a una nueva escuela este otoño, sería un buen momento para hacer un cambio.

Me dejo caer en la silla vacía. La mesa se siente atestada de gente. Las cuatro sillas a la vez no han sido ocupadas en meses.

—Vas a vivir en Nueva York. ¿Y qué del colegio?

—Le encontré un colegio privado —dice papá— y tú también eres bienvenida, Cloe. No pienso excluirte, pero me imaginé que como ya solo te falta un año más, querrías quedarte en Indian Valley.

—Es gentil de tu parte dejarme uno de nuestros hijos, Doug —dice mamá.

—Bonnie, por favor. Tyler puede visitarte cuando quiera. Tú puedes venir a la ciudad, Cloe. Tyler va a quedarse acá el resto de la semana, para ver a sus amigos y empacar. Voy a regresar a recogerlo el sábado.

Tyler sigue mirando la mesa, jugueteando con sus manos. —Disculpa, mamá —proclama.

Siento la invasión ardiente punzante de lágrimas. Mi familia se está desintegrando literalmente delante de mis ojos.

Papá se voltea hacia mí. —¿Por qué no nos acompañas a la ciudad el sábado para ver el apartamento?

Aprieto mis ojos cerrándolos para no dejar escapar las lágrimas y asiento.

Él se aclara la garganta. —Bien. Así que mejor me voy.

Sale. Nadie se levanta. Permanecemos sentados en silencio por un momento luego mamá empuja su silla hacia atrás.

—Voy a preparar la cena.

Tyler se escapa arriba. Lo sigo a su cuarto. Ha crecido durante el verano, y ahora está tan delgado como una brizna de pasto.

Empieza a desempacar su bolso de lona, guardando la ropa de manera desordenada en su cómoda. Un montón de ropa sucia está tirada en el piso.

—¿No es una pérdida de tiempo?

Se da vuelta, camiseta en mano. —¿Qué?

—Guardar la ropa. Vas a volver a empacarla nuevamente.

Se encoge de hombros y regresa a sus quehaceres.

—Ty ¿por qué haces esto?

Se acerca a grandes pasos con medias colgando de una mano y cierra la puerta de golpe. —Quiero estar con papá.

—Pero va a romper la familia. —Me siento en la cama.

—La familia ya está rota.

—Papá tiene una novia, sabes.

—Lo sé, me lo ha contado.

—Ha estado engañando a mamá por mucho tiempo. ¿Te contó eso?

—Cloe, deja de tratar de ponerme en contra de papá. No es malo. —Sacude su cabeza para sacarse un mechón de cabello color avellana de sus ojos.

—Te digo la verdad, es todo.

—La verdad es, no me gusta estar cerca de mamá, así como está ahora —dice.

—A mí tampoco.

—¿Ves?

—Supongo que no puedo alejarme de ella del modo que puedes tú. Ella me necesita. Nos necesita. ¿Cuándo planificaste todo esto?

—Él me preguntó si quería vivir con él cuando me visitó durante el fin de semana de padres. Le dije que sí, luego dijo que dependía de que él pueda encontrarme un colegio y lo hizo.

Suena tan sencillo. Estudio su cuarto, las naves espaciales de Lego y los coches modelo que construyó.

—¿Te vas a llevar todo esto?

—Son cosas de niños. Bueno, de repente un par de cosas. Puedes venir a visitarme, sabes.

—Claro, pero no va a ser lo mismo.

Parece que no hay mucho más que decir. Lo dejo deshacer su maleta y bajo para encontrar a mamá estudiando los imanes de la nevera, teléfono en mano.

—Pienso que esta noche voy a pedir una pizza. ¿Está bien?

—Todavía me tienes a mí, mamá.

—Lo sé, Cloe, lo sé. —Nos abrazamos.

❦

Llega el viernes y tengo dos planes para el día siguiente: la fiesta de pijamas donde Clarissa y la visita a la ciudad con papá y Tyler. Mis entrañas me dicen que Kieran probablemente estará

155

más a favor de la excursión con papá y Tyler.

Después de todo, no puede objetar verdaderamente que yo vea a mi papá y a mi hermano. Me reclino en la silla y muerdo la almohadilla de mi pulgar, dejando que la pantalla de la computadora se vuelva borrosa delante de mí.

—Tierra a Cloe ¿me lees? —Me enderezo de golpe. —Cuando termines de soñar despierta, necesito ese listado del calendario detallado —chasquea Marion.

Mis dedos saltan al teclado. Mientras tipeo el listado, tengo una idea buenísima. Le podría decir a Kieran que me voy a quedar a dormir donde mi papá, pasar la tarde en Nueva York, luego volver e ir donde Clarissa. Eso evitaría una pelea con Kieran, o una de sus rabietas, y yo podría hacer ambas cosas. Perfecto. Mis dedos se aceleran.

Conduzco donde Kieran después del trabajo. Una tormenta se está gestando y el aire está tejido con humedad. Un ganchillo de nubes negras retumba en el cielo, cubriendo al sol como una manta. Gotas gruesas de lluvia salpican en el parabrisas cuando doblo a su calle. La inseguridad me pellizca. Espero que esté de buen humor.

Cuando llego, está parado en la entrada, mirando hacia arriba, con los brazos estirados con las palmas de las manos orientadas al cielo.

—Te ves como un dios de la lluvia —le grito.

—Me encantan las tormentas —dice sin moverse—. Vayamos a observarla sobre el río desde la casa. Claudette no está.

Me pregunto qué pasó con la situación de su alquiler, pero no me atrevo a decirlo. Nos escabullimos mientras las gotas de lluvia agarran velocidad. Kieran agarra los cojines del sofá de la sala y prepara una pequeña cama en el piso de la terraza trasera enmallada. La oscuridad se ilumina con un destello de un rayo irregular, mostrando la silueta de la línea de árboles más allá del río.

—¡Fíjate en eso! —dice Kieran.

—Es como que la naturaleza presentara un drama de Shakespeare.

—Totalmente.

—Sería fenomenal ver esto desde la montaña a la que fuimos el Día de la Independencia —digo.

—Es una buena idea. Hagamos eso la próxima vez.

La lluvia golpea el techo implacablemente mientras los truenos rugen en el cielo. Kieran parece estar tranquilo así que le cuento acerca de Tyler que se va a mudar con papá, y de la invitación de papá para ir a la ciudad mañana y pasar la noche en su apartamento.

—¿Cuándo pasó todo esto?

—Anoche, tarde —invento.

—¿Cómo así que no me lo contaste? Esto es grande. No quiero que escondas cosas de mí.

—No trato de ocultar nada de ti. Te lo cuento ahora.

—No seas misteriosa, Cloe. ¿Qué más no me cuentas?

La fiesta de pijamas de Clarissa. Parece que supiera. —Nada.

—Creo que es bastante injusto de ambos, tu papá y Tyler. No creo que deberías apurarte en ir a la ciudad por ellos. Es como premiarlos por separar a la familia.

—Siguen siendo mi familia. No los he visto en todo el verano. ¿Qué hay de malo en eso?

—¿Y qué de la Universidad de Nueva York? ¿Quién te llevó?

—Tú.

—Y luego nunca escuchaste ni pío de tu papá hasta ahora, hasta que le vaya bien a él ¿correcto?

Mientras otra lanza de rayos destella, veo mi plan desinflarse delante de mis ojos. Junto fuerzas y empujo de nuevo. —Pero aún así quiero verlos.

—Tengo una audición para una obra de teatro acercándose y necesito que me ayudes a ensayar el sábado.

—¿De verdad tienes una audición?

—¿Crees que te mentiría? Justo surgió hoy. Es para un rol principal en una obra de teatro «La gata sobre el tejado de zinc». Dorián dice que tengo una buena posibilidad de obtenerlo. Pero si no me quieres ayudar, está bien. Encontraré a alguien más. Anda con tu papá. Hay una chica en mi clase que ensayará conmigo, la que estuvo en la fiesta de Joe. De hecho, me va a ayudar más porque es actriz. Ella entiende.

El enojo se enciende en mí. —Un día que no puedo, y ¿corres hacia otra chica? ¿Cuándo es la audición? ¿Es el domingo?

—Está bien, de verdad. Tienes cosas que son importantes para ti, y yo tengo cosas que son importantes para mí.

—Muéstrame que de verdad tienes una audición.

Saca su teléfono, tipea unas pocas palabras y me enseña la pantalla: el sitio web del teatro. «Llamada de casting: La gata sobre el tejado de zinc. Todos los roles.»

Me muerdo el labio. Es verdad. No quiero de ninguna manera que Kieran llame a esa chica para que le ayude a ensayar. Ése es mi rol. Soy yo la que él necesita.

—¿Qué tal esto? Voy a la ciudad con papá, pero no me quedo a dormir. Vuelvo en la tarde y podemos pasar la noche ensayando.

Él sonríe y besa mi frente, despeinándome. —Ésa es mi dulzura. Sabía que me apoyarías. Quiero conocer a tu papá y a Tyler. Paso por allá cuando llegue a buscarte.

Lucho con el impulso de gritar, pero no quiero que él gane, que obtenga lo que quiere como siempre hace. —¿Sabes algo? No voy a la ciudad. Pasaré el día ensayando contigo.

—No tienes que hacer eso.

—No, la audición es más importante.

—Pero yo los quiero conocer.

—Tienes razón. Papá aparece cuando le da la gana. ¿Por qué debería él conocer a la gente en mi vida cuando claramente a él no le importa ni mierda mi vida? Puedes conocerlo alguna otra vez.

Se calla. Siento una onda de triunfo. Por una vez, he logrado frustrar su plan.

Cuando regreso a casa, le mando un texto a Clarissa diciendo que no puedo asistir a la fiesta de pijamas porque voy a ir a la ciudad con papá y Tyler. Luego le digo a Tyler que no voy a ir a la ciudad.

Me siento en mi cama. Mi victoria sobre Kieran tiene un sabor amargo. Sí, gané, pero ¿a qué precio para mí? ¿Cómo pudo salir tan mal mi plan perfecto?

❦

Luego de leer juntos toda la obra y practicar las líneas una y otra vez, Kieran en realidad es bastante bueno en el rol de Brick. Tiene una posibilidad verdadera de obtener el rol. Pienso que no estar con mis amigas ni con mi familia valdrá la pena si él obtiene el rol.

Esta noche tendrá su clase de actuación, lo cual significa que puedo parar con Clarissa, aunque esta vez no le diré nada a Kieran.

Él me llama en la tarde cuando estoy redactando las cartas al director.

—¿Puedes comprarme yogur y frutas en el camino acá?

Siento una chispa de alarma y mi mano aprieta el teléfono.

—¿Camino a dónde?

—Mi casa por supuesto.

—¿No vas a tu clase?

—Estoy atrasado en los pagos a Dorián y dice que no puedo regresar hasta que no le pague lo que le debo.

Mi estómago se hunde.

—¿No tenías nada planeado, cierto?

—No —miento.

Luego del trabajo, corro al supermercado y compro nectarinas, duraznos y yogur, y conduzco donde Kieran.

—Toc, toc —llamo.

Kieran está extendido sobre la cama. —¿Conseguiste las cosas que te pedí? — pregunta sin saludarme.

—Sí. —Desempaco la bolsa sobre el mostrador de la cocina.

Se acerca y coge un yogur. —¿Por qué no compraste del tipo batido? Sabes que no me gusta el regular.

—No me dijiste que tipo querías.

—Ni siquiera me gusta limón. ¿Quién come limón? —Tira

159

el yogur. Lo agarro antes de que ruede al piso.

—Debiste haberme dicho exactamente lo que querías.

—Deberías saberlo a estas alturas. —Muerde un durazno y hace muecas—. Ni siquiera está maduro.

Lo tira al fregadero donde se estrella en los platos sucios.

—Va a madurar en un par de días.

—Quiero comerlo ahora mismo.

Pierdo los estribos. —Entonces de repente debiste haber ido a comprar tus propios víveres.

—Trabajé afuera al sol todo el día. Tú has estado sentada en tu trasero en una oficina con aire acondicionado. Podrías por lo menos haberme ayudado.

—Te ayudé. Por lo menos, tú podrías agradecerme.

No dice nada y se desliza al banco en la mesa, con la cabeza entre sus manos. Obviamente, está de mal humor por la clase de actuación.

—¿Qué tal un sándwich crujiente picante? –digo.

Él gruñe, lo cual interpreto como un «sí». Preparo los sándwiches y llevo los platos a la mesa. Debí haberle comprado el yogur batido, fruta madura que pudiera haber comido de inmediato. Debí haber pensado más a fondo en vez de agarrar las primeras cosas que vi, entonces podría haber evitado la pelea.

Me siento. —¿Qué tienes? —le pregunto mientras muerdo el sándwich.

Kieran no alza los ojos. —Ha sido un día de porquería.

—¿Por culpa de Dorián?

—Claro, por culpa de Dorián.

Agarra un sándwich. Comemos en silencio, luego lavo los platos. Kieran se lanza sobre la cama y prende la tele. Me acurruco al lado de él, reposando la cabeza en su pecho. Me envuelve poniendo su brazo alrededor de mí, como siempre, pero algo está mal. De repente quiero irme.

—Creo que voy a volver a casa. Mamá no se siente...

—No. —Aprieta su brazo alrededor de mí. —Quiero que te quedes. El miedo me sujeta. Me quedo.

Está irritable toda la noche, exigiendo que le traiga una zarzaparrilla, que le dé masajes a sus hombros, que le planche una camisa. Lo hago todo sin protestar. Si no, sé que es probable que explote. Simplemente no quiero arriesgarme.

Pero todo el tiempo, estoy observando el reloj. Apenas son las nueve, le digo que debo irme ya que tengo que levantarme temprano. Esta vez, afortunadamente, no se opone.

Subo a mi coche y me escapo lo más velozmente que puedo. Temo que vaya a aparecer en la entrada y me obligue a quedarme. Sólo cuando doy la vuelta a la calle principal me relajo. Regreso a casa y me desplomo en mi habitación. Me siento como un paño de cocina estrujado.

❧ ✳ ☙

Estoy redactando un artículo sobre Nuestra Señora de los Dolores, la escuela parroquial local, que va a cerrar por falta de inscripciones, cuando llama Clarissa.

—Planeamos una fiesta de bolos el domingo por la noche. Es el gran final de verano así que tienes que venir ya que no pudiste venir para la fiesta de pijamas. Tú, yo, Jade, y Morgan.

Dudo. —Déjame verificarlo con Kieran.

—¿Qué? ¿Acaso es tu guardián? Eres tu propia persona, Cloe.

—Lo sé —digo en la voz de ratoncito—. Es que ... tú sabes.

—Tienes permiso de hacer algo sola, aunque estés en una relación.

—Lo sé, disculpa.

—¿Nunca te cansas de él? Parece que está encima de ti día y noche.

—Me necesita.

—Tus amigas te necesitan, también. Casi no te he visto desde que volví. Siempre estás demasiado ocupada hasta para hablar. Pero sea lo que sea, haz lo que quieras.

—Quiero venir, Clarissa.

—Entonces ven. Dile que vienes y ya.

Cuelgo, preguntándome como demonios voy a hacer eso

sin que Kieran se vuelva loco.

Kieran me manda un texto pidiendo que le traiga una pizza. Llamo a Valley Pizza, poniendo especial cuidado de pedir una orden extra de pepperoni como le gusta.

Cuando se la traigo, abre la caja y una sonrisa le aparece en la cara. —Te acordaste del pepperoni extra. Quería ver si recordabas sin que yo te lo diga, y lo hiciste.

El alivio me baña. Aprobé la prueba, hice algo bien. Me recompensa con un beso en mi frente. Nos sentamos en su cama para comer la pizza y ver «Hombre de familia». Cuando terminamos, Kieran se inclina hacia atrás contra los cojines, y saco la caja a la basura.

—Está mucho más fresco fuera —digo cuando vuelvo a entrar—. ¿Por qué no vamos al parque o algún lugar así?

—No tengo ganas. —Kieran se ríe de la tele y da palmaditas a la cama al lado de él. Me echo.

—El colegio empieza el lunes —digo, dándome cuenta de que en realidad deseo que llegue ese día.

—Vas a estar rodeada de muchos chicos todo el día.

—Eso no significa nada. Te amo a ti, Kieran.

Aprieta mi muslo. Aprovecho el momento.

—Clarissa, Jade y Morgan quieren que vaya a los bolos con ellas el domingo por la noche, como un gran final del verano. No las he visto mucho durante las vacaciones.

—Haremos algo en la tarde, y entonces puedes seguir con tus amigas.

Eso fue tan fácil, estoy desconcertada. De repente está cambiando. Lo abrazo. —Gracias, en serio.

Responde con un gruñido.

❧ ❀ ☙

El último día de mi pasantía, Marion me lleva a almorzar a Soi Siam, un restaurante tailandés. Luego de pedir pollo al limoncillo y curri rojo, ella coloca una mano encima de la otra en la mesa, y me mira.

—Cloe, tengo que decirte que eres la mejor pasante que he

tenido. Hiciste un gran trabajo este verano. Manejaste todo lo que te encargué e incluso más.

Un rubor caliente florece en mis mejillas.

—Me gustaría que te quedaras a tiempo parcial, y te pagaría un sueldo. ¿Qué te parece?

—¡Eso sería increíble!

—Quisiera iniciarte en un nivel de reportaje más alto, como cubrir reuniones del concejo municipal y de la junta directiva escolar, e incluso ayudándome con algunos reportajes de investigación. Este es únicamente un periódico comunitario semanal. Pero aprendes los gajes del oficio aquí, vas a estar adelantada con respecto a los demás cuando vayas a la universidad.

Casi ni toco mi comida, estoy tan emocionada. Llevo los restos en una caja y la meto en la nevera en la oficina.

Más tarde, estoy en camino donde Kieran cuando me manda un texto:

¿Puedes recoger pepinillos y mantequilla de maní?

Estas paradas de compras se han vuelto una cosa regular. Son un gran fastidio, además Kieran nunca me devuelve lo que pago por lo que compro. Contesto:

Ya estoy en camino y no llevo dinero encima.

De todos modos, estás más cerca que yo. Usa la tarjeta de débito.

Doblo hacia el río cuando el miedo me pega. Si llego sin la mantequilla de maní y los pepinillos, se pondrá furioso. He comido mucho de su mantequilla de maní y pepinillos en todo el verano. Supongo que se los debo. Doy la vuelta.

El cuerpo de Kieran ocupa la entrada a la caravana cuando llego. —¿Por qué te tardaste tanto?

—Tuve que dar la vuelta y regresar en tráfico de hora punta al supermercado. Te dije que ya estaba en camino.

Agarra la bolsa que le ofrezco. —¿Te encontraste con alguien? Dime la verdad.

—Por favor.

Entro a la cocina. Tarros de mantequilla de maní y

pepinillos están sobre el mostrador. —Kieran, ya tienes mantequilla de maní y pepinillos. ¿Por qué me mandaste a comprarlos?

—Ya casi no tengo.

Reviso los tarros. —Hay suficiente para hoy. Podría haber ido mañana. Te portaste como si fuese una gran emergencia.

—Una tonelada de veces he hecho hasta lo imposible por ti, como llevarte a la Universidad de Nueva York ¿recuerdas? Tuve que usar un día de enfermedad.

¿Cuántas veces va a utilizar eso como justificación para obligarme a hacer lo que él quiere? Ahora quisiera que nunca me hubiera llevado. —Tú lo ofreciste. No te lo pedí.

—De todos modos, yo me esforcé por ayudarte.

—No quiero pelear contigo.

—Tampoco quiero pelear.

—La verdad es que no puedo seguir comprando esta comida cada día. No gano un sueldo. Sabes que me pagan un estipendio nada más.

—¿Sabes algo, Cloe? Eres la persona más tacaña que nunca haya encontrado. —Sus ojos queman y me apunta con su dedo. Reconozco las señales ya. Se está encendiendo.

Alzo las manos al aire en señal de capitulación, cualquier cosa para evitar uno de sus enloquecimientos.

—Soy tacaña. Ganas tú.

Se me ocurre mi novedad del empleo en *El Semanario*, que ahora parece algo desinflada, pero es un buen momento para cambiar de tema.

—De todos modos ¿sabes qué? Marion dijo que soy una de las mejores pasantes que tuvo y me ofreció un empleo a tiempo parcial como reportera. Voy a cubrir las reuniones del concejo y aprender periodismo investigativo.

Kieran me abraza. —Eso es grande, dulzura. ¿No te dije? Vas a ganar... ¿cómo se llama ese premio?

—¿El Pulitzer?

—Y viajarás por el mundo para el *New York Times*, y te olvidarás de mí.

—No seas tonto. No te voy a olvidar.

—Lo harás. —Su voz tiene un raro trasfondo herido.

Vuelvo a cambiar de marcha. —Tengo sobras de curri tailandés. Marion me invitó el almuerzo.

Kieran se zambulle en la bolsa. —A ver lo que trajiste.

Lleva la caja y un tenedor a la mesa y empieza a devorar la comida, sin ofrecerme compartir. No me importa. Logré esquivar una rabia que se aproximaba. Es todo lo que cuenta. Me hago un sándwich de mantequilla de maní y pepinillo.

Cuando llego a casa, mamá está echada en el sofá leyendo. Retuerzo mi cabeza para ver el título «Volviendo a empezar la vida después del divorcio». Le cuento de la oferta de Marion.

—Eso es fantástico, cariño. Estoy tan orgullosa de ti. —Me siento en el borde del sofá al lado de ella. —¿Cuándo empieza el colegio?

—El lunes.

La inquietud brota de su cara. —Deberíamos ir de compras este fin de semana entonces.

—No te preocupes. Mi ropa del año pasado todavía me queda. Puedo usar mi vieja mochila. Necesitaré unos cuantos cuadernos nuevos, pero los puedo comprar yo.

—Tomé una decisión. Voy a convertir este divorcio en un nuevo comienzo. No voy a dejar que tu papá me hunda.

No quiero escuchar los detalles. Me alzo. —Me voy a acostar.

Subo las escaleras, sintiendo el peso de la vida sobre mis hombros.

TRECE

La tarde del domingo tiene esa sensación de pereza profunda de una ola de calor de agosto. Kieran está echado sin camisa en una toalla en el jardín de adelante cuando llego. Le doy un aullido de lobo.

Se apoya en los codos y sonríe. —Esperaba que llegues. Tengo un sitio que quiero enseñarte en el río. Vamos a tomar el bote de Claudette.

—Tengo que estar de regreso a las seis para la partida de bolos con mis amigas, no te olvides.

—No me he olvidado.

Nos dirigimos al muelle y subimos al bote. Kieran lo suelta y nos empuja al rio con un remo.

—¿Qué lugar es este? Creí que ya había visto todos tus sitios especiales —digo.

—Quiero sorprenderte. Sé que te va a encantar.

El sol tuesta mi cara mientras Kieran rema. Las casas que abrazan las orillas del río dan paso al bosque. Dejo arrastrar mis dedos por el agua.

La superficie es caliente como agua de bañera mientras que unos centímetros por debajo está helada. Me dejo ir a la deriva con la corriente. Una libélula revolotea. Un pájaro arrulla.

—Piénsalo, esto debe haber sido como los pioneros vieron la tierra —digo.

Kieran atraca los remos en las cerraduras y se estira en la popa del bote, las manos agarradas detrás de su cabeza.

—Viajando a lo desconocido. Asombroso cuando lo piensas —sigo.

—Tienes que tener cuidado ahora que empiece el colegio, Cloe. Tus amigas van a tener envidia de ti de verdad.

—Todo el mundo está celoso, según tú.

—Lo digo en serio. Estás trabajando como una verdadera periodista, tienes una verdadera relación. Ahora estás muy lejos por encima de ellas. Necesitas amigas que estén a tu nivel.

—A mí me gustan mis amigas.

—Sólo digo.

Kieran frota mis dedos de los pies con los suyos. —Quiero comprarte un anillo, dulzura.

—No quiero que gastes dinero en eso —digo rápidamente.

—Quiero darte un diamante.

—Kieran...

—Algo que les muestre a los chicos del colegio que ya tienes novio.

—Ahora eres tú el que está celoso.

—Te amo. ¿No me amas?

—Claro.

De repente, me doy cuenta de que las palabras «te amo» ya no me salen como antes.

Se sienta derecho y coge los remos, cortando con ellos el agua limpiamente a un ritmo constante. Sus hombros relucen con sudor mientras sus músculos trabajan.

Nos cruzamos con gente flotando en balsas infladas, bromeando ruidosamente y arrojando latas de cerveza. Tienen una hielera atada a una de las balsas. Nos saludan. Les devuelvo el saludo.

—Deberíamos hacer eso alguna vez —dice Kieran—. Se ve divertido.

—¿Cuán lejos hemos ido? No quiero ir demasiado lejos.

—Ya casi llegamos.

Eso puede significar cualquier cosa con Kieran. Nos

estamos moviendo a buen ritmo bajando el río, impulsados por sus remadas y la corriente. Él sigue remando.

—¿Cuán lejos queda este lugar? Tengo que regresar ¿recuerdas?

—No seas una aguafiestas, Cloe.

Un sentimiento inquieto me invade, pero sé con certeza que es mejor no oponerse. Un poco más tarde, dirige el bote hacia la costa.

—Ya llegamos —anuncia para mi gran alivio. Salta a las aguas poco profundas. También salgo, y él remolca el bote hacia un banco de arena.

—Ahora caminamos.

Siento un poco de enfado. —¿Cuán lejos?

—Cinco minutos. Totalmente vale la pena, créeme.

Nos hundimos en el bosque a lo largo de un sendero estrecho. Luego de caminar los «cinco minutos» de Kieran, que más parecen una eternidad, nos apretujamos a través de una grieta entre dos rocas enormes. Una piscina natural, rodeada de rocas, está en frente de nosotros.

Kieran brilla. —¿Ves? ¿No valió la pena? Ven, saltemos al agua. —Con un chillido que hace eco en las rocas, se tira al agua a bala de cañón con un salpicón gigante.

Sale a la superficie, sacudiéndose la cabeza como un perro. Gotas de agua rocían en un arco. —¡Ven, métete, el agua está perfecta! —Flota de espaldas, su cuerpo una masa desenfocada y fantasmal debajo del agua.

Estoy sentada en la roca, abrazándome las rodillas. No quiero ir a nadar, quiero ir al boliche. —No llevé mi traje de baño ni traje ropa para cambiarme.

Kieran se acerca nadando y me moja. Retrocedo. —Déjalo, Kieran. No quiero mojarme.

—Nada en tu ropa interior. Va a secar. No hay nadie por aquí.

—Debiste haberme dicho que traiga mi traje de baño.

—No seas la niña mimada. Esa es una cosa que no me gusta de ti. —Saliendo de la piscina, él almacena agua en sus manos y me la echa, riéndose. Vuelve a tirarse a la piscina. —Ahora estás mojada.

—Vámonos. Podemos regresar otro día cuando tengamos más tiempo.

Ignorándome, flota de espaldas y agita sus pies en un frenesí de chapoteo. Lo observo, esperando que termine. La luz se vuelve dorada. Se está haciendo tarde.

—¡Vamos de una vez! Tengo que volver.

—Como quieras.

Se alza a una roca. Me paro, limpiando el trasero de mis shorts.

—Tengo que echar una meada. Espera acá — dice.

Suspirando, me cruzo de brazos y me apoyo contra la roca mientras él baja ruidosamente por el sendero. El tiempo sigue pasando. Reina quietud. Abofeteo mosquitos.

Espero.

Y espero.

—¿Qué te está tomando tanto? —le grito a los árboles.

Ninguna respuesta. —¡Kierannnn!

Tengo el presentimiento repentino de que pasa algo malo. Bajo el sendero corriendo como una bala, tropezándome con raíces, ramas y piedras. Cuando llego a la cala arenosa, el bote ya no está. Vadeo al río y miro hacia arriba. Algo destella. El bote da la vuelta en una curva lejana.

—¡Kieran! —grito. —Él desaparece.

Reviso mi teléfono, no tiene señal. El pánico apuñala mi entraña. Me fuerzo a pensar lógicamente. Yo podría regresar caminando, siguiendo la orilla del río ¿o nadando? Miro la orilla. No hay un verdadero sendero.

No tengo ni idea de dónde estoy o de cuán lejos he caminado. Quizás alguien pasará en una balsa o en un bote y puedo gritar por ayuda. Me siento en la arena, plegando los brazos sobre mis rodillas encogidas. Reposando mi mentón en ellas, miro fijamente la corriente de agua.

Hizo esto a propósito. Porque yo quería pasar una noche con mis amigas, una noche sola. Empiezo a llorar, pero me seco las lágrimas de inmediato. Las vuelvo a empujar dentro de mí. Kieran no me puede herir si yo no me siento herida. No voy a dejar que me hiera.

La luz del día se está desvaneciendo cuando finalmente escucho el ritmo de los remos en el agua. Mi cabeza se voltea bruscamente con un rayo de esperanza. Es él. Camino al agua y me subo al bote antes de que pueda volver a alejarse remando.

—¿No habrás creído que ya no regresaría por ti, cierto, dulzura? —suena un tono de victoria en su voz.

—Honestamente no supe qué creer. —Hablo con voz tranquila y medida. No le voy a dar la satisfacción de ver cuán amarga y herida estoy porque es exactamente eso lo que él quiere, y no voy a dejar que él gane.

Me siento dándole la cara porque no confío darle la espalda. Él empieza a despotricar. Soy malagradecida por no apreciar sus esfuerzos, floja por no ayudarle a remar. Lo estoy engañando, por eso no quiero un anillo. Estoy usando a mis amigas como cubierta para encontrarme con un chico. Permanezco en silencio, dejando que sus palabras enloquecidas reboten en mí como si estuviera hecha de granito. Me rehúso a involucrarme con él, ni siquiera a mirarlo, y eso lo enfurece aún más. Que siga con su furia. Yo no siento nada. Estoy completamente entumecida.

Por fin, el muelle de Claudette aparece a la vista. Cuando estamos suficientemente cerca, salto al agua y camino a la orilla lo más rápido que puedo, ignorando los gritos de Kieran. Empiezo a correr a mi coche apenas mis pies tocan tierra. Mi corazón aporreando en mi pecho, huyo de su entrada.

Conduzco directamente a casa, subo las escaleras galopando y cierro la puerta de mi cuarto con llave. Entonces, y sólo entonces, me permito derretirme en sollozos.

❧ ✻ ☙

Casilleros suenan, campanas zumban, chicos gritan. Es el primer día de regreso al colegio. Tengo miedo de ver a mis amigas. Luego de recuperarme de mi crisis, llamé a Clarissa, pero no contestó.

Intenté con Jade y Morgan, lo mismo. No las puedo culpar.

El casillero de Clarissa está en la misma fila que el mío así que sé que la voy a ver a primera hora. Le encuentro pegando fotos de estrellas de cine sin camisa en el marco del espejo en el lado interior de la puerta de su casillero. Inhalo profundamente.

—Lo lamento tanto, Riss. Por favor no estés molesta conmigo.

Me mira con cara de piedra. —Ya no te vamos a molestar para que puedas estar con Kieran todo lo que quieras. No sé por qué dices que vas a parar con nosotras y después no llegas. Ni siquiera nos dejaste saber que no venías.

—Bajamos por el río y no había señal... y pasaron algunas cosas, y no pude regresar a tiempo.

—Nunca creí que fueras una de esas chicas que hacen de su novio la vida entera y se olvidan de su mejor amiga. Vaya, qué equivocada que estuve.

—No seas así, por favor.

—Has cambiado, Cloe, de verdad, y no para mejor. De hecho, tengo que decírtelo, te ves como mierda últimamente.

—Rissa...

—Tengo que ir a clase. Tengo amigas que realmente quieren verme.

Agarra un cuaderno, cierra la puerta de su casillero con fuerza y se marcha. Me desplomo contra los casilleros hasta que alguien me pide que me mueva. No sé cómo voy a arreglar esto. La campana suena, y corro a mi primera clase.

Me zambullo en el baño en camino a mi segunda clase, y me estudio en el espejo. Es verdad. Me veo como mierda. Mi piel está llena de manchas. Mis ojos se ven ausentes. Mi cabello cuelga flácido y sin brillo. ¿Cómo no vi esto antes?

Durante mis clases de la mañana de literatura, francés y economía, robóticamente contesto «bien» cuando la gente me pregunta cómo fue mi verano y finjo escuchar mientras siguen parloteando. Me importa un bledo. Estoy esperando el almuerzo cuando tendré más tiempo para explicarles todo a mis amigas.

La campana suena, y me apresuro a ir a la cafetería. Jade y Morgan ya están en nuestra mesa con sus bandejas.

—Hola chicas ¿qué hay de almuerzo hoy? —digo.

—¿Estás ciega ahora, también? —dice Morgan ácidamente. —Los sándwiches de pavo están en sus bandejas.

—Oigan, sé que están enojadas conmigo, y tienen toda la razón de estarlo. Salimos en bote y nos perdimos bajando el río. No hubo señal de teléfono. Ya era de noche cuando regresamos. Estaré allá la próxima vez, lo prometo.

—Decidimos anoche que no habrá una próxima vez —dice Jade.

Clarissa llega con su bandeja, lanzándome una mirada dura. Se dirige a Jade y a Morgan como si yo no estuviera allí. —Acabo de ver a Caleb, y me preguntó qué tal fue mi verano.

—No esto nuevamente —dice Jade.

—Creí que lo habías superado —dice Morgan.

—Sí, pero nunca sabes.

—Qué asco. Mira esto —Morgan saca un cabello de su emparedado.

—Es repugnante —dice Clarissa.

—Morgan, es un cabello tuyo —digo—. Mira el color.

—De ninguna manera.

—Que sí —dice Jade.

Morgan lo mira de reojo. —Ah, sí —dice.

Sonrío. Las cosas parecen estarse calmando. —Voy a traer mi almuerzo —digo, empujando mi silla para atrás.

Compro mi sándwich y vuelvo a la mesa. Está vacía. Mis amigas me abandonaron. Puedo sentir los ojos de todos encima de mí, así que rápidamente me siento, fingiendo saber que mis amigas no estarían allí, y me como la mitad del pan. Sabe a serrín. Tiro el resto y voy a la biblioteca.

Luego del almuerzo tengo periodismo seguido por gimnasia en el último período, junto con Clarissa. Me siento al lado de ella en las gradas y lo intento una vez más.

—Clarissa, lo siento de verdad. Tengo muchas cosas que contarte.

—Cloe, si Kieran estuviera en el colegio, tú ni siquiera quisieras sentarte con nosotras a la hora de almuerzo. Estarías con él. Como él no está aquí, te quieres sentar con nosotras para que no te veas como una tonta sentada sola. Pero cuando puedes elegir, siempre eliges a Kieran. Eso no es amistad verdadera. Eres una hipócrita.

Se levanta y se dirige al otro extremo de las gradas cuando el Señor Reiss, el profesor de educación física, anuncia las tres actividades entre las cuales podemos escoger para este período de calificación: bádminton, baile social y fútbol. Selecciono fútbol para eludir a Clarissa porque sé que ella lo odia, a pesar de que yo lo odio, también.

Estoy caminando al estacionamiento de los estudiantes en la tarde cuando escucho que alguien llama mi nombre. —¡Cloe! ¡Espérame!

Me sorprendo al ver a Trevor Papadopoulos corriendo hacia mí. Es uno de los chicos súper populares que siempre se postula para el gobierno estudiantil y gana. Además, es capitán del equipo de esgrima, editor jefe del anuario, y guapo, con cabello negro y ojos azules brillantes. —Vi tus artículos en *El Semanario* durante el verano. ¿Estás trabajando allá?

—Hice una pasantía de verano. Ahora estoy trabajando a tiempo parcial.

—Qué bien. Mira, buscamos un editor para el anuario. Amanda Yaroslavsky renunció. Va a fundar otro club este año. Nos hace falta alguien que conozca bien la gramática, la redacción, todo eso. ¿Estarías interesada?

—Claro, me encantaría.

—Te aviso cuando tengamos nuestra primera reunión.

Se va trotando hacia un coche que lo espera. Por lo menos alguien quiere asociarse conmigo.

❧ ✺ ❧

El colegio se establece en una rutina aburrida. Evito a mis amigas ya que hicieron sus sentimientos hacia mí dolorosamente obvios. Llevo conmigo los libros para no tener que ir a mi casillero y encontrarme con Clarissa. A la hora de almuerzo, hago la tarea en la biblioteca, a excepción de los días en los que se reúne el comité del anuario.

No he sabido nada de Kieran. Sé que siempre desaparece luego de una pelea, aunque ésta es su desaparición más larga. Espero que eso significa que no me va a llamar nunca más, pero todavía me debe una gran disculpa.

El hecho de que mi vida se haya vuelto una gran ironía me golpea una noche mientras estoy echada en la cama. Ya no tengo amigas porque estuve saliendo demasiado con mi novio, y ya no tengo novio porque él trataba de mantenerme alejada de mis amigas.

Estallo en un cacareo amargo. Cuánto más pienso acerca de lo ridículo de ello, más fuerte me río. Luego tengo una punzada de autocompasión acerca de mi soledad y se filtran las lágrimas de mis ojos, pero sigo cacareando. Río y lloro hasta quedarme dormida.

Un fin de semana feriado está por venir. Marion me pide que trabaje. —Necesito que me ayudes con un reportaje investigativo.

Estoy contenta de estar ocupada. El año pasado fui con mis amigas a la playa. Probablemente estén haciendo la misma cosa este año. No quiero estar sola anhelando estar con ellas.

Vuelvo a casa para encontrar a mamá revisando su ropa. Me apoyo contra la puerta de su habitación, mordiendo una manzana mientras me pregunto qué ha provocado este estallido de energía.

—Una de mis amigas de la universidad me llamó de repente, Suzanne Wheelton. Está organizando una reunión para el fin de semana feriado. Ha estado alquilando una casa en la playa por todo el verano. Sus hijos ya volvieron a la universidad así que nos ha invitado a todas donde ella.

—¡Qué bien, mamá!

—¿Te importaría quedarte con papá? Le mandé un correo electrónico y dijo que estaría bien. Quiere que lo visites.

—Marion me ha pedido ayudarle con un reportaje

investigativo. De verdad quiero hacerlo, y estaría ganando algo extra.

La cara de mamá se cae como un bloque de cemento. —Bueno, no puedo dejarte sola.

Me siento culpable. No quiero que no pueda ir a su viaje. Puedo quedarme en casa sola, lo cual básicamente es lo que hice durante todo el verano de todos modos.

—No te preocupes. Puedo quedarme donde Clarissa. —Nunca le conté a mamá que Clarissa y yo ya no somos amigas. No le conté acerca de Kieran tampoco. Ella no se ha dado cuenta de nada raro, por supuesto.

—Gracias, cariño. Le haré saber a tu papá que no vas a venir. Voy a tener que comprarme un traje baño nuevo. No me puedo poner éste. ¿Qué opinas? —Me enseña un bañador anaranjado estampado desteñido y estirado.

—Definitivamente necesitas uno nuevo.

—Estoy de acuerdo. Quizás un vestido de playa nuevo, también. Y no puedo encontrar esa cartera de noche que te presté para la fiesta. ¿Me lo devolviste?

El que arruiné. —Debe estar en mi cuarto.

—¿Puedes traerlo? Quiero llevarlo conmigo.

Me escabullo a mi cuarto y me apoyo sobre las manos y las rodillas para pescar la cartera desde debajo de la cama. Soplo el polvo y confirmo mi recuerdo de que está más allá de cualquier reparación. Saco mi cabeza a través de la puerta.

—No puedo encontrarlo ahorita. Buscaré más a fondo luego de terminar mi tarea.

Quizás se olvide de ello. Escondo la cartera dentro de una caja de zapatos en mi closet.

CATORCE

Temprano el sábado en la mañana, mamá mete su maleta, que contiene un nuevo bikini amarillo floreado con un vestido de playa a juego, dentro de la maletera de su coche.

—¿Y qué de la cartera de noche?

—Me olvidé de buscarla. Disculpa. ¿De verdad la necesitas? No quiero que estés tarde.

—No es gran cosa.

Luego de un abrazo rápido, ella entra al coche y baja la ventana para saludar.

—Pásala bien, mamá. No te preocupes por mí.

La saludo mientras sale en reversa de la entrada.

Me dirijo al periódico. Está Marión con una caja de dónuts.

—Toma una silla y tu cuaderno, Cloe. —Hago lo que me dice y agarro un dónut con jalea de frambuesa. —Quiero que busques expedientes judiciales de algunos nombres que te voy a dar. —Ella tipea. —Este es el sitio web de la Corte Superior. Los registros criminales están en esta ficha y los civiles en esta otra. Eso incluye divorcios, juicios, testamentos, bancarrotas. Puedes encontrar mucha información en archivos legales. La gente deja rastros de papel en sus vidas.

—¿Cuál es la historia?

—Recibí un dato de que tres promotores inmobiliarios, que todos tienen proyectos de vivienda con aprobación pendiente, han estado sobornando a algunos concejales. Tenemos que buscar los nombres de los concejales y de sus esposas, al igual que de los promotores, y ver qué podemos hacer aparecer sobre ellos. He incluido un par de empleados claves de la ciudad. Probablemente estén involucrados en esto también.

Me entrega una larga lista de nombres, y vuelvo a deslizar mi silla de regreso a mi escritorio. —¿Qué precisamente debería buscar?

—Cualquier cosa. Haz un archivo para cada persona y lo revisaré. Avísame si algo te llama la atención, como antecedentes criminales.

—Parece una tarea gigantesca.

—Por eso necesito tu ayuda. Voy a buscar en los registros comerciales y en las cortes federales. Así se investiga; empiezas por poner el nombre, luego sigues las pistas a las que eso te conduce. Sigues dándole vuelta a las piedras, incluso a aquellas que no parecen probables. Nunca sabes qué vas a encontrar.

Entro los nombres en el sitio web. Encuentro tres juicios por prácticas deshonestas entablados por clientes contra un concejal que es abogado, una disputa por custodia de menores, una queja estatal contra un promotor inmobiliario por vertidos ilegales.

Ver los problemas en los que se mete la gente es bastante interesante, pero al término del día, la cabeza me va a estallar.

—Seguimos en esto mañana. Si clavamos este reportaje, vamos a estar coleccionando premios de periodismo.

Regreso a casa, planeando relajarme y ver una película. Estoy mirando fijamente el interior del congelador, decidiendo entre pollo o chili para la cena cuando suena el timbre. Debe ser alguna persona aleatoria tocando como misionarios mormones o chicas exploradoras vendiendo galletas. Dudo si contestar. El timbre vuelve a sonar, y voy a ver quién es.

Abro la puerta y siento un choque estremecedor.

Kieran. Cargando un ramo de rosas rojas y blancas.

Sonríe. No pueden haber pasado más de cinco minutos desde que regresé a casa.

De repente me doy cuenta de que, aunque me siento sola sin él, no quiero ser sofocada por él nuevamente. La disculpa que obviamente me va a entregar no importa.

—¿Qué haces acá?

—Quería verte. —Entra y me empuja las rosas. —Éstas son para ti.

—No quiero rosas.

—Están hermosas. Me hicieron pensar en ti.

—En serio, no las quiero.

—Tómalas.

Las echo en la mesa del pasillo. —Kieran, no puedo seguir así.

—Lo sé, dulzura. Soy una mierda. Vine aquí para hacer las paces.

—¿Cómo puedes hacer las paces después de lo que hiciste? —El miedo que sentí ese día me atormenta de repente, y mi voz se astilla. —Me dejaste varada sola en el bosque por horas, me abandonaste. Ni siquiera funcionaba el teléfono.

—Siempre iba a regresar por ti. Perdí la paciencia con tu persistente deseo de irte cuando te había llevado a un sitio verdaderamente bonito. Hice algo por nosotros. Tú también te habrías enojado.

Lo está haciendo nuevamente, torciendo la verdad. —¿Cómo puedo confiar en ti si nunca sé cuándo te vas a poner furioso?

—Tengo mal genio, pero sabes que no lo pienso en serio. Me enojo contigo porque eres la más cercana a mí. Es lo que dicen: siempre te desquitas con la gente más cercana a ti.

—Ya no lo puedo aguantar más. Te pones furioso por nada. Me dices cosas realmente horribles. Haces cosas realmente terribles. He terminado contigo.

Trata de tomarme en sus brazos, pero yo retrocedo rápidamente.

—Cloe, no quieres botar esto ¿cierto? Sabes que te amo tanto. Te amo tanto. No puedo vivir sin ti. Yo sé que me amas. Somos perfectos el uno para el otro.

—¡Vete!

—No quieres de verdad que me vaya. Sé que no.

—¡Vete!

Levanta sus manos al aire. —Bien, si de verdad quieres que me vaya, me voy.

Cruzo hacia la puerta y le doy vuelta a la manija. En un segundo, él agarra mis hombros y me fuerza a retroceder contra la puerta. Presiona sus labios contra los míos. Me retuerzo, pero él es demasiado fuerte. Retrocede, pero deja mis brazos atrapados.

—Si quieres que me vaya, me voy, pero será para siempre. Nunca vas a encontrar a ningún otro como yo. Nunca más tendrás lo que tenemos. Esto es por nosotros, Cloe, esto es lo que cuenta. No quieres abandonar esto. No quieres darle la espalda a esto. Yo sé que no quieres. ¿Realmente quieres destruir todo lo que hemos construido juntos, dulzura? ¿De verdad?

Le da en el clavo. En el fondo, no quiero destruirlo. Amo a Kieran, al Kieran bueno, no al Kieran loco. Pero uno viene con el otro. Sus ojos buscan los míos. Sacudo mi cabeza de lado a lado para evitar su mirada porque sino él podría ver en mis ojos que tiene razón, pero él sigue cada uno de mis movimientos.

Aprieto mis párpados cerrados, y trato de liberarme, pero es inútil. Estoy atrapada. Kieran siempre gana. Me deshago y apoyo mi cabeza en su hombro.

—Lo sé, dulzura. No quieres renunciar a todo esto. —Me rodea con su brazo y me lleva a la sala de estar donde me sienta en el sofá. Mi cuerpo tiembla como gelatina semi-cuajada.

Agarra puñados de mi cabello. —Te necesito tanto. ¿Crees que quiero ser así? Odio ser yo. Eres la única que has visto dentro de mí. Eres la que más cerca he dejado llegar. No puedo soltarte.

No sé qué decir, pensar, hacer. Me vuelvo a entumecer,

como lo hice en el bote. Él alisa mi cabello.

—Eres de alta tensión, Cloe, demasiado inteligente para tu propio bien. Eso te hace inestable. Así es mucha gente creativa. Pero eso está bien. Vamos a salir de esto mientras nos mantengamos juntos. Te cuidaré. Yo sé qué es lo mejor para ti. Voy a darte un tratamiento de spa. Lo mereces. Necesitamos velas.

—Kieran...

Me susurra con su dedo frente a mis labios.

—Déjame hacer esto por ti.

Es inútil resistir. Si me niego a hacer lo que quiere, se va a volver loco. Encuentro velas y fósforos en un armario de la cocina.

—Tráelas todas. —Kieran me guía hacia arriba.

—¿Qué vas a...?

—Vas a ver.

Entramos al baño, y abre las llaves de la bañera al máximo.

—¿Tienes algún baño de espuma?

Le doy un frasco de bolitas de baño azules del closet de toallas. Vierte el contenido entero a la bañera y remueve el agua. Inhalaciones de fragancia emergen. Cuando la bañera está llena, cierra las llaves.

—Métete. —Dudo. —Ven, el agua se va a enfriar.

—Kieran...

—Este es tu tratamiento de spa. —Kieran enciende las velas y las coloca alrededor de la tina.

De nada sirve resistirse. Me desvisto y entro a la bañera. El cuarto brilla con destellos como en una antigua iglesia mientras la noche desciende afuera de la ventana.

Kieran vierta agua caliente perfumada sobre mi espalda con el vaso del cepillo de dientes. Gradualmente me relajo. Kieran el monstruo se ha ido. Mi Kieran ha vuelto.

—Eres la mejor cosa que jamás me ha pasado, Cloe. No quiero perderte, nunca. Eres como una especie de ángel. Eres todo lo que yo pueda desear.

—No soy un ángel ni nada parecido. Soy Cloe y ya.

—Eres un ángel para mí.

—Es como si me pusieras en un pedestal.

—Estoy tan, pero tan contento de haberte encontrado, de ser amado. —Me enjabona la espalda.

—Pero me bajas del pedestal y luego me vuelves a subir, como si yo fuera un yo-yo.

—No lo puedo evitar. Sale de mí así de sencillo. Me he vuelto un imbécil tantas veces.

—Kieran, necesitas buscar ayuda. Tienes que llamar a uno de esos sitios en la lista que te di o te seguirá sucediendo. No puedo seguir pasando por esto.

—No es tan fácil como crees.

—Prométeme que vas a ver a un psicólogo, de verdad esta vez.

Sus labios se enrollan con desprecio. —Prométeme, prométeme —dice en tono burlón. —Buen intento de lavarme el cerebro, Cloe. Eres tal quejona, peor que mi mamá.

Se apodera de mi cabeza y me hunde debajo del agua. Agarro su brazo con las dos manos, pero no puedo moverlo para nada. Es como una abrazadera de hierro sobre mi cráneo. Mis pulmones están explotando. Tengo que abrir la boca. Me sigue aguantando. Sigue y sigue.

Voy a morir.

¡Me voy a ahogar!

De repente, me suelta. Mi cabeza surge del agua como un resorte. Tomo alientos gigantescos que me raspan la garganta. Me aferro al borde de la bañera, jadeando. Tengo miedo de soltarlo por si acaso me hunda otra vez.

Me alcanza una toalla y sonríe. —¿Lista para salir?

Salgo y me seco. No puedo confiar en él para nada. La única cosa que puedo hacer es seguirle la cuerda para que permanezca calmado.

Vamos a mi cuarto. Mientras me pongo el buzo, él estudia mi calendario de pared. Está examinando lo que he estado haciendo. No hay nada listado excepto las reuniones del anuario y las fechas de las tareas.

Se voltea hacia mí. —¿Quieres ver la tele?

—Lo que tú quieras.

Bajamos. Él cambia los canales uno por uno, decidiéndose por una película de acción. Miro ciegamente la pantalla. Desesperadamente deseo que mamá regrese. Si pudiera mandarle un mensaje. Mi teléfono. Está en la cocina. Con las llaves del coche.

La voz de Kieran me sobresalta. —Estás muy callada. ¿No estarás planeando huir de mí, cierto? Ése es el problema de la gente callada, es solapada.

—Estoy cansada. Trabajé todo el día. Mi mamá va a regresar pronto.

—No lo creo. Tenía una maleta cuando se fue esta mañana y le gritaste «Pásala bien. No te preocupes por mí».

Giro mi cabeza hacia él, dándome cuenta de que me ha estado asechando.

—Te estaba cuidando, asegurándome que estés bien.

No digo nada y regreso a la tele, tratando de domar el miedo. Tengo que permanecer tranquila, con la cabeza clara. El chirrido débil de mi teléfono suena. Salto.

—¿Dónde vas?

—Mi teléfono está sonando. Está en la cocina.

Saltando a sus pies de golpe, me sigue. Antes de que yo pueda contestar el teléfono, se avalancha sobre él y revisa la pantalla. Me lo da, entrecerrando los ojos.

—La estás pasando muy bien, ¿entiendes?

Es mamá. En un estallido de esperanza, presiono «contestar». Kieran se cierne sobre mi oreja para poder escuchar la conversación.

—¿Qué tal todo, mamá?

—Genial. Acabamos de regresar de la cena y ahora vamos a dar una vuelta por la playa. Quise llamarte, saber de tu día. ¿Qué tal está Clarissa?

Un oleaje de emoción me ahoga y no puedo hablar. *¡Regresa, mamá, por favor!* Kieran me pellizca el brazo con dominio.

—¿Cloe? ¿Estás?

Aclaro mi garganta. —Me estoy divirtiendo mucho. Ella está bien.

Kieran se atraviesa el cuello con el dedo en señal de terminar la conversación. Desesperadamente pienso en algún modo de mandarle a mamá una señal de socorro.

—Voy a ayudarle a limpiar. El perro hizo un gran desastre —digo de repente. Clarissa tiene una alergia mortal a los perros. Mi mamá sabe eso.

—¿El perro?

—Está realmente fuera de control. Tengo que irme, te quiero. —Apenas cuelgo Kieran me arrebata el teléfono y lo coloca en su bolsillo.

—Bien. ¿Hay helado? —Abre el congelador y saca un pote de menta con pedazos de chocolate, golpeándolo en el mostrador.

Saco un plato y una cuchara y empiezo a servir el helado. Una embestida en la espalda empuja el hueso de mi cadera contra el borde del mostrador de granito.

Lágrimas me atraviesan los ojos con el jalón del dolor. Me giro y retrocedo de inmediato.

La cara de Kieran está contorsionada, los ojos saliéndose de sus órbitas.

—¿Esperabas que te llame tu cita, Cloe?

—¿Qué cita? ¿Por qué hiciste eso?

—¿Quién es ese chico con el que caminas después de clases? No me mientas. Tengo gente que me cuenta cosas.

—¿Te refieres a Trevor Papadopoulos? Es el editor del anuario. Estoy en el comité del anuario.

—Me habías dicho que odiabas los anuarios ¿pero ahora ya no? Tenías a alguien entre bastidores. Por eso querías deshacerte de mí tan rápido. Las chicas siempre hacen eso. Siempre tienen a alguien entre bastidores. No estás comprometida conmigo, Cloe. Todo esto es un juego para ti. Me estabas engañando. Todos me decían que eso era lo que hacías.

Me hago de lado para huir de él, pero me agarra la muñeca, sujetándola en el aire.

—¡Déjame ir! —Retuerzo mi muñeca, pero su agarre es una esposa.

—¡No vas a ninguna parte! ¡No vas a volver a escaparte de mí!

Me arroja. Tambaleo y me caigo, golpeándome la cara en el borde de una silla de madera. El dolor grita en mi pómulo. Golpeo el piso con un ruido sordo.

Estoy echada aturdida por medio segundo, luego veo las zapatillas de Kieran frente a mi cara. Me va a patear, pisotear. Me revoloteo hasta mis pies, mirando de reojo la puerta de atrás. Voy por ella, pero Kieran salta a cerrarme el paso. No puedo escapar. Tengo que pensar en cómo salir de esto.

—No me voy, Kieran. Me asustas, es todo. Deja de asustarme, y estaré bien. Tranquilo ¿de acuerdo? Comamos helado y vayamos a ver la tele.

Sorprendentemente, retrocede, su cara relajándose. Me muevo lentamente hacia el mostrador de la cocina, y termino de servir el helado. Regresamos a la sala y nos sentamos en el sofá.

Le doy de comer cucharadas de helado. Eso parece gustarle. Cuando termina, reposa su cabeza en mi regazo, y lo agarro. Mi cara late donde me di el golpe. Una lágrima se chorrea por mi mejilla. La limpio.

Kieran obviamente no se va a ir, ni va a dejarme ir a mí. Tengo que mantener las cosas suaves para que no explote, hasta que se me ocurra algo. La noche avanza en un tenso silencio. Cada vez que me levanto para ir al baño o a la cocina, él me sigue.

Cuando empieza «El sábado por la noche en vivo» Kieran bosteza. Quizás va a dormirse. Sé que duerme profundamente así que ésta podría ser mi oportunidad. Se echa, enganchándome bajo su brazo con mi cabeza en su pecho. Estoy cableada con adrenalina, y nada cansada. Espero.

Su respiración gradualmente se vuelve más lenta y constante. Lo pongo a prueba bajando el volumen de la tele.

Nada. Consigo liberarme de sus garras. Con poco espacio extra en el sofá, tengo que deslizarme hacia afuera. Si se despierta, le diré que voy al baño. Me libero de él y me siento a sus pies. Me detengo. No se mueve.

Suavemente me alzo del sofá. Gruñe, y me congelo, pero sólo se cambia de lado. Salgo de puntillas. En la cocina, doy palmadas al mostrador en la oscuridad buscando mi bolso. No está donde generalmente la pongo cerca al teléfono. ¡Mierda!

—¡Cloe! ¿Dónde estás?

Mi corazón se contrae. —Busco un poco de agua. ¿Quieres también?

Trato de sonar normal, pero como escucho que se está levantando, obviamente no lo logré. Sé que ésta es mi oportunidad para escaparme. Me lanzo hacia la puerta de atrás, y una vez que logro abrirla, corro hacia el bosque detrás de la casa. Escucho a Kieran no muy lejos de mí.

Mientras corro ciegamente a través de los árboles, una sensación curiosa me invade. Siento como que me estoy mirando a mí misma desde arriba como una película, una escena en la cual una chica está corriendo por su vida escapándose de un chico que ella creía amar, que ella creía que también la amaba, el mismo chico que casi la mató hace un par de horas, que podría matarla si la agarra ahora. Le animo a seguir.

¡Adelante, chica! ¡Sí puedes!

La chica entra en pánico cuando el chico se acerca a ella. Me va a alcanzar, dice ella, siempre gana él.

No va a vencer esta vez, digo. ¿Te acuerdas del hoyo de fiestas? Me decido por el sendero de la izquierda en el cruce que viene. Busco el tronco caído. La lona que cubre el hoyo está al otro lado de él, debajo de las hojas.

Pero le conté lo del hoyo, dice la chica.

Aún si recuerda, nunca se lo enseñaste. Es tu mejor oportunidad, créeme.

Te creo, dice la chica.

Ella encuentra el sendero, el tronco, la lona y se cae en el hoyo.

Quédate quieta. Todavía no estás a salvo, digo yo. Te está acechando, esperando que hagas una movida. Aguanta.
Se convierte en una estatua. Él se va ahora, le digo. Estás a salvo.

Respiro profundamente para frenar mi corazón frenético.
Sí tengo un ángel, pienso, pero nunca fue Kieran.

La luz del amanecer me despierta. Debí haberme quedado dormida. En ese instante, no sé donde estoy, pero de repente me acuerdo. El hoyo de fiestas. Ahora puedo verlo bien.

Hay una alfombra y un par de cajones que sirven de mesas con una tabla sobre ellos. Un pipa y un cenicero desbordante son el origen de la pestilencia. Botellas y latas de licor vacías obstruyen una esquina. Es acá donde Tyler pasaba el rato emborrachándose y fumando hierba.

Mi situación me viene a la mente. Kieran. Tengo que buscar ayuda. Necesito mi teléfono o las llaves del coche. ¿Estará Kieran en la casa todavía? Si yo fuera él, estaría asustada de que los vecinos hayan escuchado los gritos y llamado a la policía. Pero el modo de pensar de Kieran es bastante distinto.

Desplegando mis miembros tiesos, trepo la escalera apoyada contra el muro, el modo normal para entrar y salir del hoyo. Levanto la lona unos centímetros y me asomo. La luz tenue motea a colores los árboles. Pájaros revolotean, una ardilla se escabulle, una rama se cae. Me arrastro afuera. Corriendo de árbol en árbol como en un videojuego, regreso a casa. Alcanzo la línea de árboles a lo largo del patio de atrás y vigilo la casa. La camioneta de Kieran no está en la entrada.

Corro hacia la puerta de atrás, pero cuando le doy vuelta a la manija, escucho un ruido adentro. ¡Está allí! Ha desplazado la camioneta para hacerme creer que se fue. Vuelvo a correr al bosque.

—Cloe ¿eres tú?

¡Mamá! Está parada en la puerta, su cara aterrada. Corro de regreso y la abrazo. Nunca he estado tan feliz de ver a alguien en toda mi vida.

—¿Qué diablos está pasando aquí?

—Kieran, él... —Un sollozo me ahoga.

Los ojos de mamá se anchan. —¿Te ha golpeado? ¿Es así que adquiriste ese moretón?

De repente, mi cara duele. —Me empujó y me caí. Me di contra la silla.

—Ay, Dios mío. —Mamá me hace pasar adentro, me sienta y va a la nevera. —Me desperté en la madrugada y sabía que algo estaba mal. Lo que dijiste sobre Clarissa y el perro no tenía sentido —dice mientras llena una bolsa plástica con hielo—. Te llamé, pero la llamada fue directamente a la mensajería. Llamé a Clarissa y la desperté. Me dijo que no estabas allá. De hecho, ella me dijo que ustedes ya ni siquiera se hablan. Así que salté al coche y llegué hace quince minutos. Encontré la casa deshecha, la tele prendida, velas por todo el cuarto de baño, la tina llena de agua. Estaba por llamar a la policía. Mejor me lo cuentas todo.

Mientras presiona el hielo contra mi mejilla, le cuento: las furias de Kieran, los empujones, los insultos, el varamiento, la pelea con mis amigas. Sale de mí con un torrente de alivio. Por fin, puedo dejar de fingir que todo está bien.

—Debiste haberme contado —dice mamá.

—No quería que nadie sepa. Estoy tan avergonzada. Por favor no le cuentes a nadie. No le cuentes a papá.

—Me da tanta, tanta pena. Debí haberlo visto. —Una lágrima rueda por su mejilla. —Te fallé totalmente.

—No parecías cuidarte, mamá. He estado tan preocupada por ti.

—Esta cosa con papá me golpeó, no la vi venir. Pero olvidémonos de eso ahora. Necesitamos llamar a la policía y hacer una denuncia.

Es la última cosa que quiero. —Mamá, no. No quiero hacer de esto un escándalo.

—Te asaltó. —Ella atraviesa la cocina hacia el teléfono fijo.

—¡Mamá, no! —grito mientras ella levanta el auricular—. ¡No llames a la policía!

Cuelga el teléfono. — Cariño, los policías ven estas cosas a cada rato. No hay necesidad de estar avergonzada.

—No quiero ponerlo en dificultad ¿entiendes? Ha tenido una vida dura. Su padrastro le daba palizas. Su verdadero papá lo abandonó y nunca regresó. Está hecho un lío. Pierde el control.

—Sé que te da pena por él, pero...

La interrumpo. —Él estaba tratando de recuperarme, es todo. Se va a mantener alejado de mi ahora. Lo conozco.

Ella frunce el ceño y aprieta los labios. —Sigo creyendo que deberíamos llamar a la policía.

—No quiero que tenga antecedentes penales y se arruine la vida. No quiero que me odie para siempre. Quiero seguir adelante con mi vida y dejar que él haga lo mismo.

Me observa, luego suelta un gran suspiro. —Bien, pero si vuelve a venir, entonces llamamos a la policía.

Asiento. —Es ... No quiero un gran alboroto por esto. Ya pasó. De todos modos, se supone que debo trabajar hoy.

—Voy a llamar a Marion para decirle que tuviste un accidente, y voy a llamar a Clarissa para dejarle saber que todo está bien.

—No se lo cuentes, mamá, de verdad no quiero que nadie sepa.

—No te preocupes. No voy a decir nada. Hagamos té y tostadas.

Me da de comer y una pastilla contra el dolor. Es la mamá de antes nuevamente. Es como que mi desmoronamiento le hubiera hecho recomponerse. Subo a mi cuarto y duermo. Me despierto a media tarde en un sudor de miedo. Mi cara se siente rara.

—¿Mamá?

Viene a mi cuarto enseguida. —Estoy acá, cariño. No te dejo sola.

Me levanto y me miro en el espejo. Mi mejilla florece con un hinchazón morado glorioso y la mitad de mi ojo se ha inflado. El dolor del moretón no es nada comparado con la herida dentro de mí. Me siento destrozada, como si alguien rompiera una ventana con un bate de béisbol y todo lo que quedara fuera el marco.

Tomo un selfi de mi cara golpeada. Me siento en la cama, mirando la foto. ¿Soy yo de verdad? La violencia le pasa a la gente en la tele, en los periódicos. No a una estudiante sobresaliente, una periodista. Pero sí me pasó a mí. Me he vuelto una de esa gente. ¿Cómo? ¿Cómo sucedió esto?

Durante el resto del fin de semana, mamá se esfuerza al máximo para mantenerme ocupada. Me arrastra al sótano para escudriñar chatarras para donar a las obras de caridad.

—¿Quieres invitar a Clarissa a que venga, como un ofrecimiento de paz? —Ella examina un guante de béisbol roto.

Sacudo mi cabeza. —Creerá que la llamo porque Kieran y yo nos hemos peleado, que la estoy usando nuevamente.

Mamá lanza el guante al montón de cosas para botar. —Se le pasará. Esas cosas siempre ocurren entre amigas cuando llegan los novios.

—No creo. Perdí a mi mejor amiga para siempre.

Reviso mi teléfono para ver si Kieran me ha mandado un texto o me ha llamado.

Mamá me pilla. —¿Algo?

—No. Usualmente me deja sola por un tiempo, luego justo cuando creo que he se ha ido para siempre, reaparece.

—Espera que te calmes para que la pelea parezca distante, y empieces a extrañarlo —dice mamá—. Luego vuelve otra vez.

Estoy sorprendida. Le dio en el clavo totalmente. —Es exactamente así. Y luego de cada furia, espera más y más.

—Es porque te trata peor cada vez así que sabe que vas a tardar más para calmarte.

—¿Cómo sabes todo esto, mamá?

—Se llama envejecer. Toma, revisa esta caja. —Desliza una colección de juguetes viejos hacia mí.

Esa noche, me despierto sudada con la cara contorsionada de Kieran gritándome en una pesadilla. No quiero volver a dormir así que prendo mi computadora portátil para ponerme al día en Facebook.

Alguien posteó un video de Kieran bailando en la parte de atrás de su camioneta con la chica de la fiesta de Joe Favola. La leyenda lee «¡Celebrando la libertad con Monique!» Ellos rebotan traseros, se chocan las palmas de las manos y gritan como idiotas completos mientras los coches que pasan tocan la bocina.

Me siento pateada en las costillas. Estoy escondiéndome en mi casa, magullada y rota, mientras él anda de parranda con una chica que tenía «esperando en bastidores». Borro el video y lo bloqueo de mi cuenta. Me voy a la habitación de mamá y me arrastro a la cama al lado de ella.

La próxima mañana, mamá me llama al baño. Está parada al lado del inodoro, sus manos llenas de frascos de pastillas.

—Quiero que seas testigo de esto. —Desenrosca la tapa de cada frasco, vacía el contenido al inodoro y ceremoniosamente presiona el mango. Docenas de pastillas desaparecen en un gorgoteo ostentoso.

La abrazo. —De verdad, estoy contenta de tenerte de regreso, mamá.

—Estoy contenta de estar de regreso.

—Espera. Tengo algo que enseñarte también. —Busco la cartera de noche arruinada y se la doy. —Estaba escapando de Kieran luego de su rabieta en la fiesta. La correa se quedó enganchada en la puerta de la camioneta. La jalé y se rompió.

Le da vuelta en las manos. —Me preguntaba por qué tanta reserva acerca de ella.

—Disculpa. Estaba asustada de que te enojaras.

—Es una cartera. Botémosla y olvidémonos de ella.

—Mamá, no quiero ir al colegio mañana. Todos me van a mirar y van a preguntar qué pasó.

—Te caíste. Esa es la verdad. No tienes que dar detalles.

—¿Qué si él se aparece o algo así?

—Te vas donde un profesor o a la oficina. Si no hay nadie alrededor, llamas a la policía y después me llamas a mí.

Asiento, pero sigo sin querer ir.

Cubro el moretón con maquillaje lo mejor que puedo, pero no sirve de mucho. También intento una súplica de último minuto a mamá para quedarme en casa, tampoco funciona.

Así que me escabullo al colegio. Alguna gente me mira rápidamente, algunos miran fijamente, y otros, incluida Clarissa, me preguntan qué pasó.

Antes de la clase de educación física, sigue mirándome de reojo mientras nos cambiamos a la ropa de gimnasia.

—¿Estás bien? —dice finalmente—. Tu mamá me llamó la otra noche buscándote.

—Estoy bien. Me caí. Siempre la misma torpe yo.

Cierro la puerta de mi casillero y me escurro a toda velocidad. Quiere hablar conmigo ahora porque soy un tema de chisme.

Es difícil enfocarme en la clase. Kieran atormenta mi mente. Estoy asustada de que me va a llamar o mandar un texto, o que va a aparecer a su manera como resorte de cajita de sorpresa.

Cuando camino a mi coche después de clases, sigo de cerca detrás de un grupo de jóvenes con mis ojos cazando por su camioneta acechándome. No la veo.

Me estaciono lo más cerca posible de la puerta de *El Semanario* entro corriendo. Marion mira dos veces cuando ve mi cara. —Ese sí que fue un accidente.

—Me tropecé y le dije hola a la silla camino al piso.

—¿Estabas borracha?

—¡No! No bebo. —¿Ahora mi jefa piensa que soy borracha? —Fue un accidente estúpido, es todo.

—Te tropezaste en el estacionamiento en verano también. De repente necesitas hacerte revisar el equilibrio.

—Lo haré. ¿Qué ocurre hoy? —La llevo a un tema que no sea yo.

—Cosas de policía del fin de semana. Tuvieron un punto de control de sobriedad. Hubo algunas detenciones. Te mando la nota de prensa.

—¿Y qué de las búsquedas de los expedientes judiciales?

—Tienes tiempo. Es un proyecto a largo plazo.

Me concentro en mi asignación. Está oscuro a la hora que termino. Mientras conduzco a casa, examino mi espejo retrovisor para ver si alguien me sigue. No hay nadie.

Entro al garaje, diciéndome a mí misma que estoy loca por estar tan paranoica. Kieran no se atrevería a volver a presentarse luego de lo que me hizo.

❦

Poco a poco, el moretón se transforma a un color enfermizo, moteado, de amarillo, verde, y marrón, y luego desaparece del todo. Mientras ese dolor desaparece, un nuevo dolor se aloja en mi interior. Extraño a Kieran. Es loco extrañar a alguien que me trató como mierda, pero la verdad es que me hace falta.

Honestamente estoy contenta de que me deje sola, pero al mismo tiempo quiero escucharlo llamarme «dulzura», reírme de su risa de ladrido, sentirlo enrollando un mechón de mi cabello alrededor de su puño, compartir nuestros sueños mientras miramos la tele en su caravana.

Sé que no hay posibilidad de regresar con él después de lo que hizo, pero eso también significa que nunca más tendré esos momentos felices. El pensamiento me entristece indescriptiblemente. ¿Debí haber tratado de ayudarle más? ¿Qué estará haciendo? ¿Estará con esa chica?

Es domingo. Bajo las escaleras y escucho ruidos en el taller de mamá. Para mi asombro, está moldeando un gigantesco bloque de arcilla sobre la mesa.

—Convencí a la galería de aceptar un par de piezas nuevas.

—Qué bien. Creí que lo habías abandonado para siempre.

193

—Me tomé un descanso, es todo. Podrías usar un poco de ropa nueva, Cloe. Hay algo de dinero en mi bolso. Tómalo y ve al centro comercial. Iría contigo, pero tengo que adelantarme con esto.

—De verdad no necesito nada.

—Cómprate algo lindo para ti. Es una orden. Te lo mereces. Le beso la mejilla.

Luego del desayuno, me dirijo al centro comercial. No siento ni una pizca de ganas de hacer compras, pero quizás estar rodeada de una muchedumbre me ayudará a no pensar en Kieran. Sin embargo sucede lo contrario.

Veo a Kieran en todas partes. Un chico mirando una ventana con ropa íntima. Un chico comiendo una hamburguesa. Un chico abrazando a su novia. Algo de cada uno de ellos, altura, cabello, porte, me hace acordar de Kieran, y cada vez que creo que es él, mi corazón se aferra.

Entro a una tienda de regalos y entre las cientos de piezas allí, un pendiente de madera del signo de la paz, como el que cuelga del espejo retrovisor de Kieran, me llama la atención. Salgo de la tienda y después regreso y lo compro.

En una tienda de música, miro todas las bandas antiguas que Kieran escucha. Compro el CD que siempre cantábamos en su camioneta, «Earth, Wind & Fire Grandes Éxitos». Entro a una tienda de zapatos y salgo llevando la misma marca de zapatillas que usa Kieran.

Camino a la casa, pienso ver la camioneta de Kieran una docena de veces, pero son camionetas del mismo modelo o color. El conductor de una de ellas se parece a Kieran. Acelero al lado de ella y miro. Me devuelve la mirada; no es Kieran. Me siento una idiota. ¿Qué habría hecho si hubiera sido él?

Esa noche, me despierto a las dos y algo de la madrugada. Mientras busco a tientas mi teléfono para ver la hora, no puedo evitarlo; presiono el ícono «fotos» y me desplazo a través de las fotos de Kieran conmigo haciendo todas nuestras cosas felices, las tontas cosas de «nosotros».

Me río mientras las reviso, tocando el pendiente de medio

corazón que me regaló que de algún modo parece que no me lo puedo quitar. La muestra de imágenes termina con el selfi de mi cara magullada. ¿Por qué me quedé con él? ¿Por qué le dejé hacerme esas cosas? ¿Por qué lo extraño tanto?

Tengo que enfocarme en por qué me separé de él. Aplico mi dedo para borrar las fotos felices, pero por alguna razón no lo puedo presionar. Cierro el teléfono. Mis sentimientos están tan enredados como un plato de espaguetis. Simplemente no puedo encontrarles el sentido. Quizás si pudiera hablar con alguien, para saber cómo está Kieran, explicar por qué tuve que romper con él, cuánto me hiere esto, también. Joe Favola. Podría llamarlo.

Cuando voy a *El Semanario*, busco el número de teléfono de Joe en la base de datos y lo llamo cuando Marion va al baño. No contesta. Le dejo un mensaje de voz, pidiéndole de llamarme, y regreso a componer el calendario de eventos.

Me pierdo en una fantasía. Kieran se encuentra en un accidente de coche y conduzco por allá y lo rescato. Se da cuenta que de verdad lo amo, aunque no puedo estar con él.

—Cloe ¿cómo está adelantando el calendario? —Marion interrumpe mi ensueño y me baja a la realidad.

Papá llama cuando estoy saliendo por la puerta. —¿Qué tal venir a la ciudad para la cena el sábado por la noche? Quiero que conozcas a LuAnn, y Tyler quiere verte.

Mi calendario social no se encuentra exactamente lleno en estos días y tengo curiosidad por ver el apartamento de papá. Podría prescindir del remplazo de mamá, pero sé que tendré que encontrarla alguna vez. Se lo digo a mamá cuando regreso, omitiendo la parte sobre la novia. Ella asiente lacónicamente.

—¿Ya has empezado con las solicitudes a la universidad?

—Las haré este fin de semana.

Subo a mi cuarto, y me doy cuenta de que Joe no me ha devuelto la llamada. Me imagino que no lo va a hacer y me odio a mí misma por haberlo llamado. Tengo que seguir adelante y no quedarme en el pasado.

❧ ❈ ❧

Me tocan la bocina prácticamente cada cinco minutos mientras negocio mi camino a través de Manhattan, esperando demasiado cuando el semáforo cambia a verde, dejando que un peatón cruce la calle.

Un taxista incluso se asoma por su ventana y grita «¡Regresa a Nueva Jersey!». Me siento aliviada cuando llego al garaje subterráneo del rascacielos de papá en la Avenida Columbus y la Calle Oeste Ochenta y Cinco.

El portero me deja entrar en el garaje y subo en el ascensor al piso veinte. Papá me está esperando en su puerta ya que el portero le ha avisado de mi llegada. Me abraza y me hace entrar en el apartamento.

—Así que esto es ¿qué opinas?

—Guau —. Es todo lo que puedo decir.

La sala tiene paredes de vidrio, que hacen aparentar de que estuviéramos rodeados por un bosque de rascacielos. Miro abajo. En la calle, los vehículos se deslizan como coches de juguete en la Avenida Columbus.

—¿No es una maravilla esta vista? Fue lo que me convenció de este apartamento —dice papá.

Un cortejo de pasos me hacer voltear. Una mujer con cabello largo de color negro cuervo está parada con sus manos entrelazadas, sonriendo. Delgada, está vestida con botas de cuero negras, una falda tubo negra y un suéter carmesí con cuello de tortuga. LuAnn. Papá nos presenta. Agito mi mano en una especie de saludo.

—¿Dónde está Tyler? Tyler, tu hermana está aquí —ruge papá a lo largo del pasillo. —Siempre está con esos malditos audífonos.

—¿Encontraste muchos atascos entrando a la ciudad? —pregunta LuAnn.

—No demasiado. Pero me tocaron la bocina mucho.

—Son las placas de Nueva Jersey. —Lu Ann pone los ojos en blanco en señal de simpatía.

—¿Quieres el recorrido rápido? —dice papá —. El sofá se puede convertir en una cama, por si acaso. —Señala un sofá de cuero color café. —Así que eres bienvenida en cualquier momento.

—Es un sofá-cama cómodo —interviene LuAnn—. Me aseguré de que comprara uno bueno.

Me río educadamente y sigo a papá a través de una cocina pequeña pero reluciente con aparatos de cocina en acero inoxidable a juego.
—La cocina —dice inútilmente. —Bajamos por el pasillo alfombrado y nos paramos en una puerta. —Baño de visitas. —Todo es ultramoderno. —Nuestro cuarto. —Dispone de una cama ancha ordenadamente tendida. —Mi estómago se vuelve avena. —Y por aquí... —Pongo una cara de media vuelta. No necesito echar un vistazo a «nuestro» baño ni al vestidor donde su ropa está colgada al lado de la de LuAnn. —Me da el alcance. —Y el cuarto de Tyler.

La puerta está cerrada. Papá golpea en ella. —¡Tyler!

Mi hermano abre, frunciendo el ceño mientras la música zumba ruidosamente de los audífonos colgando alrededor de su cuello.

—Mira quién llegó —dice papá.

La cara de Tyler se aclara al verme y sonríe. Estoy contenta de verlo también.

—Ponte los zapatos —dice papá, después se voltea hacia mí. —Pensamos ir a un restaurante llamado Sugar Reef. Ty cree que te gustaría.

Se une a LuAnn esperando como un centinela al final del pasillo. Entro al cuarto de Tyler y me siento en su cama mientras él mete los pies dentro de unas zapatillas que necesitan una lavada. El cuarto parece desocupado, como un cuarto de hotel. El único objeto personal es un afiche de una chica con nalgas rebosando de unos shorts demasiado cortos.

—Mamá nunca permitiría eso —digo.

—Genial ¿no?

—Supongo que es por lo que te gusta vivir con papá. ¿Qué tal el colegio?

Se agacha para atarse los cordones de sus zapatillas. —El

colegio es colegio.

—¿Qué tal es LuAnn?

—En realidad no le presto atención.

—Dime la verdad. ¿Querías vivir con papá para desquitarte de mamá por mandarte al campamento de fútbol?

Se endereza y se encoge de hombros, lo cual tomo por un «sí». —Entonces ¿qué hay de ese chico Kieran?

Estoy sorprendida. —¿Qué quieres decir?

—Me llamó.

—¿Te llamó? ¿Cuándo?

—Como, no sé, hace un par de días. Quería saber si tenías otro novio.

—¡Ay, Dios mío! ¿Qué le dijiste?

—Le dije que no estaba al día de tu vida. Dijo que guardabas muchos secretos y escondías cosas de él. ¿Lo has estado engañando o algo así?

—¡Claro que no! Rompimos. Si te vuelve a llamar, no le hables. Dice cosas realmente locas.

—Me hizo prometer no decirte que llamó, pero me imaginé que tenías que saber.

—Debiste llamarme enseguida.

—¿Por qué le diste mi número?

—No se lo di.

—¿Entonces cómo lo consiguió?

—¡Chicos, vamos! —llama papá.

Caminamos por el pasillo hasta la puerta principal. Kieran debe haber revisado mi teléfono. Hubo esa vez en el periódico en el Día de la Independencia cuando mi teléfono no estaba en mi escritorio donde lo había dejado. Probablemente me había visto entrar la clave y lo comprobó.

Pero me estoy engañando a mí misma si creo que fue sólo esa única vez. Probablemente revisó mi teléfono varias veces durante el verano cuando yo iba al baño o cuando salía de la habitación por alguna razón.

Entramos al ascensor.

Tengo un pensamiento repentino. ¿De quién más tendrá el

número? Siento calor y frío al mismo tiempo.

—¿Sientes que tus oídos revientan? —me dice Tyler.

Le contesto con una sonrisa ausente.

Caminamos dos cuadras hasta el restaurante. Está decorado como una isla caribeña con arena en el piso. Camareros vestidos en pantalones cortos estilo náufrago y con sombreros de paja sirven tragos en cáscaras de coco mientras suena música tropical a todo volumen. Nos acomodamos en una mesa y nos ocupamos de pedir la comida.

—¿Y qué tal el colegio, Cloe? —pregunta papá luego de que el camarero demasiado amigable se aleja.

—Bien.

—Tu papá me cuenta que quieres estudiar periodismo —dice LuAnn—. Quise ser periodista, también, pero cambié a marketing. Paga mejor. —Sonríe.

—El periodismo es la única profesión que está constitucionalmente protegida así que es bastante importante —digo pomposamente.

—Cloe siempre ha sido ratón de biblioteca —dice papá—. Su mamá le compraba un libro cuando iban a hacer las compras. Ella se sentaba en el piso de la tienda leyendo y cuando llegaban a casa, ya lo había terminado.

Machaco el hielo picado en mi refresco con el sorbete. Papá, que nunca me ha comprado un libro ni me ha llevado a la biblioteca, no tiene el derecho de contar lindas historias acerca de mí cuando era niña. Siento un oleaje de ira.

—Me uní a un club genial del colegio. Construimos robots —dice Tyler.

—Es un campo en auge —dice LuAnn.

—Papá pateaba a nuestro gato todo el tiempo —suelto yo—. Siempre me gritaba acerca de algo y me hacía llorar.

El silencio se pone sobre la mesa como una frazada de lana. Papá se ve aturdido.

—Papá nos construyó esa casa de juegos en el patio ¿recuerdas? —dice Tyler—. Y un go-kart.

—¡Hip, hip, hurra! —canto.

Tyler me dispara una mirada sucia. LuAnn levanta sus cejas a papá, el cual, como noto con satisfacción, parece estar agudamente incómodo. —No sabía que tenías habilidades de carpintero, Doug.

—Había una vez —dice.

Ja ja. Yo sé algo sobre mi papá que ella no sabe. Un punto para Cloe.

—Han llegado los entremeses —dice papá, aplaudiendo sus manos y frotándolas mientras el camarero entrega un plato de nachos con guacamole y queso.

Me porto bien por el resto de la cena. Pido tacos de pescado, y la verdad es que están bastante bien.

—¿Quieren ver una película? —dice LuAnn mientras caminamos de regreso al apartamento. —Tenemos todos los canales.

—Creo que voy a volver a casa. —digo. —Tengo que empezar con las solicitudes de la universidad mañana.

—Las estás dejando un poco tarde —dice papá.

La memoria de Kieran llevándome a la Universidad de Nueva York, no papá, me acuchilla en seco. Mis ojos rebosan. Papá me estrecha entre sus brazos. —Está bien. Todavía tienes un montón de tiempo.

No tiene ni idea. Nos despedimos en el garaje.

—La próxima vez, quédate a dormir, y saldremos por panqueques en la mañana. —Papá inserta su brazo alrededor de la cintura de LuAnn.

—Seguro —digo, sin estar nada segura. —Entro al coche. Tyler ya se ha puesto los audífonos. Saluda con la mano.

Conduzco a través del puente George Washington de regreso a Nueva Jersey. Me imagino que Kieran llamó a Tyler por la misma razón que yo llamé a Joe Favola. Me extraña a mí como lo extraño yo a él. Así que buscamos algún tipo de conexión del uno al otro a través de otra gente.

También me doy cuenta de que no estoy loca por extrañarlo a pesar de todas las cosas malas que me hizo porque Kieran no fue únicamente malo. Al igual que Tyler recordó que a pesar de que papá no tuvo nada de padre perfecto, construyó una casa de juguete y un go-kart. Es el lado bueno de Kieran que extraño, no el malo. Pero, a fin de cuentas, su lado malo supera al bueno.

Cuando los centros comerciales a lo largo de la autopista dan paso al bosque, el cielo se vuelve más negro y azucarado con estrellas. Yo sé que estuvo bien dejar a Kieran, y que está bien extrañarlo, también.

DIECISEIS

as hojas se vuelven doradas y rojizas. Una agudeza corta el aire. La luz diurna se vuelve aguada y corta. Reemplazo camisetas con suéteres en mi cómoda.

La llegada del otoño significa que las fechas límite para las solicitudes a la universidad se acercan. Me fuerzo a escribir ensayos, juntar cartas de recomendación, dar exámenes de admisión.

He formado amistades con los chicos del Comité del Anuario y me siento con ellos a la hora de almuerzo.

Veo a Clarissa, Jade y Morgan por ahí. Digo «hola» y ya. Kieran ya no está al frente y al centro de mi mente. Quizás mama tiene razón, pienso. Saldré de esto.

Unos días antes de Halloween, regreso a casa del colegio y veo la calabaza de Halloween de mamá fuera de la puerta principal. Cada año talla una calabaza de cara artística.

Estaciono el coche y corro por el camino de entrada para sacar una foto. Algo hace que la puerta enmallada esté entreabierta.

La abro y veo un florero con rosas de color rojo sangre. Saco el sobre metido en los tallos. Está dirigido a «Cloe». Con el estómago revoloteado, lo abro.

Cloe,

Por favor perdóname. Fui cruel. Te extraño tanto, dulzura. Te adoro y siempre te voy a amar. Por favor regresa conmigo,

Kieran.

Todos los sentimientos que cuidadosamente he guardado enrollados durante los dos meses pasados se desenredan con el tirón gigante de sus palabras. Recojo el florero y entro a casa, mis ojos rebosantes de lágrimas. Caigo en una silla de cocina, colocando el florero sobre la mesa.

Mamá sube del sótano. Me froto los ojos. Su mirada cae sobre las rosas. —No me digas ¿Kieran?

—Estaban en la puerta.

—No las quieres ¿verdad?

—Supongo que no —digo, aunque la verdad es que sí las quiero.

—Bótalas a la basura ahora mismo. Es la mejor cosa.

Con las fibras del corazón jalando, tiro el florero al cubo de basura afuera, al lado de la puerta de atrás, pero me quedo con la tarjeta, su admisión de crueldad. Pero ¿de qué sirve guardarla? Es una disculpa falsa, al igual que todas las otras. La echo en la basura y vuelvo a la cocina.

Mamá está cocinando chuletas de puerco. —Voy a solicitar un puesto de profesora de escultura en la universidad comunitaria para el próximo semestre.

—Es excelente, mamá.

—Toma, pela algunas papas. —Yo sé que me está manteniendo ocupada para que no piense en Kieran. Recojo el pelador y una papa, pero él sigue en mi cabeza nuevamente.

Me llama alrededor de las diez y media mientras estoy leyendo en la cama. Dudo y después contesto. Quiero hablar con él.

—Hola, dulzura. —Su tono es dulce como melcocha.

—¿Recibiste las rosas?

—Sí —digo rígidamente. No quiero parecer amigable, pero se siente bien escuchar su voz.

—Te extraño, mucho. ¿Me extrañas? ¿Siquiera un poco?

Me descongelo alrededor de los bordes. —Sí —susurro.

—Cloe ¿hay alguien más? —Su voz se rompe. Ahora me descongelo por completo.

—No ¿por qué crees eso?

—Me cortaste tan de repente. Debe de haber alguien.

—Kieran, me tomaste de rehén en mi propia casa. Me hundiste la cabeza en el agua. Me arrojaste. Me empujaste, me insultaste. Terminé con un gran moretón en la cara.

Me ahogo.

—Lo siento. Yo sé que tenemos nuestras dificultades. Podríamos ir a terapia de pareja, resolver nuestros problemas. La gente hace eso.

¿Nuestros problemas? ¿Terapia de pareja? —No lo creo.

—Cloe, sabías en lo que te metías desde el principio. Te quedaste conmigo todo este tiempo.

—Espera ¿tú me estás culpando a mí por haberme quedado contigo? Entonces sí sabes que eres alguien con quien es imposible tener una relación.

—Vayamos por pizza. Podemos ser amigos por lo menos.

—No.

—¿Por qué no? Hablaremos, nada más. No tengo a nadie con quien conversar.

En ese momento, veo que todo gira alrededor de lo que quiere él. Cada vez que hizo algo por mí, había algo en ello para él, como llevarme a visitar la Universidad de Nueva York para audiciones de películas estudiantiles, acompañarme al desfile del Día de la Independencia para que pudiera conocer al alcalde.

—No, Kieran. Tengo que colgar.

—No seas así. ¿Con quién has estado hablando? ¿Quién te mete cosas en la cabeza?

—Nadie. Simplemente terminó. Ya no te puedo ver.

—Si es eso lo que quieres. —Cuelga.

Caigo hacia atrás contra mi almohada. ¿Por qué le hablé? Lo está haciendo otra vez, esperando que el aguijón se desvanezca y luego abalanzándose con una disculpa y flores. Soy una idiota. El teléfono timbra con un texto: **A pesar de todo siempre te amaré.**

Apago el teléfono y lo tiro debajo de la cama.

⁂

Tres días más tarde, estoy rindiendo un examen sobre «Candide» en la clase de francés cuando mi teléfono vibra y vibra y vibra.

—Si vuelvo a escuchar este teléfono otra vez, se confiscará hasta el final del año —critica Mademoiselle Berteau.

Deslizo una mano a mi bolso y apago el teléfono. Tan pronto suena la campana al final de la clase, lo reviso. Siete llamadas perdidas de Kieran.

Me sigue llamando durante la clase de economía, luego durante la reunión de almuerzo del anuario. Sé que está tratando de hacerme hablar con él nuevamente. Todos me miran, preguntándose por qué no contesto la llamada. Apago el teléfono de nuevo.

Supongo que ha entendido el mensaje de que no voy a responder. Pero al día siguiente, las llamadas empiezan nuevamente. Esta vez, deja un mensaje de voz casi incoherente.

—Eres una bruja fría y mala. Viste tu oportunidad conmigo y me pescaste. ¿Crees que eres mejor que yo? Ya verás.

Luego otro mensaje, esta vez su voz suena suave. —Contesta, Cloe. No entiendo por qué no hablas conmigo. Te necesito, dulzura. —Apago el teléfono.

Al final de la jornada, lo reviso mientras camino al estacionamiento para estudiantes. No más llamadas. Siento una efusión de alivio. Luego el teléfono vibra. Un texto:

¡Contesta el maldito teléfono!

Miro a mi alrededor, asustada de que me está observando, pero no lo veo. Corro a mi coche y conduzco a *El Semanario*.

Los textos siguen llegando mientras estoy en el trabajo. Marion se molesta. —Ese zumbido me vuelve loca. ¿Puedes decirles a tus amigos que estás trabajando?

Mi error fue contestar su llamada esa única vez. Ahora cree

que voy a volver a contestar si persiste.

Cuando me vuelve a mandar mensajes de texto mientras estoy conduciendo a casa, tomo el teléfono, planeando llamarlo y gritarle, pero luego me doy cuenta de que es justo eso lo que quiere él. Dejo caer el teléfono.

Más tarde esa noche, mamá y yo estamos mirando un drama de detectives y comiendo helado. Mi teléfono suena en la cocina. No hago ninguna movida para responder. Vuelve a sonar.

—¿No vas a contestar? —dice mamá.

—Probablemente es Kieran.

Su cuchara traquetea en el tazón. —¿Te ha estado llamando?

—En realidad, no ha parado durante dos días.

—Tenemos que cambiar tu número de inmediato.

—Mamááá. Es tal molestia.

—Avisas a la gente que tienes un número nuevo. La gente lo hace a cada rato.

Ella llama a la compañía de teléfonos y en seis minutos, tengo un número nuevo.

—Mejor lo bloqueas en de tu cuenta de correo electrónico también. Dejará de molestarte cuando vea que no le da resultado. Estoy contenta de que no hayas contestado.

Prendo mi computadora y borro cinco mensajes de email de él. Mientras trato de ver cómo se hace el bloqueo, aparece un mensaje instantáneo de él.

¡Hola dulzura! ¿Cómo estás?

Salto como si alguien me hubiera punzado las nalgas con un tenedor. Esto es una versión de la vida real del «juego del topo». Lo bloqueo en Messenger y mi correo electrónico.

Al día siguiente, la paz está restablecida. Cuando me uno a los compañeros del anuario durante el almuerzo, Trevor Papadopoulos se inclina hacia mí.

—Es bueno verte sonreír. Te veías como si llevaras el peso del mundo sobre los hombros el otro día.

Mi cara hierve de vergüenza. —Sí, cosas, sabes. Ya pasó.

—Me alegra que lo hayas solucionado. Si alguna vez necesitas algo, me avisas, es decir, cualquier cosa que pueda hacer. —Su cara se colorea ligeramente.

Vuelve a hablar con otro chico, y lo estudio. ¿Por qué no pude haberme enamorado de alguien normal como Trevor?

Marion me asigna cubrir el ayuntamiento, lo cual significa asistir a muchas reuniones nocturnas largas y aburridas sobre cosas como reparación de baches y carriles para bicicletas.

Preferiría cubrir las noticias criminales, pero Marion dice que cubriendo el gobierno local es como los periodistas empiezan sus carreras, así que voy.

Estoy en una reunión donde se debate sin cesar un proyecto de desagüe. Las sienes me martillean cuando la reunión finalmente se suspende. Salgo corriendo a toda prisa a través del estacionamiento cuando una voz corta la oscuridad.

—Cloe ¿tiene que ser así? —Kieran sale de las sombras. El shock de esta emboscada me frena muerta. Mi corazón latiendo duro, vuelvo a caminar. —¿Tiene que ser así? —repite.

La astilla en su voz atraviesa mi determinación de ignorarlo. Me volteo. —Kieran, no quiero que sea así, pero tú lo haces así. No me dejas sola.

—¿Recuerdas todos los momentos divertidos que tuvimos? Extraño eso tanto. Podemos superar esto y podemos recuperar aquello. No entiendo por qué no quieres trabajar en esto conmigo. Estoy intentando de verdad. Tú sabes que sí. ¿Por qué no tratas tú, también? Somos perfectos el uno para el otro.

¿No estoy tratando porque...? Lucho por recuperar mi equilibrio mental. Está haciendo girar mi mente, como siempre. —Ya lo intenté. Simplemente no funciona. Por favor déjame en paz. —Mi voz se eleva una octava.

Kieran mira alrededor. La gente está saliendo de la municipalidad. —Shhh.

—¿Está bien para ti gritar cuando quieres, pero no está bien cuando grita otra gente, cierto? —digo.

—Estás amarga y resentida. Tienes un problema de ira.

—No estoy amarga ni resentida, y tengo permiso de estar furiosa. Todo el mundo se pone furioso a veces.

—Entonces tengo permiso de ponerme furioso, también. De verdad, quiero meter mis dedos a sus ojos.

—¡Pero te pones rabioso por cosas estúpidas, por nada!

—Pienso que esto es estúpido, pero eres tú la que está rabiosa ahora. Necesitas manejo de ira.

—¡Agghhhh! —grito.

Me giro hacia mi coche.

—Cloe ¿alguna vez me amaste? —En el derramamiento de luz del poste de una lámpara, sus ojos son estanques relucientes. Mi corazón se hincha y se rompe.

—Kieran ¿cómo puedes siquiera preguntarme eso? Por supuesto, te he amado.

—¿Me sigues amando?

—Tengo que irme.

—Un día todo estaba bien. Al día siguiente no.

—Traté de hablar contigo. Me prometiste buscar ayuda, pero no lo hiciste. En realidad, empeoraste. Me trataste como mierda, tú sabes que lo hiciste.

—Cloe, te he dado tiempo suficiente. —Hay ese filo familiar en su voz.

¿Él me dio tiempo? —Kieran, hemos terminado. Déjame en paz. Deja de acosarme.

—¿Sabes lo que me pasó después del fin de semana largo? ¡Estuve vomitando mis entrañas! —La voz de Kieran se tuerce como un sacacorchos. —¡Tú envenenaste el helado que me diste! ¡Voy a ir a la policía!

En ese instante, me doy cuenta de que Kieran es verdaderamente peligroso.

—¡Todo se está volteando a mi favor ahora que me deshice de ti! Tú me impedías el éxito. Tengo tres audiciones la semana que viene. ¡Así que sal de mi vida!

Se marcha de regreso a las sombras. Corro a mi coche, maldiciéndome a mí misma. ¿Por qué le hablé, le permití volver a hacerme eso nuevamente? Respiro profundamente.

Pero de repente es mejor así. Él entendió el mensaje, fuerte y claro, así que debería dejarme sola ahora, para siempre.

Luego del colegio al día siguiente, encuentro pedazos de papel dispersos sobre el capó de mi coche. ¿Alguna broma? Recojo unos cuantos pedazos.

Tienen la cara de Kieran, la cara mía. Mis piernas tiemblan al reconocerlos. Son las fotos del libro de Kieran, «La crónica de nosotros». Literalmente me ha destrozado.

Miro a mi alrededor, asustada que me esté acechando en algún lugar. Veo que Clarissa me observa con curiosidad a la distancia. Recojo los pedazos. Nunca más podré hablar con Kieran. Tengo que bajar una cortina de hierro contra él y aguantarla con todas mis fuerzas. Es la única manera.

DIECISIETE

Estamos rotando deportes en gimnasia, y esta vez obtengo mi segunda elección, voleibol. Quiero hundirme debajo de las gradas cuando el nombre de Clarissa es llamado para el voleibol también, pero no hay nada que pueda hacer. Felizmente, somos asignadas a equipos diferentes, pero el equipo de Clarissa es nuestro primer contrincante. Fantástico.

Janice Rickenbacher es la primera en sacar para mi equipo. Ella pertenece al grupo de chicos que fuman marihuana en el bosque detrás del colegio durante la hora de almuerzo y siempre apestan a humo de marihuana, además de tabaco. Nunca he sido su amiga.

Estoy lista en la red, rodillas dobladas, manos enganchadas para darle a la pelota, cuando un golpe masivo me embiste la parte posterior de mi cabeza. Me tambaleo hacia adelante, jadeando, la visión borrosa.

—¡Discuuulpaaaaaa! —dice Janice.

Me pongo las manos sobre las rodillas hasta que mi cabeza para de molestar.

—¿Estás bien? —pregunta Melody, la chica a mi lado.

Inhalo profundamente y me enderezo. —Sí.

El juego vuelve a empezar. El próximo saque de Janice me

golpea en la parte posterior de las piernas, doblando mis rodillas. Casi caigo, pero consigo dar un paso suficientemente grande para agarrarme. Me doy vuelta. —¿Qué haces?

Janice se encoge de hombros. —Cielos, mi puntería está verdaderamente fuera de foco hoy. Lo siento. —La media sonrisa en su cara me cuenta que su puntería está muy bien, dirigida a mí. ¿Qué diablos le hice a ella?

Cambio de sitio con Melody para no estar en la línea de fuego de Janice. El próximo servicio flota sobre la red, para mi alivio, pero un par de juegos más tarde, la pelota me pega en la espalda.

Me doy vuelta.

—¡Déjalo, Janice!

—Fue un accidente, lo siento.

—No, no lo fue. Lo hiciste a propósito. —Clarissa se agacha debajo de la red para venir a nuestro lado de la cancha. —Te he estado observando. Estabas apuntando directamente a Cloe.

—¿Quién te designó policía de la clase? —se burla Janice.

Todas se reúnen alrededor de nosotras. El profesor, el señor Reiss, viene corriendo, soplando su silbato.

—¿Qué pasa, chicas?

Clarissa señala a Janice. —Ella ha golpeado a Cloe con la pelota a propósito, tres veces ya.

—Fue un accidente, profe —dice Janice.

—No lo fue —responde Clarissa con firmeza.

—¿Estás bien? —me pregunta el señor Reiss. Asiento, avergonzada del alboroto. —Janice, cambia con una jugadora en ese equipo. —Él señala hacia una cancha en el lado más alejado del gimnasio. —Si hay más líos, toda la clase va a estar haciendo flexiones por el resto de la semana.

Malhumorada, Janice se arrastra al otro equipo.

—¡Pongan la pelota en juego! El señor Reiss sopla su silbato.

Le sonrío a Clarissa. Me devuelve la sonrisa y resume su posición de juego.

Luego de la clase, corro al camarín, agarro mi ropa y me dirijo al coche sin cambiarme.

No quiero encontrarme con Janice.

Estoy tirando mi mochila al asiento de atrás cuando la cabeza rubia de Clarissa se mueve por el estacionamiento.

—¡Clarissa, espera! —Se da vuelta mientras me acerco trotando. —Gracias por hoy. De verdad significó mucho para mí. No sabes cuánto. —Mi voz se corchea y mis ojos se llenan de lágrimas. Me muerdo el labio para retener las lágrimas.

—Ella se portó como una verdadera imbécil. ¿Qué pasa entre ella y tú?

—Nada. No tengo ni idea de por qué me hizo eso. Supongo que se le dio por meterse con alguien.

—Te pueden salir moretones. Tiró la pelota bastante fuerte.

Me encojo de hombros. Estoy acostumbrada a moretones.

Clarissa desplaza sus pies. —¿Qué te ha pasado recientemente, Cloe? Quiero decir, sé que ya no nos hablamos, pero ni siquiera te ves como tú. Caminas encorvada, tienes círculos oscuros debajo de los ojos.

—Me dijiste que me veo como mierda ¿recuerdas?

—Lo siento. Eso fue cruel. No debí haberlo dicho.

Ya no puedo contener mis lágrimas. Las limpio de mi cara con el talón de mi mano. —¿Por qué no? Es la verdad.

—¿Es Kieran?

Asiento.

—Me llamó —dice.

—¿Qué? ¿Cuándo?

—Como hace un mes. Quise contártelo, pero me evitabas como si yo tuviera la plaga.

—¿Qué dijo?

—Dijo que tenía problemas contigo y que creía que eras inestable y necesitabas ayuda. Dijo que trataba de cuidarte, pero que eras muy terca y «de alta tensión». Preguntó si yo había tenido problemas contigo. También dijo que no te diga que llamó.

—¡Ay, Dios mío! Llamó a Tyler, también. ¿Qué le dijiste?

—Le dije que yo no sabía qué pasaba contigo, y que ya no éramos amigas.

—No puedo creer esto. Clarissa, han pasado tantas cosas.

—También dijo que le contaste que yo era engreída y consentida, y que eras mi amiga porque no tenías a nadie más con quien pasar el tiempo.

—¡Eso es mentira total! Yo nunca dije ninguna de esas cosas. ¡No creas nada de lo que dice!

—Sé que es mentira. Hemos sido amigas desde hace años. Me imaginé que el resto era una mentira, también. Él no sabía que me habías contado de sus problemas. También hubo esa llamada rara de tu mamá buscándote durante el fin de semana largo y luego llegaste al colegio con un moretón masivo en tu cara. ¿Qué diablos está pasando?

Me desplomo contra el maletero de su coche.

—Rompí con él. Ha sido una pesadilla, no tienes ni idea.

—¿Quieres venir a casa?

—Sí —respiro—. Sí quiero.

Llamo a Marion y le digo que no me siento bien, lo cual en realidad es la verdad, y conduzco donde Clarissa. Sentada en el piso de su cuarto, le cuento la historia completa en un gran tsunami de palabras.

Clarissa escucha con los ojos muy abiertos, profiriendo «ay, Dios mío» de vez en cuando. Su mano vuela a su boca cuando le cuento los acontecimientos del fin de semana largo.

Cuando termino, ella se reclina contra el pie de su cama. No puedo mirarla así que recojo un globo de nieve y lo sacudo. Los copos flotan hacia abajo desde la Torre Eiffel y del Arco de Triunfo de miniatura.

—Estoy tan contenta de que lo hayas dejado, Cloe. En serio, algo está mal con ese chico. No puedo creer que no me contaras nada de eso.

—Estaba avergonzada. Creí que tu pensarías de que algo estaba mal conmigo por quedarme con él, y que ya no quisieras seguir siendo mi amiga.

—Yo quería ser tu amiga. Creí que tú no querías ser mi amiga porque tenías a Kieran. No sabía que él te estaba poniendo en contra nosotras.

—No sabía qué hacer. Cada vez que trataba de resistirle, él hacía algo para castigarme.

—No tenía ni idea.

Clarissa me abraza. Le devuelvo el abrazo, fuerte.

—¿Vienes a sentarte con nosotras mañana a la hora de almuerzo? —dice ella.

—¿Qué de Jade y Morgan?

—¿Quieres que yo les cuente?

Lo considero, luego asiento. —Pero no quiero que nadie más sepa ¿de acuerdo?

—Les diré de mantenerlo entre nosotras. ¿Entonces qué pasa con Trevor Papadopoulos? Te he visto con él. Es guapo.

Sonrío.

Cuando conduzco a casa, siento que las cosas encajan finalmente.

Mamá está trabajando en su computadora en la sala. Me tumbo en el sofá.

—Clarissa y yo somos amigas otra vez.

—Hicieron las paces. Sabía que lo harían. Estoy tan contenta.

Le cuento lo que pasó en el gimnasio y lo que hizo Clarissa.

—Ella sí es una amiga verdadera —dice.

—Sí, lo es. ¿Qué hay de nuevo contigo, mamá?

—Lleno solicitudes para puestos de enseñanza de escultura.

Me levanto. —Tengo que escribir un ensayo para el curso de literatura. La fecha de entrega es mañana, y ni siquiera he empezado.

Me voy arriba y prendo mi computadora. La asignación es explorar los temas de «La canción de amor de J. Alfred Prufrock» de T.S. Eliot o de escribir nuestro propio poema. Abro una página en blanco con la intención de debatir sobre «Prufrock», pero en vez de eso las emociones fluyen de mí. Acabo escribiendo tres poemas sobre Kieran. Termino a la medianoche.

Mientras me cepillo los dientes mirando al espejo, veo el collar del corazón de oro de Kieran alrededor de mi cuello. A pesar de todo, no he sido capaz de quitármelo. Siempre lo vi como un símbolo de su amor, pero ahora lo veo por lo que es, otra manipulación suya. Lo desabrocho y lo dejo caer en la basura. Se hunde en el nido de pañuelos de papel sucios e hilo dental usado.

Luego cruzo hacia mi cama y recojo el oso de peluche blanco con el corazón rojo, que ha estado acostado en mi almohada desde la noche en que Kieran lo ganó para mi en la feria. Agarro la gorra de béisbol de Yamamoto que me regaló del poste de la cama, al igual que el basurero que contiene el collar. Voy abajo y deposito todo en el bote de la basura. Es como si escribir los poemas me liberara de Kieran para siempre. Son mi adiós a él y el permiso a mí misma para seguir adelante.

En la clase de literatura a la mañana siguiente, la Señorita Margolis pide las tareas. De repente me asusto. No puedo entregar estos poemas personales y vergonzosamente crudos. Pero es demasiado tarde. Coloco mis hojas en el montón sobre su mesa.

En el almuerzo, compro una hamburguesa y me acerco a la mesa en la que Clarissa, Jade y Morgan están sentadas. Dudo, con miedo de ser ignorada otra vez. Estoy pensando darme la vuelta cuando Morgan me señala. —¡Cloe!

Clarissa me sonríe. —Les conté, no todo, pero la mayor parte.

Jade y Morgan sonríen, también. —Estamos contentas de que te hayas liberado de él —dice Jade.

—Un loco —dice Morgan.

—Lo siento, de verdad.

—Nosotras lo sentimos, también —dice Jade—. Pero terminó. Pongámoslo detrás de nosotras.

—¿Qué vamos a hacer este fin de semana? —dice Clarissa.

—¿Qué tal el boliche? —sugiere Jade.

—¡Qué lata! —dice Morgan— Voy a averiguar si hay una fiesta en algún lugar.

Por un impulso, agarro el tenedor de mi bandeja y lo acerco a mi boca como un micrófono.

—Noticias de última hora. Estoy aquí en la cafetería de la secundaria de Indian Valley para un anuncio importante —digo en una voz de presentadora de noticias. —Jade, la campeona de los bolos, quiere ir al boliche este fin de semana, y Morgan quiere parrandear. ¿Qué opina usted de estas novedades sorprendentes, señorita Coluccio?

Empujo mi tenedor a Clarissa. —Creo que pasar el rato en la zona de videojuegos y jugar al billar y al futbolito es una idea mucho mejor —dice ella.

—¿Y por qué sería eso? —pregunto.

Jade agarra mi «micrófono». —Por dos palabras... —Ella y Morgan gritan al unísono «¡Mike McGuinness!»

Todos se giran para mirarnos fijamente, incluido Mike McGuinness, que por casualidad resulta estar sentado un par de mesas más allá.

—¡Ay, Dios mío! No puedo creer que hicieran eso.

Clarissa se sonroja y se desliza de su silla hasta que termina prácticamente debajo de la mesa.

Nos desmoronamos de la risa. Es la primera vez que me he reído en meses.

DIECIOCHO

El aroma a canela y nuez moscada me saluda al entrar a la cocina. Es el día anterior al Día de Acción de Gracias. Tyler está pelando las manzanas verdes para el pastel. Mamá está desplegando la masa para pastel en el mostrador, la harina empolvando su cabello.

Siento un pequeño destello de felicidad de ser una familia nuevamente, lo más cercano posible que vamos a llegar a serlo, de todos modos.

—¡Ty! Creía que no vendrías.

—No besos ni abrazos. —Él levanta los dedos índices cruzados.

—¿Quién quisiera besarte o abrazarte?

—¿No quisieras saberlo? —Menea sus cejas.

—¿Te trajo papá?

—No. El colegio terminó al mediodía, y no quise esperar por él hasta que salga del trabajo así que tomé el autobús.

—¿Vas al partido mañana?

—Sí ¿tú?

—Sí. —Cada Día de Acción de Gracias, Indian Valley juega un partido de fútbol contra nuestro gran rival, la secundaria Lake. El colegio entero va.

Tyler corta las manzanas peladas. Le arrebato una pieza y la muerdo con un crujido. —¿Vas donde tu amigo Skyler?

—Sí.

—Sky y Ty, juntos nuevamente.

Me lanza una cáscara. —Mira el maltrato que yo recibo cuando regreso a casa. Trabajo forzado y acoso.

—Te lo perdiste y lo sabes —sonrío—. ¿Qué puedo hacer, mamá?

—Puedes hacer la salsa de arándanos agrios.

—¿Vamos a tener pastel de calabaza? —pregunto.

—Claro que sí. —Suena el teléfono. Ella mira la identificación de llamada. —Es abuela. —Limpiándose las manos en su delantal, se dirige al comedor para hablar.

—Me voy a cambiar, luego voy a hacer la salsa —digo, arrebatando otra tajada de manzana.

Tyler me golpea la mano. —Deja algo para el pastel.

Estoy en mi cuarto cuando el timbre de la puerta suena. —Cloe, alguien te busca —llama Tyler.

Bajo las escaleras. Un hombre y una mujer en trajes oscuros están parados en la puerta de entrada. Algo me dice que no están aquí para pedir prestada una taza de azúcar.

—¿Cloe Ann Quinn? —dice la mujer.

—Sí.

Sostiene un carnet de identidad en una funda. —Soy la detective Goldsmith de la policía de Indian Valley. Este es el detective Bridges. —El hombre muestra su carnet. Apenas le echo un vistazo. Estoy pensando de qué se puede tratar. ¿Habré escrito algo que no les gustó?

—Estamos investigando una denuncia por acoso presentada por Kieran Dubrowski en contra de usted. ¿Sus padres están en casa?

Cuando yo tenía siete años, una pelota de fútbol acañoneó mi barriga y me dejó completamente sin aire. No pude respirar por un segundo, y creí que iba a morir asfixiada. Es así como me siento ahora.

—¡Mamá! —grita Tyler.

Finalmente, logro respirar. Jadeo.

Mamá viene corriendo. —¿Qué? —Mira a los detectives. —¿Qué ocurre?

—¿Señora Quinn? —pregunta el detective Goldsmith.

La detective explica la denuncia otra vez. —Quisiéramos que su hija venga a la comisaría y conteste unas preguntas —agrega.

Mamá coloca su brazo alrededor de mi espalda como una capa. Mis piernas están temblando. Me apoyo en su brazo. No creo que pueda mantenerme de pie.

—Esto es absurdo. Él la acosó a ella. Mi hija no va a ir a ninguna parte antes de que yo contacte a mi abogado.

Goldsmith le entrega una tarjeta de presentación. —Le agradecemos si puede venir lo más rápido posible. Su abogado puede llamarme y sacar una cita.

—Entretanto, le aconsejaríamos no tener ningún contacto con el señor Dubrowski —dice Bridges.

No puedo hablar. Regresan a su coche, y Tyler cierra la puerta. —Entonces así es que se ven los detectives de la vida real —dice.

—Mamá ¿qué ha hecho? —Mi voz chasquea. Lágrimas queman mis ojos.

—Ven siéntate. —Ella me lleva a la cocina.

—Este es otro de sus acosos. —Mamá cruza hacia el teléfono. —No te preocupes. Espero poder alcanzar a Carol antes de que se marche de la oficina.

—¿Quién es Carol? —pregunta Tyler.

—Abogada —responde mamá sobre su hombro.

Bajo la cara a mis manos. Kieran ha ganado. Ha encontrado un camino para arruinarme la vida. Siento que alguien me frota la espalda. Es Tyler, la preocupación grabada en su cara.

Mamá regresa. —Carol va a llamar a ese detective el lunes y averiguar de qué se trata la denuncia. Dijo que vamos a tener que ir allá para hacer una declaración, pero que hicimos lo correcto. No deberíamos decir nada sin ella. —Sopla un mechón de cabello suelto fuera de sus ojos.

Una visión de mí misma esposada en la cárcel relampaguea a través de mi mente. —Mamá ¿me van a detener?

—Si te iban a detener, ya lo habrían hecho. Carol dice que los policías ven muchas denuncias frívolas, pero están obligados de revisarlas todas. No hay nada que podemos hacer acerca de esto ahora. Tratemos de olvidarlo hasta el lunes.

—¿Cómo puedo olvidar esto?

—Carol dijo que vivamos nuestras vidas. —Me alcanza un delantal. —Tenemos que preparar la salsa de arándanos.

Me lo pongo automáticamente. Mamá me da la bolsa de arándanos, la cual vierto en una olla con agua. Agrego azúcar y remuevo mientras mi cabeza gira. No puedo pensar bien.

Luego de la cena, corro a mi cuarto y llamo a Clarissa.

—¡Dios mío, Cloe! Esto es la locura, es decir una enfermedad mental.

—¿Cómo voy a probar de que no lo acosé? ¿Cómo puedo defenderme?

—Tienes una abogada. Ella lo resolverá. Todo va a salir bien, lo verás.

—Deseo poder creer eso. —Hay un golpe en la puerta, la cabeza de mamá aparece. —Mi mamá entró. Mejor me despido.

—Bien, te veo en el juego mañana. Resiste, Clo.

Colgamos y Mamá se sienta en la cama. —¿Entonces vienes a decírmelo? —digo.

—¿Decir qué?

—Que todo es mi culpa por haberme involucrado con Kieran en primer lugar, y que debí haberlo denunciado a la policía como me dijiste.

—No, vine a decirte que verdaderamente siento que esto te haya pasado y que no te preocupes. Nos vamos a encargar de ello. —Me frota la rodilla.

—Justo cuando todo va tan bien en mi vida, cuando finalmente siento que he superado todo, hace esto. Es como que él supiera eso, y que está tratando de aguantarme.

—Eso es exactamente lo que pretende.

—¿Qué si Kieran hace que me metan en la cárcel?

—No te vuelvas loca con si esto y lo otro. Tienes la verdad de tu lado y a mí como testigo.

—Mamá, ni siquiera me preguntaste si es verdad que lo he acosado.

—Conozco a mi propia hija. Cualquier cosa que él diga es un paquete de mentiras.

—No puedo creer que él haga algo como esto para vengarse de mí por romper con él. Si él no hubiera sido tan abusivo, nunca hubiera roto con él. ¿Por qué no puede ver eso?

—Es un hombre joven con muchos problemas, Cloe. No ve al mundo como el resto de nosotros.

—Traté de conseguirle ayuda, pero no quiso.

—La gente tiene que ayudarse a sí misma. No hay nada que puedas hacer. Tienes que protegerte de gente peligrosa y a veces eso significa alejarte. —Mamá acaricia mi pierna con palmaditas. —Ven y veamos la tele. No es bueno que te quedes aislada con los pensamientos.

Asiento. Se va, y miro el teléfono en mi mano. Abro las fotos, y hojeo las tomas de Kieran y de mí, tan felices. No tenía ni idea entonces de lo que me esperaba.

Las fotos, esas memorias, ahora ya no tienen sentido. Borro las fotos, una por una, hasta que llego a la foto final, el selfi con mi cara magullada. Guardo esa. Pongo el teléfono de lado y me voy abajo.

Decido que no puedo afrontar ir al partido de fútbol. Llamo a Clarissa más tarde para avisarle.

—Cloe, no va a ser igual sin ti.

—No tengo ganas de ver a nadie, a decir verdad.

Más bien, le ayudo a mamá a picar pan y apio para el relleno mientras Tyler va al partido con su amigo. Hago lo mejor que puedo para poner una cara sonriente en la cena del Día de Acción de Gracias, pero mi actuación difícilmente ganaría un Oscar. No como casi nada.

—¿Por qué no vamos al cine? —sugiere mamá luego de pastel y helado.

—Hay varias buenas películas estrenando hoy —dice Tyler—.

Saca su teléfono para averiguar el horario del cine.

—Busca una comedia, no un romance —llama mamá.

—¿De verdad crees que yo voy a ver una película de romance? —dice.

Vemos una comedia tonta. Funciona. Me aleja la mente de Kieran por un par de horas. Voy a ver tres películas más durante el fin de semana con mis amigas y con mamá y Ty.

Es la única cosa que me distrae del nudo que sigue dentro de mí nuevamente, más grande que nunca. Es un tumor de vergüenza y culpa, furia y tristeza, miedo y arrepentimiento. No voy a superar esto nunca.

Voy al colegio el lunes. Mamá me manda un texto alrededor de las once.

Vamos a ir con Carol a ver a los detectives esta tarde. La encontramos en su bufete antes y revisamos el caso.

No tengo ganas de almorzar, pero mis amigas me obligan a comer por lo menos el arroz con leche.

—Tienes que comer algo —dice Morgan.

—Si no como, me desmayo —dice Clarissa.

—Y vas a necesitar tus fuerzas para contestar las preguntas de los detectives —dice Jade.

Trago un par de cucharadas para callarlas.

Es la jornada de colegio más larga de mi vida. Cuando toca la campana final, Clarissa y yo salimos corriendo al estacionamiento.

—Suerte, Cloe. —Me da los pulgares arriba.

La voy a necesitar.

❧❀☙

Carol Snyder es pequeña y flaca como un gorrión, pero su comportamiento no se asemeja al de un pájaro. Es una nada-de-tonterías, toma-control. —Recibí una copia de la denuncia de Kieran de la policía.

Mientras ella revisa un montón de documentos sobre su escritorio, trato de calmar mis nervios. Miro alrededor de la oficina y hago una lista mental de lo que veo: paneles de madera con alfombra afelpada verde cazador, estantes llenos de libros de derecho revistiendo la pared, pequeñas pinturas al óleo con diminutas luces fijadas en los marcos dorados.

Ella encuentra el documento y se pone los anteojos. Me siento nerviosa nuevamente. —Está alegando acecho, llamadas telefónicas de acoso y abuso físico —dice.

Empiezo a llorar. La mano de mamá agarra la mía.

—No aguantamos llantos —dice Carol. —Mis lágrimas se secan enseguida. —Aquí está su declaración:

Mi exnovia ha estado acosándome desde el momento en que yo rompí con ella hace varios meses. No me deja en paz. Ha estado acosando a mis nuevas novias con llamadas colgadas. Ha hackeado mi cuenta de Facebook y posteado mentiras acerca de mí. Ha llamado a mi madre inválida, contándole mentiras sobre mí y preguntándole si yo tenía una nueva novia. Ha llamado a un amigo por mi. Me ha acosado en mi trabajo y me ha avergonzado delante de mi jefe. Es inestable y proviene de una familia rota y disfuncional. Su mamá es una drogadicta. Estoy asustado de ella porque se puso violenta conmigo en el pasado, arañándome la cara y empujándome durante sus ataques de celos. Creo que me hará daño.

—Está dándole la vuelta a todo —digo.

—Cloe tiene razón. Él le hizo todo eso a ella —dice mamá.

Carol me pregunta acerca de la relación, garabateando en un bloc de notas amarillo grande mientras le cuento la historia sangrienta. No muestra ninguna reacción, toma apuntes. Finalmente, levanta la vista.

—Bien. Vayamos a la comisaría.

Nos sentamos en un banco en el vestíbulo para esperar a la detective Goldsmith. Espero no ver al teniente Villamil, el oficial de relaciones con los medios, que conozco. ¿Cómo le explicaría que Cloe Quinn, periodista, es ahora Cloe Quinn, criminal sospechosa? Un pensamiento de pánico salta a mi cabeza: ¿Marion podría despedirme por esto?

Goldsmith abre una puerta. Mamá y yo nos levantamos.

—Señora Quinn, necesito que espere aquí. Solo pueden entrar Cloe y su abogada.

—Pero es menor de edad —dice mamá.

—Está bien, Bonnie. Por eso estoy yo y eres una testigo potencial —dice Carol.

Carol y yo seguimos a la detective por un pasillo sencillo y dentro de un pequeño cuarto sin ventanas identificado en la puerta como «Sala de Interrogatorio 1». Nos sentamos a un lado de una mesa de madera, la cual tiene un anillo de metal que sobresale de ella. Lo toco, preguntándome lo que es.

—Es para esposar a la gente a la mesa —explica Carol.

Inmediatamente pongo las manos en mi regazo. ¿Se sentarán asesinos y violadores donde estoy sentada ahora?

Goldsmith se sienta al otro lado de la mesa cuando Bridges entra y ocupa la silla al lado de ella.

—Estamos en las etapas iniciales de nuestra investigación de la denuncia —dice Goldsmith.

—Es nuestra posición que éste es realmente un caso de violencia doméstica —dice Carol—. Él quiere vengarse de ella por el rompimiento.

Los detectives me preguntan acerca de la relación. Goldsmith hace la mayoría de las preguntas. Bridges interviene de vez en cuando.

—Todo lo que dice que yo le hice a él, en realidad me lo hizo él a mí —termino.

—Cloe, fuiste alguna vez a la policía a denunciar los incidentes de violencia de Kieran o a buscar una orden de alejamiento? —pregunta Bridges.

—No. Verdaderamente no pensé en eso. Estaba demasiado avergonzada, y él prometió dejar de hacerlo y buscar ayuda.

—¿Y luego del rompimiento? ¿Alguna vez denunciaste su acoso o hostigamiento?

—No, yo ... no quise causarle más problemas. No quería herirlo más de lo que ya le había herido al romper con él. Quería que él se alejara de mí.

Goldsmith saca algunos documentos de una carpeta. —Cloe ¿conoces a Zoe Kovac?

Frunzo el ceño. —No.

—¿Qué de Janice Rickenbacher?

Mi estómago se cae. —Ella va a mi colegio. Está en mi clase de gimnasia.

—¿Joseph Favola Junior?

—Es un amigo de Kieran.

—Tenemos declaraciones de ellos apoyando las alegaciones de Kieran. Coloca los papeles en la mesa.

—¡Son mentirosos! —dejo escapar. La mano de Carol agarra mi brazo en señal de calmarme.

—¿Por qué no me dieron estos a mí anteriormente hoy? —pregunta Carol.

—Los acabamos de recibir esta tarde del denunciante.

—Voy a necesitar copias. —Carol recoge los documentos y los ojea. —Él es un poco demasiado ansioso con un caso ya confeccionado ¿no les parece?

—Quisiéramos preguntarle a Cloe sobre ellos mientras está aquí. Ahorra tiempo —dice Goldsmith.

Carol asiente. Goldsmith lee la primera declaración:

Trabajé con Kieran Dubrowski en el Vivero Yamamoto. En septiembre, me di cuenta de que su cara tenía marcas de rasguños. Le pregunté qué pasó, quién le había hecho eso. No quiso decirme, pero le insistí.

Me contó que fue su novia, Cloe. Ella se puso sumamente celosa y enloqueció. Me contó que ella tenía problemas emocionales y que él trataba de ayudarla. Me contó que él estaba asustado de que ella le haría daño a él o a ella misma. Él tuvo que romper con ella porque era tan violenta.

Desde entonces, he visto otros rasguños en dos oportunidades más. Kieran dijo que ella tomó mal el rompimiento y no lo deja en paz.

La he visto merodeando por el estacionamiento y

acechándolo varias veces. Estuve con él varias veces cuando recibía llamadas telefónicas de ella. No dejaba de llamarlo.
Jurado bajo pena de perjurio,
Zoe Y. Kovac.

Me quedo atónita con las mentiras tan audaces y miro a Carol, sacudiendo mi cabeza. Ella se inclina hacia mí, y le murmuro a la oreja. —Nunca lo rasguñé. Nunca estuve merodeando por el estacionamiento de su trabajo. Nunca lo llamé. Es mentira total.

—Díselo exactamente así a ellos —dice Carol. Así lo hago.

Goldsmith lee la siguiente página.

Cloe Quinn está en mi clase de gimnasia en la secundaria de Indian Valley. Pretende ser verdaderamente tranquila y agradable, pero en realidad ella no es así. Me ha acusado de haberla golpeado deliberadamente con la pelota en la clase de voleibol. Tiene mal carácter. Le dije a Kieran que se mantenga alejado de ella, pero no me quiso escuchar.
Jurado bajo pena de perjurio,
Janice Rickenbacher

—Yo no... —empiezo a decir, pero Carol levanta una mano para frenarme.

—Esa declaración no dice absolutamente nada relevante a la denuncia —dice.

Goldsmith toma la última página.

Soy amigo de Kieran Dubrowski. Conocí a su exnovia en una fiesta en mi casa. Kieran me contó que, desde el rompimiento, Cloe no deja de molestarlo. Él dice que lo ha llamado repetidas veces, ha llamado a sus novias a cualquier hora y colgado el teléfono, y lo ha hostigado en su trabajo, su casa y en línea. Ella también ha llamado a su profesor de actuación y al teatro para instarles que no le concedan un rol en una obra.

Él dijo que ha llamado a su madre enferma, una anciana, y la ha acosado, queriendo saber información acerca de Kieran. También me ha llamado a mí. No sé cómo obtuvo mi número. Kieran ha estado muy, muy consternado. Esto le ha arruinado la vida durante los últimos meses.

Jurado bajo pena de perjurio,
Joseph Favola

Me inclino hacia Carol. —Llamé a Joe Favola una vez y le dejé un mensaje de voz. Nunca me devolvió la llamada. El resto es mentira.

Carol gesticula que está bien decirle eso a la policía. Me seco las manos sudorosas en mis muslos, y repito lo que acabo de decir.

Bridges se inclina hacia adelante y me mira fijamente. —Estas son alegaciones muy serias, Cloe. Necesitamos que digas la verdad. Si nos mientes, será peor para ti al final. ¿Entiendes eso?

—No miento —digo firmemente.

—Creo que mi cliente ha pasado por suficiente hoy. —Carol se pone de pie.

Goldsmith sigue su ejemplo. —Estaremos en contacto en cuanto la investigación se desarrolle.

Cuando alcanzamos el vestíbulo, corro a los brazos de mamá, lamentándome. —Kieran hizo que la gente mintiera por él. ¡Voy a ir a dar a prisión!

Carol rápidamente nos lleva afuera.

—¿Cuál es el próximo paso, Carol? —pregunta mamá.

—Tenemos que esperar, pero no debería tardar mucho. La policía no tiene el personal o el tiempo para invertirlo en casos menores como estos. Les dimos nuestra respuesta, yo noté que estas declaraciones de testigos alegados parecen un poco demasiado sólidas. Cloe se manejó muy bien. Uno de los policías se comportó un poco fuerte con ella al final y la sacudió. —Me mira. —Cloe, tengo una sugerencia. He tenido un buen número de clientes envueltos en casos de violencia doméstica.

Muchas mujeres obtienen ayuda de un grupo de apoyo en el refugio de mujeres llamado Recorridos. Yo ofrecía mis servicios legales allá como voluntaria hace algunos años.

Saca una tarjeta de su portafolio y me la da. —Quizás quieras darles una llamada.

¿Violencia doméstica? Dejo caer la tarjeta en mi bolso. Nos despedimos y entramos a nuestros coches.

—Mamá ¿qué si Carol pierde el caso?

—Carol es muy buena abogada. Se va a asegurar de que eso no pase —dice mamá.

En verdad, no lo creo. El mundo me aprieta como una prensa.

DIECINUEVE

Me fijo en la solicitud para la Universidad de Boston en el sitio web. ¿De qué sirve llenarla? Probablemente iré a la cárcel o si no voy, tendré antecedentes penales, una mancha negra en contra de mi nombre por siempre. ¿Qué universidad me va a aceptar con eso? ¿Cómo puedo tener una carrera como periodista? Ni siquiera puedo culpar a Kieran. Es mi culpa. ¿Por qué no lo dejé después de su primera rabia?

Miro por la ventana de mi dormitorio. Los vecinos están colgando las luces de estalactitas de su techo e inflando figuras cursis de venados y muñecos de nieve en el jardín. Las Navidades se acercan. Jo-jo-jo. Mientras tanto, mi futuro depende de los actos de un individuo desquiciado. La buena voluntad para todos los hombres para nada.

—Vamos a comprar el árbol navideño —llama mamá desde abajo.

—No tengo ganas.

—¿Podría animarte?

—Tengo tareas, mamá.

La escucho salir mientras recojo las «Hojas de hierba» de Walt Whitman y trato de concentrarme. El teléfono suena.

—Hola papá.

—¿Qué haces este fin de semana? ¿Quieres venir a Manhattan a ver los adornos navideños? Podemos echar un vistazo a las vitrinas en la Quinta Avenida, ir a patinar sobre hielo en el Centro Rockefeller. Quizás puedas quedarte a dormir para ir a una matiné en Broadway el domingo.

—No me siento tan alegre y feliz este año, papá.

—¿Por qué no? ¿Qué tienes?

Estoy demasiado avergonzada para contarle acerca de la denuncia policial, y le hice jurar a Tyler que no le diga nada. ¿Por qué le importa de todos modos? Está viviendo la vida que quería, la cual no me incluye a mí. Tengo que cortar la llamada cuando la emoción se atrapa en mi garganta.

—Nada. Tengo tareas. Te hablo otro día. —Cuelgo mientras dice «Cloe, espera».

Mamá regresa más tarde. Siento golpes y crujidos. Bajo. Está transportando un pino de casi dos metros desde el garaje. Le doy una mano e instalamos el árbol en la sala.

—Voy a traer las cajas con los adornos. —Mamá se limpia las manos.

—Quizás más tarde, mamá.

—Tengo que terminar el inventario de todas maneras.

—¿Qué inventario?

—De todo en la casa. Para el divorcio.

Ella toma un bloc y bolígrafo y entra al comedor, donde abre las puertas de vidrio del gran armario donde se lucen la buena porcelana y la platería.

—Tu papá lo quiere todo. Voy a proponer dividir la porcelana y la cristalería para que cada uno tenga cuatro servicios de mesa. Fueron regalos de matrimonio. Él puede tener la platería ya que la compró.

Mientras ella anda apuntando todo en una hoja, me imagino habitaciones con abolladuras en la alfombra donde sillas y mesas estuvieron por años, lugares sin polvo en estantes donde ahora habitan chucherías y libros, paredes con cuadrados vacíos en vez de pinturas que conozco como antiguos amigos. Mi familia se ha desmoronado y ahora las cosas que formaron el paisaje de mi vida están desapareciendo, también.

Soy incapaz de observar este colapso de mi casa. Agarrando

mi abrigo y los guantes, salgo por la puerta de atrás al bosque. Mis pies crujen en la alfombra de hojas muertas. Mi aliento se congela en el aire frío y forma nubes. El cielo descolorido filtra una luz gris entre las ramas desnudas de los árboles. La escena se refleja mi estado de ánimo.

Es la primera vez que he estado en el bosque luego de ese fatídico fin de semana feriado. Me encuentro regresando al hoyo de fiestas, donde paro y miro fijamente la lona. Ya no siento ninguna simpatía sentimental o nostalgia por Kieran. Todo este tiempo, yo estuve justificando sus acciones. *Él no piensa hacerme daño. Él verdaderamente no quiere herirme. Él simplemente no quiere perderme porque me ama tanto.* Pero para Kieran, el amor es la razón para lastimar a alguien. Y eso no es amor.

Deambulo por el bosque hasta que está casi oscuro. El aire frío es fresco y puro. Tomo bocanadas de aire profundas y purificadoras que empujan toda mi ansiedad hacia la atmósfera, donde se disuelve.

Mamá tiene una mirada ligeramente culpable en su cara cuando entro. —Papá está preocupado por ti.

—¿Por qué? —Cuelgo mi abrigo, mis mejillas congeladas quemando en el calor.

—Me acaba de llamar. Tuve que contarle todo lo que pasa.

—¡Ma-mááá!

—Está bien, Cloe, de verdad.

—No puedo creer que le hayas contado.

—Él debe saber.

—No merece saber.

Pisando fuerte las escaleras, subo a mi habitación. ¿Por qué tiene que saber papá acerca de mi vida privada cuando él mantiene su vida privada como un gran secreto?

❧ ❦ ☙

El fin de semana, Clarissa me arrastra al centro comercial para hacer compras navideñas. Sé exactamente qué comprarle a mamá, una bata nueva.

Encuentro una de terciopelo de color turquesa en oferta.

La levanto para obtener la opinión de Clarissa.

—Cómprala. Le va a encantar.

—No puedo esperar hasta poder tirar su vieja bata de mierda a la basura. Lo voy a hacer el día mismo de Navidad —digo mientras le pago al cajero.

—Tengo el antojo de churros con chocolate —dice Clarissa—. Andar de compras me da hambre.

Nos dirigimos a la zona de restaurantes y compramos churros. Los llevamos a una mesa donde nos sentamos.

—¿Has visto ese estudiante de intercambio internacional de España? —dice Clarissa—. Está en mi clase de diseño digital. Se llama Claudio.

—Y a ti te parece guapo.

—Sí. ¿Qué opinas?

Asiento ya que mi boca está llena.

—Pensaba ¿debería ofrecerle llevarlo a dar una vuelta?

—Probablemente le gustaría eso. Podrías ir a la Estatua de la Libertad, el edificio Empire State, esas cosas turísticas.

—Es una idea perfecta. ¿Le mando un texto? Tengo su número. Somos parte del mismo equipo de proyecto.

Si no lo hace, estará titubeando acerca de ello todo el día. —Adelante, chica.

Ella empieza a tipear. Rebusco mi bolso por el teléfono. Algo afilado se me hunde en el lecho de una uña.

Veo que es la tarjeta que Carol me dio del refugio de violencia doméstica. El teléfono de Clarissa silba con el mensaje enviado. Ella mira de reojo la tarjeta en mi mano.

—¿Y eso?

Se la doy mientras me chupo la punta del dedo pinchado. —La abogada sugirió que vaya a este grupo de apoyo para víctimas de violencia doméstica. —Pongo en mi cara una expresión de ¿puedes creerlo?

Ella estudia la tarjeta. —Deberías ir.

—¿De veras?

—Sí, quiero decir, Cloe ¿por qué no? Te podría ayudar.

—¿Pero «violencia doméstica»?

—Todo lo que te estoy diciendo es que yo sé que estás deprimida por todo esto, y no te culpo en absoluto, pero el grupo de apoyo podría ser bueno. Podrías ir para probar. Si no te gusta... —Se encoge de hombros.

Su teléfono timbra. Escanea el mensaje entrante. —¡Dijo sí! ¡Tengo una cita!

Durante el resto de la excursión de compras, ella se preocupa acerca de dónde llevarlo, de qué debería ponerse. Le respondo automáticamente. Estoy dándole vuelta a lo que dijo. De repente debería observar ese grupo una vez.

Cuando regreso a casa, llamo al número de veinticuatro horas de la tarjeta. —Recorridos —contesta una mujer.

—Este, quisiera participar en el grupo de apoyo.

—¿Tienes o tenías una pareja abusiva?

—Sí, tenía.

—Tenemos varias reuniones por semana. —Me da el horario y la dirección. —No tenemos ni cartel ni número de calle para hacerlo más difícil de encontrar para los abusadores. Llegan aquí, rastreando a las mujeres. Si ves cualquier hombre esperando cerca del portón o sentado en un coche afuera, avísale a alguien de inmediato.

Mis dedos se aferran alrededor del teléfono. Así es Kieran. Ahora sé con seguridad de que tengo que ir a ese grupo de apoyo.

Dos días después, voy. Luego de conducir alrededor de la cuadra un par de veces, me imagino que el mediocre edificio cuadrado ha de ser Recorridos. Paso a través de un portón bajo la observación de una cámara de seguridad, y toco en la puerta sin número hacia la cual me dirigió la voz del intercomunicador. La puerta se abre. Alguien me mira, y me deja entrar.

—¿Es el grupo de apoyo? —pregunto.

—Sí. ¿Tu primera vez aquí? —La cara de la mujer se ve joven, pero tiene cabello gris y largo. —Asiento. —Bienvenida. Toma asiento y firma tu entrada.

Sonríe y me da un papel mientras me deslizo a una silla en una mesa de conferencia alrededor de la cual están sentadas ocho mujeres. Hay una caja de pañuelos de papel delante de mí. Me doy cuenta de que hay más alrededor de la mesa. Apunto mi nombre y mi edad, y miro en torno al salón.

Libros y juguetes llenan varias estanterías. Un cartel escrito a mano dice: «Se aceptan donaciones para el refugio». Un caballete muestra una cartulina: «La rueda de la violencia doméstica» con flechas apuntando alrededor del círculo: «Acumulación», «Explosión», «Compensación».

La mujer habla. —Empecemos. Soy Casey y soy la facilitadora para la sesión de hoy. Pueden hablar si desean, o simplemente escuchar. Vamos por orden de llegada. Les recuerdo a todas que se abstengan de comentar mientras cada persona está hablando. A ver, Sandra, ¿quisieras empezar?

Mira a una mujer ligeramente rellenita sentada a mi lado. Su mandíbula es una sombra aterradora de morado y azul, igual como estaba mi mejilla.

—Cielos ¿dónde comienzo? Supongo con esto. —Sandra señala su cara. —Estaba cocinando arroz para la cena la otra noche, y probé un poco para ver si estaba cocido. Di golpecitos con el tenedor contra el lado de la olla para sacudir el agua. Vinny, es decir mi novio, vivimos juntos, se puso furioso y me dijo que dejara de hacer ese ruido y así lo hice. Pero entonces dejé caer el tenedor en el fregadero y me gritó que pare de hacer tanto ruido, que le molestaba. Le dije que no se puede preparar la cena sin hacer ruido. Se levantó de la mesa y me empujó. Volé al otro lado la cocina y me caí contra la manija de la nevera. Así que ahora tengo este moretón. Me siento tan avergonzada de salir. El maquillaje apenas lo cubre. Quiero a Vinny, pero no cuando se pone así. Pude hacer que se fuera esta vez, pero ahora quiere regresar. La cosa es que lo extraño. Sé que no puedo dejar que me haga esto, pero es verdaderamente duro mantenerlo alejado mientras lo extraño tanto. Deseo que no hiciera estas cosas, pero las hace.

Cambiando unos pocos detalles es mi historia. Casi no lo puedo creer.

—Sandra ¿quisieras comentarios? —pregunta Casey. Sandra

asiente. —¿Coralí?

Una mujer con anteojos empieza a hablar. —Tienes que mantenerte fuerte, chica. No puedes dejarlo volver a casa o te va a hacer la misma cosa una y otra vez. Nunca paran. Y sí, es difícil cuando lo extrañas, pero eventualmente ya no habrá nada bueno que extrañar porque el abuso se vuelve peor y peor. Es lo que tienes que pensar cada vez que sientas que te estás volviendo débil.

—¿Ronit?

—Es un triunfo que hayas logrado que se vaya —dice una mujer con cara sencilla y una chalina negra cubriendo su cabello. —Te va a rogar y rogar para regresar, pero tienes que pensar en lo que te hizo.

—¿Li Mai?

—¿Cómo puedes vivir con alguien que no le gusta el ruido de la cocina? Simplemente está loco —dice una pequeña mujer—. Si lo dejas regresar, vas a estar caminando con pies de plomo todo el rato.

—¿Alguien más? —Casey mira alrededor. Nadie más levanta la mano así que sigue ella. —Vinny está en la fase de compensación luego de la explosión. —Ella señala el afiche de «La rueda de la violencia doméstica». —Promete cambiar, dice que nunca va a volver a suceder, te riega con regalos y flores. Esa fase puede durar bastante tiempo a veces, pero las cosas inevitablemente vuelven a acumularse dentro de él y van a llevar a otra explosión de violencia. La pregunta es ¿quieres exponerte a esa violencia nuevamente? No te sientas culpable por extrañarlo. Por supuesto, vas a extrañarlo. Te enamoraste de él por una razón. Los abusadores no muestran ese lado de ellos al principio. Una vez que te han enganchado emocionalmente, empiezan con el abuso. Si te quedas, se sienten con permiso de abusarte más y más.

Estoy aturdida. Ella acaba de describir mi relación con Kieran perfectamente.

—Gracias —susurra Sandra, mirando alrededor de la mesa.

—Coralí ¿hay algo que quieres contar?

Coralí empuja las gafas nariz arriba. —Voy a la corte la próxima semana. ¿Saben por qué? Le escupí a mi esposo luego de que me quitó las llaves del coche. Él llamó a la policía y presentó cargos contra mí por agresión. ¡Dice que yo necesito aprender una lección! Nunca he puesto cargos contra él a pesar de que la policía ha acudido a nuestra casa varias veces. La otra noche destruyó mi colección de muñecas porque regresé a casa tarde luego de recoger a nuestra hija. —Coralí baja la voz y se rasca las cutículas, que están crudas y rojas. —Estoy asustada de irme porque dice que me hará declarar una madre incapaz y obtendrá la custodia de nuestra hija. Dice que nunca me permitirá verla.

Mientras cada mujer habla, reconozco algo en su historia que me pasó a mí. El exesposo de Brenda la culpa a ella porque él no puede obtener un empleo luego de que ella llamara a la policía por él y ahora tiene antecedentes penales, como Kieran me echó la culpa a mí por gastar todo su dinero.

El exnovio de Li Mai era salvajemente celoso e insistía en tener sexo con ella antes de que iba al trabajo cada mañana para que no se sintiera tentada por hombres en su oficina. Eso era tan loco como la acusación de Kieran de que tuve sexo con Joe Favola en el baño durante la fiesta.

El novio de Griselda se enojó luego de que ella rompiera con él, y publicó fotos desnudas y cosas obscenas sobre ella en medios sociales.

—Algunas las pude borrar, pero otras siguen en el internet —dice—. Pienso que nunca llegaré a eliminar todo. Me siento tan humillada.

Kieran me seguía, publicó ese video, llamó a Clarissa y a Tyler. Y yo me siento humillada.

Las otras mujeres y Casey ofrecen apoyo y asesoramiento. —El abuso doméstico se trata de control —dice Casey—. Los abusadores buscan control completo de sus parejas a través del miedo y de la intimidación. El período más peligroso para una mujer es cuando deja al abusador. La posibilidad de perder su control puede provocar una rabia extrema en el abusador.

Harán prácticamente cualquier cosa para reafirmar su control, incluyendo asesinar.

Pienso en el fin de semana largo.

Me toca. —Esta es mi primera vez aquí, y estoy realmente asombrada. Estoy escuchando mi propia historia una y otra vez. Todo que les pasó a todas aquí me ha pasado a mí, y ni siquiera quise venir aquí esta noche. No puedo creer que soy una víctima de violencia doméstica. —Las palabras detonan dentro mío. Me desintegro en enormes sollozos estrujándome el pecho que no puedo parar. Alguien desliza una caja de pañuelos delante de mí. Arranco un par y trato de componerme. Todas esperan en silencio. —Lo siento. Supongo que simplemente me afectó todo de una vez.

Les cuento mi historia, torciendo los pañuelos mojados entre mis dedos. Cuando llego a la denuncia policial, se ha formado un pequeño montón de pedacitos.

—Me siento como una gran tonta. Al principio, creía que él era como un ángel mandado a mí del cielo. De veras, eso fue lo que creí.

—¿Quieres comentarios, Cloe? —dice Casey. —Asiento.

—Estos tipos son realmente listos —dice Li Mai—. Encuentran tu debilidad y la explotan. El problema es que no estamos entrenadas para buscar los signos de un abusador así que a veces no podemos ver esas señales claves. Mi novio absolutamente no quería dejarme sola al principio. Creí que era porque estaba tan enamorado de mí, eso es lo que me dijo de todos modos. Lo que no vi es que trataba de controlarme, pero ¿cómo podía saber eso? No me habían enseñado nada sobre esto.

—Puedo ver que eres una mujer realmente fuerte —dice Sandra—. También eres muy compasiva al tratar de ayudar a Kieran. Hay gente a la que no se le puede ayudar. Es triste, pero es la verdad. Tienes que ver esto como una experiencia de aprendizaje para el futuro para que no cometas el mismo error.

Griselda se pronuncia. —Una de las mejores cosas de este lugar es que nadie te juzga porque todas lo hemos vivido. Ves que no estás sola en esto. Muchísimas mujeres han pasado por lo mismo.

—Cloe, me alegro mucho de que hayas venido —dice Casey—. No es fácil venir. Toma valentía, y ya veo que tienes eso de sobras. Este tipo de abuso legal no es insólito. En vez de que tú presentaras una denuncia u obtuvieras una orden de alejamiento contra el maltratador, él presenta una contra ti y te hace ver como la loca abusadora. Él ha proyectado en ti todas sus propias acciones. Lo que describes es acoso de abusador de manual.

Quiero abrazarla.

—Es natural que lo extrañes. No te sientas mal por eso. Estás de luto por la pérdida de una relación, de alguien que fue una gran parte de tu vida, pero eres fuerte. Vas a superar esto. La violencia doméstica es experimentada por mujeres de todas las clases sociales, religiones, edades, profesiones y niveles de educación. Le puede pasar a cualquiera, créeme.

Sus palabras me conmueven y me consuelan. Nada de preguntas, nada de juicios. Todas saben exactamente por lo que he pasado.

Al final, damos la vuelta a la mesa y decimos «afirmaciones», dichos como «soy fuerte», «tengo el derecho de no ser abusada por mi pareja», «soy digna», «puedo defenderme sola». La reunión termina.

Ojalá hubiera encontrado Recorridos meses atrás. Es precisamente donde pertenezco.

VEINTE

El grupo de apoyo me hace sentir mucho mejor, pero la investigación policial sigue pesando sobre mí. Mamá me dice repetidas veces que va a terminar pronto, pero me parece que está demorando una eternidad.

Casi no me puedo concentrar en el colegio ni en el trabajo. ¿Qué más estará inventando Kieran sobre mí? ¿A quién más va a convencer de contar mentiras? Me siento como una náufraga. Ahora sé por qué mamá tomó esas pastillas. En secreto deseo que no las hubiera desechado todas.

Quince días después de la visita de los detectives, llego a casa de *El Semanario* cuando mamá entra a la cocina, su cara seria. —Los detectives finalmente me entrevistaron hoy. Ya era hora. Me dijeron que falta personal.

La alarma me engulle. —¿Qué les contaste?

—La verdad.

—¿Me creen a mí o a Kieran?

—No lo dijeron. Sólo dijeron que deberían terminar con la investigación pronto. —Típico lenguaje policíaco que conozco de mis reportajes. Una piedra de terror se me forma en la boca del estómago. —Le creerán a él. Sé que le creerán.

Mamá me abraza. —Ten fe. La verdad va a salir.

—No conoces a Kieran, mamá. Siempre encuentra un camino para obtener lo que quiere. Siempre gana él.

A la hora del almuerzo al día siguiente, Clarissa, Jade y Morgan parlotean mientras todo en lo que puedo pensar es que los detectives le van a creer a Kieran por encima de mí. ¿Por qué no lo harían? Él fue quien puso la denuncia, después de todo.

Mi defensa, que él está dándole vuelta a todas las cosas que me hizo a mí, parece una respuesta débil, que yo apunto el dedo de vuelta porque alguien me lo apuntó a mí, como un niño diciendo «él lo hizo primero».

Durante mi entrevista, el detective Bridges incluso implicó que no me creía cuando me preguntó por qué no denuncié a Kieran si hizo todas esas cosas. Porque nunca lo pensé. ¿Quién pensaría ir a la policía? La respuesta a mi propia pregunta me deslumbra: Kieran, obviamente él sí pensó en eso. ¿Pero de dónde obtuvo la idea?

Mi atención regresa a regañadientes a la conversación. —Claudio quiere ir a patinar sobre hielo en un estanque. Nunca ha hecho eso antes —está diciendo Clarissa.

—¿Nunca? —dice Jade.

—Me imagino que no hay muchas lagunas congeladas en el sur de España de donde es él.

Me desconecto. Citas de patinaje sobre hielo parecen triviales comparadas con la posibilidad de que mi vida pueda destruirse.

De repente recuerdo que Kieran mencionó algunos vecinos que llamaron a la policía por sus papás cuando él era un niño. Debe de haber sido así cómo se familiarizó con la policía y las declaraciones de testigos y esas cosas.

Ese misterio se resolvió, pero uno más grande permanece. ¿De dónde desenterró a esa Zoe Kovac, que jura que vio rasguños en la cara de Kieran, su única «evidencia» de «violencia» en contra de mí? Suena el timbre. Recojo mis libros y salgo para la clase.

Esa tarde en el trabajo, Marion me da un listado de

nombres para que yo los busque en los registros judiciales. Sigue tratando de clavar el reportaje sobre el soborno del promotor inmobiliario. Estoy contenta de poder trabajar en silencio en la computadora y de no tener que hablarle a nadie. También estoy contenta de estar escudriñando la vida de otra persona y no la mía por un rato.

Cuando llego a casa, mamá está esculpiendo en su estudio así que agarro una caja de galletas de queso y me desplomo en la cama.

Zoe Kovac vuelve a invadir mi cabeza. ¿Quién será? ¿La nueva novia de Kieran? O quizás lo sea Janice Rickenbacher. ¿Por qué mentiría Zoe sobre mí, si ni siquiera me conoce? Espera. Mi mano se congela mientras voy a agarrar un puñado de galletas. Por supuesto, puedo averiguar quién es. Investigar gente es exactamente lo que he estado haciendo para Marion en *El Semanario.*

Tirando la caja a un lado, brinco de la cama y prendo la computadora. Facebook es el lugar lógico para empezar. Escribo su nombre. Sorprendentemente, tres «Zoe Kovac» aparecen en Quebec, Nueva Orleans e Indian Valley, Nueva Jersey. ¡Bingo! Hago clic sobre esa Zoe, y por suerte, su página es pública.

Su fotografía muestra una cara sencilla con cabello rubio sucio hasta los hombros. Tiene veintiséis años, sin empleo enumerado. ¿Trabajará en Yamamoto? Recién acaba de unirse a Facebook en octubre y sólo tiene veintitrés amigos. Me desplazo por la lista, y veo un nombre que casi me tira de mi silla.

Janice Rickenbacher. ¿Será ella la conexión entre Kieran y Zoe? Suena lógico, pero yo ni siquiera sabía que Kieran conocía a Janice. Ya que he bloqueado a Kieran, no puedo averiguar si él es «amigo» de Zoe o de Janice. Pero no importa.

Busco en Google a Zoe Kovac, pero no da resultados. Me reclino y roo la almohadilla de mi pulgar. Puedo buscar expedientes judiciales, pero no sé qué es lo que va a demostrar eso. Escucho la voz de Marion: *Nunca sabes lo que vas a encontrar ni lo que vas a poder usar, así que busca todo.*

Abro la página web de la corte superior de Nueva Jersey y entro el nombre «Zoe Kovac» en el campo de búsqueda «criminal». La pantalla registra «Cargando, cargando». Sé de mis búsquedas en el trabajo, que eso significa que hay algo sobre ella. De mis palmas brota sudor.

Su nombre aparece seguido por una lista. Desplazando hacia abajo, difícilmente creo lo que leo.

Hurto-culpable
Prostitución-culpable
Posesión de estupefacientes-culpable
Violación de detención condicional-culpable
Falso testimonio ante un oficial de policía-culpable
Allanamiento de morada-desestimado
Robo-desestimado
Posesión de licencia de conducir falsificada-desestimado
Falsificación-culpable
Emisión de cheque con fondos insuficientes-culpable

¡Zoe Kovac es una criminal!

Espera ¿es la misma Zoe Kovac? La página de la corte muestra su fecha de nacimiento. Reviso su página de Facebook. La misma fecha está indicada como su fecha de cumpleaños. Es ella. El triunfo se amplía a través de mí, seguido casi instantáneamente por un estado de shock. ¿Y qué? ¿Cómo afecta esto mi caso?

Pongo ese dilema de lado por un minuto. Debería buscar los nombres de los otros «testigos», también. Como dice Marion, chequea todos los enlaces.

Escribo «Joseph Favola». Enseguida aparece.

Posesión de drogas. Culpable. Dos años de libertad condicional, $5,000 de multa.

Así que lo que Kieran me contó es verdad, pero Kieran también dijo que Joe todavía está usando drogas. Se me ocurre que Joe puede haber escrito la declaración porque Kieran amenazaba con denunciarlo a la policía o a sus padres. Parece ser algo que Kieran haría.

Busco a Janice Rickenbacher. Nada.

Hago una pausa. Sé que tengo que buscar a la persona que debí haber investigado hace meses. Mi estómago se aprieta y al tipear «Kieran Dubrowski» y su fecha de nacimiento me equivoco dos veces antes de escribirlos correctamente. Aguanto la respiración.

Nada aparece bajo criminal. Bajo civil, está enumerada una presentación de denuncia de seis semanas atrás:

Desalojo. Claudette Stein, propietaria, versus Kieran Dubrowski.

Así que Claudette lo echó de la caravana. Nada sorprendente.

Mi cabeza está girando. He descubierto mucho, pero nada que realmente prueba cualquier cosa para mi defensa. Regreso a la misteriosa Zoe Kovac. No puedo creer que Kieran pueda estar envuelto con una persona tal. Lentamente leo a través de los detalles de sus ofensas y me doy cuenta de que estuvo en la cárcel por sus últimos cinco crímenes:

Disposición del caso: pena de cárcel de dos años, tres meses.

Algo parece raro. Calculo las fechas. Ella debería haber estado en prisión hasta octubre, pero dijo que vio los rasguños de Kieran en septiembre. Los presos a veces reciben una reducción de condena por buena conducta. Quizás salió temprano.

O quizás mintió.

Tengo que averiguar cuándo fue liberada de prisión, pero ¿cómo? Me reclino. *Piensa, Cloe.*

Mamá me llama para la cena. La cabeza me duele y decido descansar. Quizás se me ocurra una idea. Mientras como pastel de carne, le cuento a mama lo que encontré.

—Es fenomenal. Deberías felicitarte —dice.

—Pero me falta la información clave. Sin su fecha de liberación, no tengo nada.

—Se lo puedes enseñar a la detective Goldsmith. La policía puede descubrir eso.

Me encojo de hombros abatida. —No sé si realmente lo haría. Parece que le cree a Kieran.

—Espera. Zoe fue condenada por falso testimonio ante un oficial de policía, eso significa que le mintió a la policía. Es una mentirosa condenada —dice mamá.

—No estaba segura de qué significaba eso.

—Eso debería contar para algo. Voy a llamar a Carol en la mañana. A ver qué sugiere.

Me apresuro a subir a mi cuarto y me vuelvo a sentar delante de la computadora. Busco en Google: «¿cómo encontrar la fecha de liberación de prisión? » No aparece nada. Gimo.

No puedo creer que haya llegado tan lejos solo para estar bloqueada ahora. Luego de un par de intentos de registros, abandono. Estoy más deprimida que nunca. Seguramente, Kieran va a ganar.

⁂

Mis ojos pestañean, pero todavía está oscuro. Miro la hora. Cuatro cuarenta y tres de la madrugada. Me reclino en la almohada, pero el caso vuelve a penetrar mi mente. Sé que no voy a volver a dormirme así que me levanto. Camino al baño, paso por mi computadora y ociosamente golpeo una tecla. El registro de la corte de Zoe sigue en la pantalla donde lo dejé.

Me reclino en la silla y lo estudio. La Secretaría General de Instituciones Penitenciarias maneja las prisiones. Tiene una página web. Como dice Marion, *no dejes ninguna piedra sin voltear*. He dejado una piedra. Me siento y navego a la página web de las instituciones penitenciarias.

Las pestañas leen **Restricciones de visita, Estadísticas de ofensores, Preguntas frecuentes y Búsqueda de reclusos.**

La última es la que necesito. Un formulario de búsqueda para presos actuales y antiguos aparece. Hay campos para nombre, sexo, color de cabello, color de ojos, raza, lugar del delito, fecha de nacimiento. Gracias a su foto en Facebook y el expediente judicial, tengo toda la información. La completo y presiono «someter».

No puedo alejar mis ojos de la pantalla mientras el sitio web procesa los datos. Tres segundos más tarde, aparece el nombre «Zoe Yvonne Kovac» con la lista de sus crímenes.

Estado: liberada.

Pero ¡no hay fecha! Golpeo en la mesa con frustración.

Luego veo que su número de reclusa está en negritas, indicando que hay otro enlace. Hago clic. La pantalla se llena con su foto policial e historia de encarcelación. Escaneo la página. Al final, dice:

Fecha de liberación: 23 de octubre.

¡Dios mío, eso es! ¡Estuvo en la cárcel al mismo tiempo que juró que vio la cara rasguñada de Kieran! Ahora tengo la prueba de su mentira.

¡Ma-máá! —Voy corriendo a su dormitorio con mi computadora. —Mamá, despierta. ¡Tienes que ver esto! ¡Kieran mintió! ¡Puedo probar que mintió!

Se despierta atontada. —¿Qué? ¿Qué pasó?

Empujo la computadora hacia ella. —Mira lo que encontré.

Le explico mi búsqueda, y de repente ella sale de su niebla. —Acabas de tirar a la basura el caso de Kieran —dice con admiración.

—Tengo que ir a la comisaría ahora.

—Son las cinco de la mañana. No van a estar allá todavía.

—Pero te contaron que van a terminar la investigación

pronto. Necesito darles esto antes de que cierren el caso.

Mamá bota el cubrecama. —Voy a preparar café.

Imprimo todos los expedientes judiciales que encontré, me baño, me visto, y salgo volando por la puerta de atrás.

—Espera, voy contigo —me llama mamá.

—No puedo esperar, mamá.

Llego al estacionamiento de visitas de la comisaría y entro a galope. Sin aliento, pregunto por los detectives Goldsmith o Bridges en la recepción. El oficial hace una llamada.

—Deben llegar a las siete —me informa.

—Los espero.

Son las seis y veinte. Me siento en el banco y saco mi teléfono para llamar a mamá. Entonces me doy cuenta de algo. Tengo esa foto de mi cara moreteada en mi teléfono. Se la puedo enseñar a los detectives, también. ¿Por qué no pensé en eso antes? Soy una grandísima idiota. Saco mi cuaderno y hago una lista de cosas que le tengo que contar a la policía.

—¿Cloe? ¿Querías verme? —Giro hacia la voz. La detective Goldsmith se acerca, un café en la mano. Su cabello está húmedo todavía.

—Tengo evidencia de que Kieran y su testigo clave han mentido.

—¿Qué tienes? —Su tono me dice que solamente me está siguiendo la corriente. Pero sigo descargando, entregándole las copias impresas.

—Zoe Kovac en realidad estuvo en prisión cuando dijo que vio los rasguños en la cara de Kieran. Aquí está su expediente judicial y su historial penitenciario. Fue liberada el veintitrés de octubre, pero dijo que vio los rasguños en septiembre. Y es una mentirosa convicta. Mire, culpable de falso testimonio ante un oficial de la policía.

Goldsmith escudriña las hojas. —Sabemos de sus antecedentes, pero las fechas de entrada a prisión y de liberación no están en nuestra base de datos. Tendré que verificarlas.

Le entrego el expediente judicial de Joe. —¿Y Joe Favola?

Está en libertad condicional por drogas, pero Kieran dijo que todavía las usa. Creo que amenazó a Joe con denunciarlo si no decía lo que Kieran quería que dijera.

Ella sorbe su café. —Estamos al tanto de su libertad condicional. Si usa drogas otra vez, eso por cierto podría ser un gran problema para él.

—Y tengo una foto de mí después del fin de semana largo, cuando le conté que me empujó y me caí. —Le muestro la fotografía y la fecha en la que la tomé.

—¿Por qué no me la enseñaste antes?

—Supongo que me volví demasiado histérica y se me olvidó. No estaba pensando con claridad. Además, no es algo que quería recordar.

—¿Me puedes enviar esa foto por email ahora?

—Claro. ¿Lo van a comprobar todo?

—Lo haremos. Gracias por las investigaciones.

No puedo más que sentirme abatida mientras camino a mi coche. Había esperado que ella inmediatamente dijera «caso terminado. Vamos a meter a Kieran a la cárcel por lo que te hizo». Todo lo que puedo hacer ahora es esperar. Otra vez.

VEINTIUNO

Pasan quince días y no hay noticias acerca de la investigación. Me vuelvo más pesimista.

—Sé que lo que encontré no va a contar. Todo fue un desperdicio total de tiempo. No debí ni siquiera haber tratado —digo durante el almuerzo.

—La detective dijo que iba a comprobarlo y eso es lo que está haciendo. Toma tiempo hacer las pesquisas —dice Clarissa mientras miro fijamente el emparedado echado como un cadáver en mi bandeja.

—No me tomó tanto tiempo a mí.

—Ella probablemente tiene que resolver violaciones y asesinatos. Seguro que son la prioridad —dice Morgan.

—Y las redadas antidrogas —agrega Jade.

—¡Pero es mi vida la que está en juego!

—Tal vez está avergonzada de qué no pensara en revisar los registros penitenciarios —dice Morgan.

—Debería contratarte —dice Jade—. Quizás tendrías que ser detective en vez de periodista.

—Le van a creer a Kieran, lo sé.

—No lo creo —dice Clarissa.

Caemos en silencio y luego Jade cambia de tema.

—Tres días más hasta las vacaciones de invierno —dice.

—No puedo esperar —dice Morgan—. Voy a pasar todos los días en las pistas de esquí. Los chicos más guapos son los esquiadores.

La campana suena. Hay un raspado masivo de sillas en la cafetería mientras todos salen disparados. Me uno al éxodo.

Cuando llego a casa, un coche con placas de Nueva York está estacionado en la entrada. ¿Papá? Otro coche está estacionado en la vereda. Entro corriendo.

Mamá está en la cocina. —Los detectives están para hablarte del caso. Llegó papá también.

—¿Me van a arrestar?

—No creo.

—¿Por qué vino papá?

—Lo llamé cuando llamaron los detectives.

—¿Y no me llamaste a mí?

—No quería que entraras en pánico. Quería que terminaras las clases.

Nos vamos a la sala. Me deslizo entre mamá y papá en el sofá. Los detectives están sentados en los sillones al frente de nosotros. El árbol de navidad en el rincón sigue desnudo. No he tenido ganas de adornarlo a pesar de la insistencia de mamá.

La detective Goldsmith me mira a los ojos. —Cloe, nos diste información crucial. Admito que nuestro progreso con esta investigación fue lento debido a nuestra falta de recursos. Tenemos un enorme retraso de casos al momento y muchos crímenes mayores por investigar así que los casos más pequeños a veces son relegados a un segundo plano. No es justo, lo sé, pero a veces es así. Así que tu investigación fue una gran ayuda apuntándonos en la dirección adecuada. —Toma aire. —Pude confirmar la condena a prisión de Zoe Kovac con la Secretaría General de Instituciones Penitenciarias. De hecho, estuvo encarcelada cuando afirmó haber visto rasguños en la cara de Kieran.

Mi corazón salta. Mamá aprieta mi brazo, y papá abraza mis hombros con un brazo.

—Confrontamos a la señorita Kovac con la discrepancia.

Dijo que había confundido las fechas. La presionamos acerca de los detalles y su versión de los acontecimientos no nos pareció creíble.

—También nos contó —agrega Bridges— que Kieran está obsesionado con venganza por el rompimiento contigo, y que dijo que quería arruinarte.

—Casi lo logró —dice mamá—. Ella está empezando en la vida. Tiene su futuro completo en frente de ella, y este enfermo mental... —Su voz se rompe.

—Bonnie, está bien —dice papá.

—Es muy fácil para ti decirlo, ni siquiera estuviste aquí, Doug. —Mamá se seca los ojos.

Goldsmith continúa. —Hablamos también con Joseph Favola. Lo presionamos, utilizando el hecho de que está en libertad condicional y por lo tanto está obligado a cooperar con cualquier investigación policial. Confesó haber firmado una declaración que Kieran escribió por él, pero negó haber utilizado alguna sustancia ilícita. No obstante, hemos notificado a la oficina de libertad condicional de esa posibilidad.

—¿Y qué de Janice Rickenbacher? ¿Por qué firmó ella? —pregunto.

—Su padre la va a traer a la comisaría mañana —dice Bridges—. Al igual que Favola, no mintió específicamente acerca de ser testigo de violencia, pero vamos a darle una advertencia severa acerca de estar de acuerdo con esquemas que dañan a la gente.

Hago la pregunta más grande de todas. —¿Qué dijo Kieran?

—Se mantuvo fiel a su historia e insistió que todo era verdad, que Kovac se equivocó con las fechas y así sucesivamente —dice Goldsmith.

—Encontramos numerosas discrepancias en su historia, también —dice Bridges.

—La consecuencia es que estamos dejando caer el caso —dice Goldsmith.

La euforia me llena hasta reventar. Abrazo a mamá.

—¿Qué le va a pasar a Kieran? —pregunta papá.

—Lo vamos a acusar de poner una denuncia falsa —dice Goldsmith—. No nos tomamos estas cosas a la ligera. Este es un drenaje significativo de nuestros recursos ya menguados.

—¿Irá a la cárcel? —pregunto.

—Lo más probable es que no —dice Bridges.

—Pero recomendaremos que asista un programa para abusadores domésticos —agrega Goldsmith.

—Seguro que le vendría bien —dice mamá.

Los ojos de Goldsmith se clavan en los míos. —Cloe, cuando alguien es abusivo contigo de cualquier manera, ya sea un empujón o acecho, ve a la policía inmediatamente. Haz una denuncia, inicia un rastro de papel sobre ellos. No sientas pena por ellos y no te sientas avergonzada. Es importante que te protejas porque si algo serio sucede, tendrás evidencia que te respalde y podremos actuar en base a ella.

—Hemos tenido casos de mujeres que han sido asesinadas por novios abusivos —dice Bridges.

Asiento, sintiéndome un poco como una niña pequeña.

—No vamos a ocupar más de tu tiempo —Goldsmith se para. —Cloe, hiciste un trabajo impresionante.

—Deberías ser detective —dice Bridges.

—Va a ser periodista —dice papá.

—Va a ser una muy buena —agrega Goldsmith.

Los acompañamos a la puerta principal y nos despedimos. De repente la tristeza me abruma.

—No pareces tan feliz —dice papá mientras cierra la puerta.

—Sí lo estoy, pero me siento triste de que todo esto haya pasado en primer lugar.

—Quizás Kieran ahora reciba la ayuda que necesita —dice mamá—. A lo mejor sale algo bueno de esto.

Papá me atrae hacia sí en un abrazo. —Estoy tan increíblemente orgulloso de que seas mi hija. —Le devuelvo el abrazo, inhalando el aroma ligeramente picante a colonia de afeitar, el olor a lavado en seco de su chaqueta, el olor de su cuerpo, el olor de mi papá.

Mando un texto con las noticias a Clarissa, Jade y Morgan.

Cuarenta y cinco minutos más tarde, suena el timbre. Son ellas, sosteniendo una caja de pasteles.

—¡Felicitaciones, Cloe! —dicen en coro.

Ignoramos a mis papás, que están discutiendo por porcelana y cristal en el comedor, y vamos a la cocina.

Clarissa abre la caja como presentando un acto de magia. —Pastelitos de vainilla, rellenos con fresas y crema. Los mejores.

—Cuéntanos todo, Cloe —dice Jade.

Nos sentamos en la mesa de la cocina y devoramos los pastelitos mientras les cuento lo que dijeron los detectives.

—Esto es mejor que una novela en la tele —dice Morgan.

—Kieran es tal idiota —dice Clarissa—. Te subestimó por completo y se sobreestimó a sí mismo.

—Un imbécil total —dice Morgan—. Espero que vaya a la cárcel. Y esa cualquiera Zoe. El último pastelito es para ti, Cloe.

Una onda cerebral me golpea mientras lo muerdo. —Voy a decirle a Marion que hagamos un reportaje acerca de los detectives que no tienen suficientes fondos para investigar casos.

Todas se ríen.

❈

La profesora Margolis nos devuelve nuestras tareas de poesía el día anterior a las vacaciones de invierno. Aguanto la respiración. Un gran «Excelente, por favor ven a verme» está escrito en rojo a través de la parte superior de la mía. ¿Y eso?

Nerviosamente me asomo hasta su escritorio al final de la clase.

—¿Usted quería verme?

Levanta la vista y sonríe. Me relajo. —Cloe, quisiera publicar tus poemas en Paisajes, la revista literaria del colegio. Creo que son verdaderamente valientes y de mucho impacto.

Mi cara hormiguea con calor. —Claro, supongo.

—Bien. Va a salir en primavera. Feliz Navidad.

Prácticamente brinco por el pasillo a mi próxima clase.

El día siguiente, la víspera de Navidad, voy a un grupo de apoyo matutino en Recorridos y comparto mi victoria.

252

—Si una mujer se enfrenta a su abusador, es como una pieza de todas nosotras haciéndolo —dice Brenda.

—Sabemos cuán difícil fue para ti hacer eso —dice Sandra.

—Eres tan valiente —dice Coralí.

Luego de la reunión, las mujeres se reúnen alrededor de mí, preguntándome como pueden buscar los expedientes judiciales de sus parejas.

Voy a *El Semanario* por un par de horas a ayudar a Marion a finalizar la edición navideña y luego voy a casa. El coche alquilado de papá está estacionado en la entrada.

Cuando entro, veo a Tyler sentado en la cocina, los pies sobre la mesa, metiéndose ositos de goma a la boca de una bolsa en su mano. Una maleta grande y varias bolsas están al lado de él. Las voces parentales retumban ferozmente desde arriba.

—¿Qué pasa?

—Vuelvo a casa.

—¿Cómo así?

—Nueva York no sirve.

—¿Y qué de papá?

Se encoge de hombros. —Me gusta más acá.

—¿Y el afiche de la chica?

—No importa.

—Fenomenal. —Estrecho mi mano en forma de taza y vierte dulces en ella.

—¿Por qué no han adornado el árbol todavía? —pregunta.

—Esperando por ti, tonto. —Levanto sus pies y los dejo caer en el piso.

—Vamos pues.

Arrastramos las cajas de adornos navideños del sótano para arriba. Me siento sobre mis piernas dobladas debajo de mí y busco por debajo de ellas. Recojo un duendecito y lo coloco en una rama.

—¿Recuerdas esto? —Tyler me enseña un Papá Noel de arcilla ridículo que hice en cuarto grado.

—Lo rompiste porque estuviste celoso cuando mamá lo

colgó en el árbol —digo.

—Y estuviste furiosa hasta que mamá pegó los pedazos —dice.

El árbol se llena de ornamentos. El último es un ángel de cabello dorado que fijo en la punta. Cubrimos las ramas con oropel plateado. Tyler prende las luces.

—¿Qué quieres para Navidad? —pregunta.

Miro el árbol bailando con destellos. —Creo que ya tengo todo lo que quiero.

VEINTIDOS

Mayo

La belleza está en los ojos

compré zapatillas plateadas
para que mis pies
se vieran como los tuyos
envueltos en nilón y puntiagudos
toco «bailando en septiembre» tan
ruidosamente que
los oídos me duelen con la memoria
de acelerar por la carretera
en una maraña de cabello y risa de falsetto

nuestra primera cita
te apoyaste en el codo
y me bebiste con tu sonrisa
la belleza está en los ojos dijiste

escondí la punta de mi nariz
en los bolsillos de tus mejillas

para inhalar tu piel
arreglé
mechones de cabello detrás de tus orejas
justo como me gusta
pero tuve que irme
antes de verte nadar
antes de comer un huevo
del hueco en tu esternón
antes de que bailáramos el vals en las olas

lo único que puedo hacer ahora
es pasar por el parque
donde jugamos
con las gorras puestas al revés
las sudaderas atadas alrededor de
las cinturas
y mirar hacia abajo
a mis pies

El ruido en la cafetería se desvanece en un rugido sordo de concha de mar mientras leo mi poema en la revista literaria. ¿De verdad lo escribí yo?

—Es increíble —dice Clarissa

—Totalmente romántico —concuerda Jade.

—Me encantaría que alguien escribiera un poema como ése sobre mí —dice Morgan.

—Sabes que esto puede sonar muy, muy extraño —dice Clarissa— pero después de leer eso, entiendo por qué estabas con Kieran, por qué te quedaste con él. Tuviste un amor increíble, como el verdadero, antes de que se volviera malo, quiero decir.

—Estaban tan totalmente enamorados el uno del otro —dice Jade.

—La verdad es que no sé si podré volver a salir con alguien —digo.

—Lo vas a hacer —dice Morgan

—Me pregunto qué opinaría Kieran del poema —dice Clarissa.

—Está en línea, así que quien sabe, tal vez podría verlo algún día —digo.

—Quizás sea mejor que no lo vea —dice Jade—. Podría usarlo como una excusa para volver a aparecer.

—Dios no lo quiera. —Clarissa tiembla dramáticamente sus hombros.

—Cuando escribí el poema, quería que Kieran lo viera. Quería que supiera lo difícil que fue para mí nuestra ruptura, que yo estaba tan destrozada como él. Pero ahora no me importa. Lo escribí para mí, no para él.

—¿Lo has visto por aquí? —pregunta Jade.

—No, pero tampoco lo voy buscando.

—Cloe toma grandes desvíos para evitar pasar por el Vivero Yamamoto —dice Clarissa—. El otro día, íbamos a pasar por allí y de repente ella dobló en otra calle.

—Es demasiado doloroso ir a los lugares donde fui con él, además no quiero encontrármelo —digo.

—Como la vez que salimos del cine y él estaba parado al lado de tu coche en el estacionamiento —dice Morgan—. Nos escondimos en un café hasta que se fue. Te pusiste toda temblorosa y tuviste que sentarte.

—No me hagas acordar —digo.

—Es difícil como Indian Valley es tan pequeño —dice Jade.

—Pero te irás pronto a la Universidad de Boston —canta Clarissa.

—Entrando —murmura Morgan—. A la derecha.

Trevor Papadopoulos se acerca a nuestra mesa, bandeja de almuerzo en mano.

—Lindo poema, Cloe.

—Gracias. —Doy una sonrisa avergonzada.

—¿Vienes a la fiesta de fin de año del anuario?

—Claro.

Sonríe, mostrando a una hilera de dientes blancos, y se

sienta con un grupo de chicos.

Jade me codea. —Le gustas.

—No le gusto. Trabajamos juntos en el anuario.

Clarissa tuerce la boca. —Sí le gustas, Cloe. Deberías salir con él.

—O mándamelo a mí. Es demasiado lindo para desperdiciarlo

—dice Morgan.

—Tienes que superar a Kieran en algún momento —dice Clarissa.

—Pero ¿quién me va a querer ahora? Soy como un bien dañado. Quiero decir, si le cuento a un chico lo de Kieran ¿qué va a opinar de mí?

—Va a ver que te saliste y venciste su denuncia estúpida —dice Clarissa.

—¿Qué vamos a hacer este fin de semana? —digo para cambiar de tema.

Por la tarde, decido ir al grupo de apoyo. No he ido por un tiempo, pero el poema y la conversación del almuerzo levantaron el polvo de sentimientos asentados.

—Siento que estoy manchada con una especie de marca negra que voy a llevar conmigo para siempre —digo.

—Cualquiera que te conozca, sabe que todo fue mentira —dice Casey—. Tu familia y tus amigos no lo creyeron ni por un segundo ¿verdad?

—Pero ¿qué pasa si hay algo que está mal conmigo, y vuelvo a hacer otra mala elección y termino con otro Kieran?

—En primer lugar, has aprendido a buscar las señales clave de un abusador y, en segundo lugar, ahora nos tienes a nosotras —dice Casey. —Siempre que tengas algún tipo de miedo o duda, estamos aquí para ti. No vamos a ninguna parte.

Tiene razón.

Mientras conduzco a casa, pienso que tal vez nunca voy a superar por completo a Kieran. Pasas por un terremoto emocional como ese, y se queda contigo. Pero tienes que dejar de tenerle miedo.

Agarrando el volante, me dirijo al centro. Me obligo a seguir por la calle principal de Indian Valley. Entonces veo el letrero «Vivero Yamamoto», y sucede la cosa más extraña: todos mis nervios, mi miedo y ansiedad, mi vergüenza y humillación, se desvanecen. Una calma me envuelve como las alas de un ángel.

Cuando el vivero desaparece por el espejo retrovisor, sé que es allí donde se quedará.

Llamo a Clarissa. —Encontrémonos para una hamburguesa —le digo.

—¿A dónde quieres ir?

—La Hamburguesota.

—¿En serio?

—En serio.

Cuando entro al estacionamiento, me preparo para el cuchillazo de la memoria, pero lo único que pasa es que me llega un texto de Trevor Papadopoulos mientras espero a Clarissa.

Se que es un aviso muy tardío, pero ¿irías al baile de graduación conmigo?

Sonrío y tipeo.

Sí.

❧ ⬥ ☙

El día del baile, miro al espejo y contemplo a la chica de mejillas rellenas mirándome de vuelta. Está parada erguida en un vestido satinado sin tirantes de color albaricoque, uñas pintadas en color a juego, pelo cabello recogido en un moño, una sonrisa no sobre su cara sino en su cara. ¿Soy yo, de verdad?

Agarro mi teléfono y miro a través de las fotos hasta encontrar a la otra chica, aquella triste y perdida con un ojo hinchado y un moretón negro. Presiono «borrar» y se elimina para siempre.

Miro al espejo, esa chica soy yo. Entonces bajo las escaleras hacia la luz del sol.

259

AGRADECIMIENTOS

Esta novela fue inspirada por mi propia experiencia. Los acontecimientos relatados en el libro son de ficción a pesar de que algunos se asemejan mucho a los acontecimientos reales. El diálogo igualmente es cercano a las conversaciones reales. Si bien esta experiencia me sucedió ya bien entrada la edad adulta, fui motivada a escribir sobre ella para una audiencia adolescente porque nadie les enseña a los jóvenes acerca de las señales de alerta del abuso, tales como presión para una implicación rápida, aislamiento y celos.

Una vez que conoces estas señales, son fácilmente evidentes, y es mucho más fácil alejarse de un abusador al principio. Pero cuando no las conoces, puedes malinterpretarlas como la versión de un romance de Hollywood, lo cual le pasó a Cloe.

También quise escribir sobre las secuelas de la ruptura de una relación abusiva, ya que hallé que la mayoría de los libros sobre este tema terminan antes. Si solo fuera tan fácil. Yo, al igual que otros sobrevivientes, sé bien que esa fase es muchas veces la parte más difícil y peligrosa del camino.

Esta edición en español se debe enteramente al esfuerzo de Bárbara Wicki que asumió la enorme tarea de traducir una obra literaria. Estoy segura de que Bárbara se habrá preguntado más de una vez por qué asumió esa tarea mientras íbamos hacia adelante y hacia atrás con traducir o no los nombres de los lugares y vacilábamos sobre connotaciones y uso de palabras en los distintos países. Mi más profunda gratitud, Bárbara.

Mis gracias eternas van a Sojourn, cuya clínica legal y grupo de apoyo gratuitos me proporcionaron socorro y coraje en mis tiempos de crisis. Más de una década más tarde, ahora hago voluntariado como facilitadora capacitada en los mismos grupos de apoyo, donde trato de brindar mi fortaleza, fuerza y esperanza a aquellos que las necesitan, al igual que otros lo hicieron por mí. También estoy agradecida de que Sojourn, sin darse cuenta de mi conexión personal, puso este libro en su lista de recomendaciones de lecturas para adolescentes.

Si conocen a alguien que se encuentra en una relación abusiva, ofrezcan ayuda no juicios. Si están en una relación tal, sepan que no están solos. Pueden cortar la relación abusiva, pero por favor busquen ayuda primero. Llamen a una línea de ayuda, confíen en un amigo de confianza o un miembro de la familia y hagan un plan para escapar con seguridad.

Creo firmemente que de algo malo siempre surge algo bueno y que exponer verdades oscuras es el mejor camino para lograr un cambio. Este libro es mi contribución a la meta de acabar con la violencia de pareja.

SOBRE LA AUTORA

Christina Hoag es periodista. Durante sus múltiples asignaciones en América Latina, ha entrevistado a pandilleros, asaltantes de bancos, ladrones y criminales en cárceles, barrios marginales y barriadas, sin olvidarse de multimillonarios y presidentes, algunos de los cuales bien pueden encajar en las categorías anteriores. Christina ahora escribe acerca de tales personajes en su ficción.

«Chica al borde» fue nombrada lo mejor de la literatura para jóvenes adultos por la revista Suspense. Su novela adulta, «Skin of Tattoos [Piel de tatuajes]», fue nominada para un Premio Silver Falchion en la categoría de suspense. También es la autora de los thrillers: «El cuarto de sangre [The Blood Room]» y «La ley de la selva [Law of the Jungle]».

En no ficción, Christina es la autora de «Soy Carlos: La historia del Chacal, el primer terrorista de fama mundial [I Am the Famous Carlos: The Story of the Jackal, the World's First Celebrity Terrorist]» y la co-autora de «Peace in the Hood: Working with Gang Members to End the Violence [Paz en el barrio: Trabajando con pandilleros para acabar con la violencia]».

Christina actualmente reside en Los Angeles en California, Estado Unidos.

Para comunicarte con la autora, busca en: ChristinaHoag.com.

Síguela en los medios sociales:
Facebook: ChristinaHoag
Instagram: @ChristinaHoagAuthor

Si te gustó este libro, ayuda a difundirlo y deja una reseña o calificación en Amazon o en otros sitios de reseñas de libros.

Chica al borde es disponible en audiolibro
y en inglés, *Girl on the Brink*.